DU MÊME AUTEUR

n°1 - Dernier tour de manège à Cergy
n°2 - Mi amor à Rochefort
n°3 - Jour maudit à l'Île-Tudy
n°4 - Bordeaux voit rouge
n°5 - Saint-Quay s'inquiète
n°6 - Cure fatale à Nantes
n°7 - Par-delà les grilles
n°8 - Là où tout a commencé

Retrouvez ces ouvrages sur www.palemon.fr.

CE LIVRE EST UN ROMAN.
Toute ressemblance avec des personnes, des noms propres, des lieux privés, des noms de firmes, des situations existant ou ayant existé, ne saurait être que le fait du hasard.

ANNE-SOLEN KERBRAT

Là où tout a commencé

ÉDITIONS DU PALÉMON
ZA de Troyalac'h - 10 rue André Michelin - 29 170 Saint-Évarzec

À Charles, Hugues, Blanche et Diane, mes enfants.

Lorsque l'enfant paraît, le cercle de famille
Applaudit à grands cris.
Son doux regard qui brille
Fait briller tous les yeux,
Et les plus tristes fronts, les plus souillés peut-être,
Se dérident soudain à voir l'enfant paraître,
Innocent et joyeux.

Les Feuilles d'Automne - Victor Hugo.

L'amour, pour rendre heureux les hommes
Unit deux personnes,
pour combler leur bonheur, il en faut trois.

Le Juif errant, 1774 - Gœthe.

La femme baigne dans une mare sombre dont la source se perd quelque part sous son corps sans vie. Elle a la face tournée contre terre, la joue à même le carrelage glacé. Elle porte un pantalon noir et un sweat-shirt gris clair. Des baskets flambant neuves complètent la tenue. Le pantalon légèrement relevé dévoile des socquettes dont la teinte rose fluorescent paraît obscène dans le décor. Elle a dû être surprise par son assaillant car, de sa main gauche, s'est échappée une brosse à cheveux.

*

Quelques mois plus tôt

— C'est la prochaine étape, non ?

Stéphane ne voit de Bruno que son dos étroit et l'arrière de sa tête où s'emmêle la tignasse châtain. Il est assis sur le canapé, les coudes sur les genoux.

Il ne répond pas, il se contente d'un grommellement étouffé par ses poings sur lesquels s'appuie sa bouche. Il hausse imperceptiblement les épaules. Bruno porte ce pull-over marron qu'il ne s'est jamais décidé à jeter. Stéphane s'attendrit, il voudrait aller frotter ce dos tendu, inquiet. Dire que c'est bon, il n'y a pas d'urgence, qu'on peut réfléchir posément. Mais il n'en fait rien. Stéphane tourne les talons et quitte le salon. Dans le vestibule, il se fige quelques secondes dans l'espoir enfantin que Bruno le retienne. Mais rien ne se passe, alors il ouvre la porte d'entrée et se retrouve dans l'humidité de ce début d'automne. Il ne sait au juste pourquoi il sort. Sans doute envie de quitter cette atmosphère lourde de reproches informulés, d'attentes avortées. Il aspire l'air immobile et lève les yeux. Le ciel est bas, d'un gris uniforme qui ne laisse percer aucun rayon du soleil. La pelouse est jonchée de feuilles jaunes où se mêlent quelques touches écarlates. « Il faudrait peut-être passer le râteau… » songe-t-il mécaniquement avant de dégonfler ses joues en signe d'ennui. Il n'y a que Bruno pour avoir de telles idées. Ramasser les feuilles mortes ? Pour quoi faire ? D'autres tomberont, n'est-ce pas ? Mais Bruno est comme ça, il dit qu'il y a des choses qu'on doit faire, des choses qui se font. Il y a un ordre des choses. Une ligne à suivre ou qui nous précède et nous montre la voie. Stéphane est différent. Plus instinctif, mais peut-être plus cérébral aussi. Indécis, il regarde le jardin qui s'ouvre devant lui et donne directement sur le trottoir. Le terrain se prolonge de chaque côté vers les propriétés voisines, sans délimitation. C'est ce qui leur a plu lorsqu'ils ont visité la maison, cinq ans auparavant. Bien qu'ils aient l'un et l'autre toujours été attirés par les vieilles demeures, ils sont tombés sous le charme de ce lotissement qui venait de sortir de terre. Le promoteur, un amoureux des États-Unis, s'était inspiré de ce qui se faisait de mieux dans les quartiers résidentiels américains pour monter son projet immobilier en France. Ainsi avait-il fait construire un ensemble de vingt maisons de taille confortable entourées de leur jardin. D'esprit colonial, elles se dressaient sur deux niveaux avec porche central et double garage attenant. Les propriétés s'étaient vendues comme des petits pains à des cadres ravis de pouvoir s'installer près de Bordeaux en ayant l'impression de vivre à la campagne. La plupart de leurs voisins ont des enfants, deux, trois voire quatre. D'ailleurs, les voici qui envahissent les trottoirs, le cartable sur le dos, ravis de se dégourdir les jambes après une journée de classe. Stéphane décide d'aller courir. Il a besoin d'évacuer cette rage qui lui tord le ventre. Il descend le perron et se glisse dans le garage. Son sac de sport est resté dans le coffre de sa voiture. Il l'attrape et se change en frissonnant. Puis il s'élance dans le froid humide.

*

— Non, Madame, le problème ne vient pas de vous.

Le praticien s'adosse à son large fauteuil et croise lentement les bras sur son abdomen. Puis il se redresse et tourne les feuilles posées sur son bureau afin qu'elle puisse lire.

— Regardez vous-même…

Elle se penche, plisse les yeux, essaie de comprendre ces colonnes de signes en noir et blanc. Elle soupire, lève des yeux perdus. Le médecin pointe alors du doigt une ligne de chiffres.

— Voyez, le taux est parfaitement conforme aux normes de référence. Aucune anomalie n'a été détectée. C'est donc du côté de votre mari qu'il faut à présent chercher…

Le médecin est déjà en train de taper sur son ordinateur. Il explique les analyses que Monsieur va devoir effectuer. On sera fixés assez rapidement, soyez sans crainte. Elle reste muette, le regard toujours rivés sur cette ligne de résultats. Surpris par son silence, l'homme la regarde et s'enquiert :

— Tout va bien ? Vous êtes toute pâle…

— Je me demandais… je me demandais… et si je faisais un blocage ? Vous savez, un blocage psychologique, ça arrive souvent, n'est-ce pas ?

Perplexe, il dévisage la femme. Il croit lire de l'espoir dans ses yeux bleu foncé. Il secoue la tête et rit :

— Qu'est-ce que vous allez chercher là ? Parce que vous pensez que vous avez des raisons de « faire un blocage », comme vous dites ?

— Non, se récrie-t-elle, comme piquée au vif, bien sûr que non !

— Eh bien alors, vous voyez, fait-il en baissant la tête vers son clavier, il n'y a pas lieu de s'inquiéter. Vous savez, la médecine a fait des progrès immenses ces temps derniers, notamment en ce qui concerne les problèmes de fécondité. Ne vous inquiétez pas, voici une ordonnance pour votre époux. Faites tranquillement les examens et, dès que j'ai les résultats, ma secrétaire vous contactera pour fixer un rendez-vous. Voilà, Madame, vous réglerez auprès de mon assistante.

Comme un automate, elle se lève et se laisse serrer la main par le médecin qui la raccompagne à la porte.

Elle se retrouve dans la salle d'attente. Elle a l'impression de manquer d'air, alors elle se dépêche de sortir. Elle repère le banc public devant le cabinet. Elle s'y traîne et s'y laisse tomber. Elle se force à respirer calmement, avec d'amples inspirations. La nouvelle l'a assommée : ainsi, Damien serait peut-être stérile ? Elle laisse l'idée faire son chemin à travers son esprit embrumé. Les mots du médecin résonnent dans sa tête : « C'est du côté de votre mari qu'il faut chercher à présent ». Mais non, impossible, pense-t-elle en agitant vigoureusement la tête. Impossible. Et pourtant, il a eu l'air catégorique : elle-même n'aurait aucun problème de fertilité. Et il a écarté d'un revers de main amusé un éventuel blocage psychologique. Il a même eu l'air de penser qu'elle cherchait des problèmes là où il n'y en avait pas. « Faites tranquillement les examens », a-t-il conclu de son air bonhomme. Tranquillement ! Elle a envie de hurler. Qu'est-ce qu'il en sait, lui, de ce qu'elle ressent ! Elle réfléchit à nouveau, les mains serrées sur son sac à main. Soudain, une idée : elle sait ce qu'il lui reste à faire…

*

Elle a fini de dresser la table et a allumé des bougies parfumées à la figue. Elle y pose un bouquet au centre. Le dîner mijote doucement dans la cuisine. Elle a passé une robe noire ajustée qui met en valeur sa minceur et des escarpins vernis. Elle a fait de ses cheveux châtains mi-longs un chignon un peu lâche. Des boucles en cristal pendent à ses oreilles. Tout est prêt. Mais tout à coup, elle hésite. Elle se dit qu'à voir ce décor festif, il va se demander ce qui se passe, quelle grande nouvelle elle a à lui annoncer. Elle se sent soudain ridicule, jeune mariée servile qui attend son chevalier. Alors, rapidement, elle souffle les bougies, ôte les assiettes de porcelaine fine, les verres de cristal, la jolie nappe amidonnée. Elle rallume le plafonnier et range le tout dans l'armoire du salon. Elle gagne la cuisine et dresse le couvert avec la vaisselle de tous les jours. Elle vient juste d'enfiler son jeans et son tee-shirt et de détacher ses cheveux lorsque Damien sonne à la porte.

— Salut, fait-il en l'embrassant légèrement sur la bouche. Hum, ça sent bon ici. Tu as fait une blanquette ? Génial. T'as passé une bonne journée ?

— Oui, et toi ?

— Oui, ça a été. J'ai enfin réussi à boucler ce dossier, tu sais celui avec les Irlandais…

— Oui, fait-elle sans conviction. Tu vas pouvoir souffler un peu…

Il acquiesce tandis qu'il ôte son imperméable et ses chaussures en un geste parfaitement synchronisé. Il s'étire en bâillant et s'assoit à la table. L'esprit ailleurs, elle l'écoute qui raconte sa journée au travail. Il fait honneur au dîner et ne semble pas remarquer le manque d'entrain de sa compagne. Sitôt le repas avalé, ils débarrassent, mettent en ordre la cuisine et programment le lave-vaisselle. Puis ils s'installent l'un près de l'autre sur le canapé pour regarder le journal télévisé. Ils écoutent quelque temps en silence, mais alors que le bulletin météo s'affiche sur l'écran, elle prononce :

— Au fait, je suis allée voir la gynéco aujourd'hui…

— Ah ? La visite annuelle ? fait-il distraitement sans quitter l'écran des yeux.

— Oui, la visite de contrôle.

— Et tout va bien ?

— Oui, enfin, elle m'a trouvé un petit truc…

Il se retourne vers elle :

— Un champignon, tu veux dire ?

— C'est ça, acquiesce-t-elle en hochant la tête. Du coup, elle m'a conseillé le préservatif en ce moment.

Il a soudain l'œil égrillard.

— C'est quelque chose qu'on n'a pas encore testé… dit-il en souriant.

Elle est surprise qu'il prenne si bien la nouvelle de ce petit désagrément. Elle se sent soudain plus légère. Alors, elle s'approche de Damien et s'installe à califourchon sur lui.

— Eh là ! s'amuse-t-il, pas si vite, ma belle, laisse-moi le temps de souffler !

Mais elle ne se démonte pas et lui pose un baiser dans le cou, appréciant au passage son eau de toilette boisée et citronnée. Il lui attrape alors les deux poignets et plonge son visage dans son décolleté. Il se met à respirer plus fort et à gémir doucement. Elle s'agite doucement sur lui avant de lui glisser à l'oreille :

— Une seconde, je vais chercher les préservatifs.

Elle est déjà de retour, la boîte colorée à la main. Impatient, il l'attire à lui, la déshabille tout en continuant à l'embrasser et l'allonge sur le canapé. Elle répond à ses baisers et ferme les yeux. Mais soudain, elle ne se sent plus sur la même longueur d'onde. L'esprit parasité par ce qu'elle a appris dans l'après-midi, elle ne parvient pas à se laisser aller et à partager l'excitation de Damien. Pour donner le change, elle essaie bien de respirer plus vite, plus fort. Mais son esprit demeure totalement en alerte. Elle rouvre les yeux, tourne la tête et tandis qu'il va et vient en elle, elle voit les images sur l'écran de télévision qui est resté allumé. Un dernier coup de rein et Damien se retire, en lui posant un baiser sur les lèvres. Puis, il s'écarte, bâille et s'allonge sur le dos, l'air béat. Elle se redresse, lui caresse la joue d'un doigt léger et se lève en prétextant qu'elle doit procéder à une toilette intime. Au passage, elle attrape discrètement le préservatif usagé abandonné sur le sol.

Elle en aura le cœur net.

*

Le médecin la fait asseoir en face de lui et déplie les feuillets que la secrétaire vient de poser sur son bureau.

— Monsieur ne vous accompagne pas ?

Elle secoue la tête.

— Non, finalement, il n'a pas pu se libérer.

— Dans ce cas, fait-il avec un sourire, je suppose que je peux vous faire confiance pour lui répercuter ce que je vais vous dire ?

— Évidemment.

— Nous avons reçu les résultats du labo. Comme je le pressentais, ajoute-t-il avec un air soucieux, il y a bien un problème d'infertilité chez votre mari.

— C'est-à-dire ?

— Eh bien, le spermogramme indique qu'il ne contient pas de spermatozoïdes. Cela revient à dire qu'il ne peut concevoir. Je suis désolé.

— Mais…

Abasourdie, elle regarde les larges mains du médecin qui tiennent les feuillets d'analyse. Elle essaie de donner corps aux paroles qu'il vient de prononcer. La voix sourde, elle demande :

— Et ce… cette stérilité, ça remonte à quand, à votre avis ?

Il la dévisage avec une incompréhension où se mêle un peu de pitié. Lentement, il repose les documents et écarte ses mains pour expliquer :

— Mais depuis toujours, Madame. Simplement, votre mari l'ignorait puisqu'il ne s'était jamais interrogé sur sa capacité à procréer.

Elle a l'impression qu'elle va se trouver mal. Les mots du médecin lui parviennent étouffés, comme prononcés à travers un rideau de ouate. Elle ne voit de l'homme en face d'elle qu'une silhouette en noir et blanc, masque en négatif. Il voit son trouble, alors il se lève et va au lavabo se trouvant derrière le paravent qui isole la table d'examen du reste de la pièce. Il revient en lui apportant un verre d'eau.

— Tenez, vous vous sentirez mieux.

Elle attrape mécaniquement le verre et le vide d'un trait. Peu à peu, les informations fournies par le praticien prennent forme dans son cerveau et une réalité insoutenable l'assaille soudain. Submergée par l'émotion, elle se lève d'un bond et tend la main au professeur :

— Merci Docteur, articule-t-elle péniblement.

— Mais Madame, fait son interlocuteur en se levant à son tour, vous ne voulez pas qu'on discute un peu de tout cela ? Vous êtes choquée, je le comprends, mais je peux vous parler des solutions qui existent…

— Plus tard, l'interrompt-elle. Une autre fois. Merci, répète-t-elle en se précipitant vers la porte.

*

Stéphane a trouvé son rythme, sa respiration est régulière, sa foulée légère. Son long corps musclé se meut avec aisance. Il court dans le bois qui borde le lotissement où il habite. Il s'émerveille à chaque fois de cette chance qu'ils ont de pouvoir en quelques pas seulement se retrouver au plus profond de la nature. Au-dessus de sa tête, les chênes empourprés déploient leur canopée tandis que l'air humide caresse son visage. Du sol gorgé de pluie émanent les senteurs d'humus. Le silence est palpable, seulement troublé par le bruit des rameaux qui craquent sous ses pieds. Ici tout n'est que tranquillité mais on sent que la vie est partout, repliée, tapie dans ces bruissements et frôlements invisibles. Il a l'impression qu'au fur et à mesure que son corps s'échauffe, son esprit s'éclaircit. Après une heure de course, il ralentit le pas et sort du bois. Il se retrouve dans la rue. Il monte sur le trottoir en veillant à ne pas déraper sur les feuilles mortes détrempées qui jonchent la terre. À présent que le crépuscule est tombé, les parages sont déserts. Les écoliers sont rentrés chez eux et l'on ne croise que les voitures des voisins qui regagnent leur domicile. Stéphane constate que Bruno a pris la peine d'allumer à l'extérieur et ce petit geste lui fait plaisir. Il arrête de courir et marche en respirant amplement. Arrivé devant chez lui, il grimpe en haut du porche et laisse reposer ses talons dans le vide en alternance afin d'étirer ses mollets. Puis il fait rouler ses épaules d'avant en arrière, tend les bras vers le ciel, inspire par le nez, expire par la bouche. Il se sent enfin prêt à rentrer. À l'intérieur, pas un bruit ne se fait entendre. Une lumière tamisée diffusée par deux lampes à abat-jour de couleur poudrée donne une atmosphère chaleureuse au salon. Un magazine a été abandonné sur le canapé, et sur la table basse se trouve un mug au fond duquel reste un peu de thé. Stéphane ôte ses chaussures et foule l'épais tapis à bouclettes colorées qui recouvre une bonne partie de la pièce. L'écran de l'ordinateur est en veille dans le coin bureau. Stéphane s'approche. Hésite. Puis, mû par une impulsion irrépressible, fait défiler l'historique de recherche. Il constate alors que le dernier site visité indique que Bruno n'est pas resté insensible à ses demandes. Ému, il s'empresse de verrouiller l'écran avant de jeter un regard coupable vers l'étage. Il déteste l'idée que son compagnon ait pu surprendre son indiscrétion. Puis il grimpe quatre à quatre l'escalier métallique et va jusqu'à leur chambre. Mais celle-ci est vide. C'est alors qu'il entend un vague bruit venant de l'opposé. Il comprend que Bruno est en train de prendre un bain. Stéphane frappe doucement et demande presque timidement :

— Je peux entrer ?

Un « Mm » sourd lui répond, que Stéphane choisit d'interpréter comme un oui. Il pousse la porte et se retrouve dans la salle de bains noyée par un nuage de vapeur parfumé au pin. Dans la baignoire se trouve Bruno dont Stéphane n'aperçoit que la nuque têtue et les orteils qui sortent de l'eau moussante. Stéphane s'approche, se déshabille et se glisse à son tour dans l'eau fumante. En face, l'autre ne peut retenir un sourire.

*

« Mais alors, se répète-t-elle, mais alors, et Capucine ? » Elle voit le visage de la fillette, ses yeux clairs, ses boucles blondes. Aussi claire et diaphane que son père est typé. « Mais c'était évident, songe-t-elle, avec l'envie de rire et de pleurer à la fois, comment avons-nous pu être aussi aveugles ? Et surtout Damien, en l'occurrence. Comment a-t-il pu imaginer que cette petite était sa fille ? » Elle laisse échapper un ricanement aigre. Un passant lui lance un regard surpris. Mais elle n'y prête pas attention. Elle songe à Damien, cet homme qu'elle aime du fond du cœur et avec lequel elle rêvait de fonder une famille. Elle regarde les arbres qui rougeoient sous le pâle soleil couchant. Dans le parc où elle est allée s'asseoir, quelques rares enfants s'ébattent encore sur les structures de bois tandis que leurs mères les encouragent tout en serrant frileusement leurs bras contre elles. Elle se dit qu'elle ne connaîtra sans doute jamais ce bonheur d'accompagner son enfant au parc. Du moins, pas si elle continue à partager la vie de Damien. Mais elle chasse vite cette pensée odieuse. Comment ose-t-elle ainsi évoquer la possibilité de le laisser. Elle se mord la lèvre tandis qu'elle sent les larmes lui monter aux yeux. La honte le partage au désespoir. Et le doute aussi. Que faire de cette nouvelle qu'elle vient d'apprendre et qui menace de l'étouffer ? La taire évidemment. Que faire d'autre ? Elle refuse l'idée de lui dire qu'il ne peut être le père de Capucine. Damien va mieux aujourd'hui, il est allé de mieux en mieux depuis qu'ils se sont rencontrés à cette soirée organisée par une amie commune, il y a presque trois ans. Il sortait d'une séparation douloureuse d'avec Karen, la mère de Capucine. Karen s'était révélée de plus en plus complexe au fur et à mesure de leur vie de couple. Au début, il s'était amusé de ce qu'il considérait comme les caprices d'une fille unique gâtée par des parents enamourés. Lorsqu'ils s'étaient rencontrés, elle était la fille charmante et intelligente, à qui rien ni personne ne résistait. Ils travaillaient tous deux dans la société où elle exerce toujours. Il la croisait dans les réunions et pouvait admirer son assurance tranquille. Comme tous autour de lui, il s'était laissé prendre au piège de son autorité enjôleuse. C'était une grande femme brune, très mince, aux longs cheveux raides. Elle portait invariablement des tailleurs-pantalons noirs avec un chemisier blanc et des escarpins à talons. Ses collègues avaient pour elle une admiration un peu craintive. En fait, c'est elle qui avait fait le premier pas en l'invitant à dîner un soir où une réunion s'était éternisée. Damien avait vite succombé, assez flatté au fond d'être l'heureux élu de la redoutée dame de pique. Ils s'étaient vite installés sous le même toit et Capucine naissait, deux ans plus tard. C'est à ce moment-là que le caractère imprévisible de Karen s'était révélé. Comme si elle voyait dans cette miniature de cinquante centimètres une potentielle rivale. Eût-elle agi différemment avec un bébé de l'autre sexe? « Fort probablement », songe Annabelle en remuant la tête. Dans ce cas, elle aurait pu demeurer à sa place indétrônable de reine du foyer, amante exclusive et mère aimante. Étrangement, Karen aimait sa fille, de cela Damien n'avait jamais douté, mais d'un amour exclusif qui ne supportait pas la participation du père. Aussi, lorsque Damien s'approchait de la petite, laissait-elle échapper de petites remarques perfides sur son incapacité à s'occuper d'un bébé. Progressivement, elle s'était mise en travers de son chemin, chaque fois qu'il faisait mine de vouloir toucher Capucine. À un moment, il avait tout de même commencé à s'en inquiéter. Capucine avait six mois et Karen continuait à refuser sa couche à son mari, sous prétexte que la petite devait dormir près d'elle afin de développer un sentiment de confiance sans lequel elle ne pourrait s'épanouir en tant qu'adulte. Damien s'en était ouvert à son ami d'enfance, Denis, qui avait lui-même deux petites filles. Ce dernier l'avait conforté dans son point de vue: non, il n'était pas normal que le bébé partage le lit de ses parents et il n'était pas normal non plus que Karen tourne ainsi le dos à son mari. Alors, il avait essayé de parler à Karen, à mots choisis pour ne pas la heurter. Mais elle n'avait pas supporté ses remarques. Elle avait alors fait preuve d'une attitude agressive à son égard, presque violente, tandis qu'elle continuait à entourer sa fille de tendresse. Démuni, il s'était alors tourné vers un psychologue qui lui avait conseillé de convaincre sa femme de venir le consulter. Mais à cette simple évocation, Karen avait poussé de hauts cris : « Quoi ? Tu me prends pour une folle, c'est ça !!! Tout ça parce que j'aime ma fille et que je veux ce qu'il y a de mieux pour elle ! Ma parole, mais c'est toi qui as un problème ! Remarque, pas étonnant, avec la mère que tu te trimballes… » Et la discussion s'était achevée là, laissant Damien encore plus perdu. À cet instant précis, il avait compris que plus rien de bon ne pourrait arriver entre Karen et lui et il avait décidé de demander le divorce. Contre toute attente, elle avait accepté sans difficulté cette décision dont elle n'était pourtant pas à l'initiative. Elle avait eu pour seule exigence sa promesse qu'il ne demanderait pas la garde alternée. De guerre lasse et plein d'appréhension, il avait cédé. Cependant, malgré les craintes légitimes de Damien, Karen n'avait jamais fait de difficulté pour lui remettre sa fille un week-end sur deux. Ces vendredis-là, elle l'attendait de pied ferme chez elle et ne tolérait aucun retard. Elle répondait au premier coup de sonnette, lui tendait le sac de l'enfant, faisait ses recommandations, habillait Capucine en l'étouffant de baisers et la remettait enfin à son père. Damien avait appris de la bouche d'une amie de sa femme que les week-ends où elle n'avait pas Capucine, Karen se retirait dans un hôtel-spa parmi les vignes de Pessac-Léognan, toujours le même, où entre les mains de masseuses expertes, elle oubliait le déchirement que constituait l'absence de sa fille.

Annabelle regarde les enfants qui s'ébattent en criant avec un pincement au cœur. Elle emmène souvent Capucine jouer au parc et elle n'aime rien tant que la pousser sur la balançoire ou la recevoir en bas du toboggan, les yeux fermés comme si elle venait de dévaler l'Himalaya. Lorsqu'Annabelle a rencontré Damien, c'était un homme profondément triste, marqué par l'échec de son mariage et le manque de sa fille. Elle a tout de suite été attirée par lui, son regard mélancolique et son sourire doux. Elle a immédiatement eu envie de le prendre dans ses bras et de le bercer comme un enfant. Peu à peu, il a baissé la garde et s'est laissé approcher. Elle lui a progressivement fait reprendre confiance en lui-même et en les femmes. Aussi aujourd'hui, à présent qu'il a retrouvé le goût de vivre, ne peut-elle une seule seconde envisager qu'il apprenne que son ex-femme l'a ainsi berné. S'il comprend qu'il ne peut être le père de la petite, son désespoir n'aura d'égal que sa colère. Mais Annabelle craint que le premier l'emporte, le ravageant aussi sûrement que l'a ravagé la fin de son premier mariage. Alors, elle ne dira rien, préférant le secret à la certitude de voir l'être aimé sombrer à nouveau…

*

— Alors, tu as réfléchi ? Cette idée te paraît-elle toujours aussi insoutenable ? demande Stéphane en se séchant.

Bruno s'enveloppe dans un épais peignoir et attrape un peigne avant de se tourner lentement vers son compagnon.

— Eh bien, murmure-t-il comme à contrecœur, je crois que tu as réussi à me convaincre…

Stéphane sent soudain son cœur prêt à exploser. Un bonheur indicible le submerge. Il s'apprête à se jeter au cou de Bruno mais, finalement, se retient de le faire. Il sait que ce dernier n'apprécierait pas ce débordement de gratitude, lui qui n'aime rien tant que la discrétion. Et puis Stéphane a conscience que cette décision est encore fraîche, fragile. Il devine comme son compagnon a eu du mal à prononcer ces quelques mots. Il a dû vaincre ses propres réticences et ses propres doutes avant de capituler devant l'insistance de Stéphane. Et celui-ci sait comme la route à parcourir est encore longue et semée d'embûches. Il sait aussi que Bruno peut faire machine arrière à tout moment. Non pas qu'il soit d'un tempérament versatile, bien au contraire, mais Stéphane comprend qu'on puisse avoir envie de reculer à un instant donné. Lorsque l'appréhension est trop forte, les pressions trop grandes. Il se contente donc de poser un baiser léger sur la joue de Bruno et va dans leur chambre enfiler une tenue d'intérieur. Pendant le dîner, constatant que Bruno semble enfin plus détendu, Stéphane revient au sujet qui les agite depuis de longs mois déjà. Il avale une gorgée de vin rouge avant de dire :

— Reste maintenant à trouver la bonne personne.

Bruno a tiqué imperceptiblement mais il vide sa bouche avant de répondre d'un ton uni :

— Ça risque d'être compliqué…

— Je sais bien… Mais je suis sûr que c'est pourtant possible. Ne me dis pas que c'est une pratique inédite ici.

— Inédite, non, j'imagine, mais illégale. Or, je déteste l'idée d'être hors la loi. Et puis, il faut penser à l'enfant. Que lui dira-t-on ? Que comprendra-t-il à tout ça ?

Sa voix s'étrangle soudain. Stéphane tend la main à travers la table et lui serre le poignet.

— Ne t'en fais pas, je suis sûr qu'on va trouver la meilleure solution possible. Et puis, ne crois-tu pas qu'avec de l'amour, tout est possible ? Regarde-nous, on a eu tout ce qu'il fallait, la mère, le père, et au bout du compte, est-ce qu'on peut dire que c'était une réussite ?

Bruno a un sourire triste.

— Non, pas vraiment.

Bruno vient d'une famille traditionnelle bourgeoise. Son père était industriel et sa mère femme au foyer. Mais sous cette apparence lisse couvaient rancœurs et non-dits. Bruno savait son père infidèle, mais sa mère feignait bravement ou lâchement de l'ignorer. Stéphane, quant à lui, a grandi entre des parents post-soixante-huitards divorcés, qui ont toujours eu à cœur de faire passer le bien de leur fils avant le leur. Cependant, malgré leurs enfances différentes, l'un comme l'autre ont eu à souffrir d'une certaine forme d'insécurité. « Et pourtant, songe Stéphane, nous avons grandi dans des familles plutôt conventionnelles. Alors quoi ? Quelle est la panacée ? Quelle serait la formule miracle ? Faudrait-il s'empêcher de vouloir créer une famille parce qu'on ne répond pas au schéma traditionnel ? » Bruno secoue la tête et ajoute :

— Je suppose que tu as raison. On ne sera ni les premiers ni les derniers. Il n'empêche…

— Il n'empêche quoi ?

— On aurait pu… tu sais, faire les choses de manière plus classique…

Bruno se mord la lèvre en guettant la réaction de Stéphane. Celle-ci ne se fait pas attendre. Le rouge aux joues, il s'exclame :

— Tu ne vas tout de même pas recommencer ! On en a cent fois discuté, je te rappelle. Et puis, tu étais prêt à t'y coller, toi ?

Bruno secoue une tête piteuse.

Stéphane continue :

— Nous sommes bien d'accord, Monsieur préfère les méthodes traditionnelles mais n'a aucune envie de se mettre au lit avec une femme ! Ah ah, dites-moi, voilà qui va être compliqué alors, Monseigneur ! À moins que Sa Grandeur ait dans l'idée que son serviteur fera la basse besogne pour lui…

Stéphane termine son discours dans un large mouvement de chapeau ironique. Bruno laisse échapper un rire amusé et se défend :

— Tu sais bien que je ne t'imposerais pas ça puisque je sais comme ça te coûte. Mais on aurait pu tirer au sort…

— Ou à la courte paille ! fuse la réponse sarcastique.

Bruno hausse les épaules avant de reprendre un ton en dessous :

— D'un autre côté, ça aurait pu arriver par accident à l'époque où tu es sorti avec des filles et tu en aurais été le premier ravi.

— Précisément parce que ça aurait été un accident ! rétorque Stéphane. Mais la chance ou le hasard ou le destin, appelle ça comme tu veux, n'en a pas décidé ainsi.

— Résultat, aujourd'hui, nous ne sommes pas pères, constate froidement Bruno en se servant un verre de vin.

Stéphane prend la phrase de plein fouet. La gorge soudain nouée, il repense à ses jeunes années où il a fugacement testé ses intimes convictions et désirs auprès de quelques filles. De ces rencontres vouées à l'échec auraient évidemment pu naître un enfant. Et à l'époque, dans l'inconséquence de la jeunesse, il en aurait conçu une frayeur sans nom. Il aurait été paralysé d'apprendre qu'il allait être le père d'un enfant né d'une union hors nature et sans amour. Avec le recul, évidemment, Stéphane se dit que les choses auraient au moins eu le mérite d'être simples. L'enfant serait juste né de parents divorcés, comme tant d'autres. Et lui aurait gagné son statut de père, légitimement, sans faire de vagues. Il se racle la gorge et réplique :

— C'est vrai, les choses ne se sont pas passées comme ça. Mais je reste convaincu que c'est mieux ainsi. Si le hasard m'avait fait père à l'époque, j'aurais accueilli la nouvelle sans aucune joie. Deux solutions se seraient alors offertes à moi, aussi mauvaises l'une que l'autre : reconnaître l'enfant et assumer des responsabilités non choisies ou pire encore, épouser lâchement la mère. Quel que soit le choix que j'aurais fait, l'enfant aurait grandi dans un climat d'insécurité douloureux, conscient que ses parents ne l'avaient absolument pas conçu par amour.

Il se tait quelques instants avant de reprendre :

— Reste l'option que tu as évoquée, celle de procréer de manière plus classique, pour reprendre ton expression, eh bien, non, c'est au-delà de mes forces !

J'aurais l'impression de violer ou d'être violé, en tout cas, celle de renier ma propre dignité.

Bruno baisse la tête. Il comprend parfaitement les arguments de son compagnon, d'autant plus que lui-même n'a jamais eu de relations qu'avec des hommes. Des hommes qu'il a aimés de surcroît. Alors, il comprend la réticence de Stéphane à se reproduire de manière calculée au cours d'un accouplement mécanique et sans joie. Il se lève avec un soupir et entreprend de débarrasser la table. Perdu dans ses pensées, Stéphane n'a pas l'air de le voir. Il est soudain prêt à renoncer à son tour, submergé par des obstacles qui lui paraissent tout à coup des montagnes insurmontables.

*

Annabelle a du mal à se concentrer sur les chiffres qui s'alignent en colonnes symétriques. Elle est censée terminer la vérification de la trésorerie d'un de leurs clients importants, une entreprise de textile en gros pour laquelle ils travaillent depuis plusieurs années. La jeune femme sait qu'elle devrait s'y mettre au plus vite, mais son esprit s'échappe sans arrêt pour s'aventurer dans des recoins qu'elle voudrait ignorer. Elle ne cesse de penser à Damien et au séisme que provoquerait la nouvelle de son impossible paternité. De quoi serait-il capable ? se demande-t-elle en surlignant mécaniquement de jaune fluorescent les recettes de l'année. Du pire, sans doute, car, même si Damien renvoie l'image d'un homme doux et posé, Annabelle sait comme l'homme qu'elle aime est prêt à tout pour défendre ses convictions. Elle l'imagine déjà se précipiter chez son ex-femme, celle qui l'a tant fait souffrir et l'a privé de la garde de sa fille. Elle ferme les yeux, effrayée par les images que son imagination convoque malgré elle. Non, décidément, il ne doit rien savoir. Il aime sa fille plus que sa propre vie, il ne doit en aucun cas apprendre qu'il n'en est pas le père. D'un autre côté, songe-t-elle en promenant un regard distrait sur les feuilles étalées, il ne cesserait certainement pas d'aimer cette petite pour autant. Après tout, il serait comme tous ces pères adoptifs qui jurent éprouver pour leur enfant un amour identique à celui de n'importe quel parent biologique pour sa progéniture. Pour sa part, Annabelle est convaincue qu'au fond, cela ne fait aucune différence, surtout qu'elle-même a été élevée par un beau-père qui a remplacé un père qu'elle n'a jamais connu. Une voix enjouée interrompt sa rêverie :

— Dis-moi, t'as l'air au taquet, ma belle ! fait une grande brune en se laissant tomber de l'autre côté du bureau.

D'un geste sensuel, l'arrivante repousse derrière son épaule ses longs cheveux souples et soupire en s'enfonçant dans le fauteuil :

— Ouf, je n'en peux plus de ces dossiers urgents ! D'ailleurs, ajoute la visiteuse avec un rictus désabusé, je ne sais pas si tu as remarqué, mais tous les dossiers sont « urgents » de nos jours. À croire qu'on fait en permanence la course contre la montre ! Et on n'est pas payées plus pour autant ! Allez, ras le bol de ces chiffres, je t'emmène déjeuner.

Amusée, Annabelle regarde le numéro que lui fait sa collègue et amie Vanessa. Cette dernière est arrivée à l'agence cinq ans plus tôt et rapidement, les deux jeunes femmes se sont liées d'amitié. Vanessa est une femme qu'on n'oublie pas : très grande, très longue, presque osseuse, elle a beaucoup de présence. Invariablement habillée de combinaisons-pantalons ou de robes près du corps en soie ou lainage brun ou prune, elle porte toujours de grandes boucles d'oreilles en or sous ses cheveux détachés. La comptable, qui est célibataire, rencontre régulièrement des hommes avec lesquels elle croit à chaque fois qu'elle va faire sa vie. Mais son parcours sentimental n'est qu'une succession d'échecs. Pourtant, rien ne semble pouvoir entamer son optimisme. Annabelle sourit en secouant la tête.

— Désolée, Vanessa, pas aujourd'hui, j'ai pris du retard dans mes vérif's…

— Eh bien justement, la coupe la grande brune avec un clin d'œil, une pause s'impose ! Rien de tel qu'une bonne coupure pour repartir de plus belle !

— Non, vraiment, résiste Annabelle, et puis de toute façon, je n'ai pas trop la tête à ça…

— Qu'à cela ne tienne ! s'écrie Vanessa en se mettant debout et en attrapant le pardessus de son amie, suspendu derrière la porte. Enfile-moi ça et je t'emmène !

Battue, Annabelle se lève à son tour et enfile lentement le manteau. Elle n'a guère envie d'aller papoter avec Vanessa mais en même temps, elle se rend bien compte qu'elle n'a pratiquement rien fait depuis neuf heures ce matin. Elle a regardé tourner les aiguilles de l'horloge fixée au mur sans avancer dans son travail. Trois fois, elle s'est déplacée pour se faire un thé puis, effet diurétique oblige, pour aller soulager sa vessie. Sans arrêt, son esprit a cherché à s'évader sans qu'elle puisse l'en empêcher. Alors, après tout, se dit-elle en emboîtant le pas à Vanessa, autant faire une pause pour repartir de plus belle. D'une allure décidée, la longue brune traverse le couloir sans fin en saluant les connaissances dont la silhouette se profile à travers les parois vitrées. Annabelle a du mal à suivre la jeune femme et hâte le pas. Vanessa descend l'escalier, sort de l'agence, traverse le trottoir et sans demander l'avis de son amie, se dirige vers le bistrot situé presque en face du bâtiment de verre et de béton. Par contraste, le restaurant paraît suranné avec sa devanture de bois, ses tables en terrasse au piétement doré et ses chaises bistrot en bois patiné. Vanessa pousse la porte et est aussitôt accueillie par une apostrophe enjouée du patron qui lui indique le coin près de la fenêtre. Elle répond d'un signe de la main et d'un grand sourire avant de traîner Annabelle à leur table favorite. Elle est juste prévue pour deux couverts, mais les deux amies aiment le côté intimiste de leur petit coin.

— Alors, commence Vanessa en ôtant l'immense châle dont elle s'était couverte en guise de manteau, qu'est-ce qui ne va pas, ma belle ?

— Rien… Pourquoi cette question ? se défend Annabelle.

— Parce que tu as ta tête des mauvais jours, voilà pourquoi. C'est à cause de Damien ?

Bien qu'elle soit très proche de Vanessa, la franchise de cette dernière ne cesse jamais de la surprendre. Elle a le don de toujours mettre le doigt là où ça fait mal, sans vouloir faire de la peine, instinctivement. Évitant son regard, Annabelle secoue la tête.

— Mais non, qu'est-ce que tu vas chercher ! Tiens, je prendrais bien le parmentier de canard, fait-elle en désignant du menton le menu tracé à la craie sur le grand tableau noir au-dessus du bar.

— C'est ça, ironise la grande brune en esquissant un rictus, change de sujet, je n'y verrai que du feu !

Amusée, Annabelle plante ses yeux dans ceux de son amie et réplique :

— Je t'assure que tout va très bien entre Damien et moi.

— Ben alors, qu'est-ce qui te tracasse comme ça ?

— Je dois simplement être fatiguée, esquive Annabelle en dépliant sa serviette de tissu sur ses genoux.

— Parce que tu aurais des raisons particulières de l'être ? appuie Vanessa en plissant les yeux d'un air scrutateur.

— Je ne vois pas de quoi tu veux parler, répond-elle en fronçant les sourcils. Bon, tu prends quoi ?

— Comme toi, parmentier et salade verte. Avec un verre de beaujolais.

Annabelle fait signe au garçon. Elles passent leur commande et attendent que leur verre de vin soit apporté avant de reprendre leur conversation.

— Je te demandais donc, commence Vanessa, ce qui expliquait ton état de fatigue du moment…

— Je suppose que je suis comme tout le monde, j'ai moins d'énergie lorsque les jours raccourcissent…

— Très bien, répond Annabelle en faisant mine de paraître vexée, si tu ne veux rien me dire…

— Arrête ton cirque, Vanessa, on dirait une gamine boudeuse à qui on a refusé d'acheter un poisson rouge à la kermesse !

Son interlocutrice consent à sourire et porte son verre de vin à sa bouche. Elle a compris qu'elle ne tirerait rien de son amie aujourd'hui et décide de parler de sujets moins personnels. Les deux femmes passent donc la suite du repas dans une atmosphère rendue légère par les anecdotes de Vanessa au sujet de leurs collègues de l'agence : Maurice, le secrétaire célibataire et libidineux (selon Vanessa), Jocelyne, la maîtresse du directeur (toujours selon Vanessa), Frédéric l'étalon (sa femme attendrait le septième), José, l'adjoint du directeur qui opine béatement à tout ce que dit son chef (parce que, selon Vanessa, il aurait le béguin pour lui) etc. etc. Lorsqu'une heure plus tard, Annabelle se rassoit à son bureau, elle a l'impression que son horizon est un peu moins sombre. Mais peut-être est-ce dû à l'effet euphorisant du beaujolais…

*

La jeune femme regarde à nouveau son relevé bancaire. La situation devient vraiment inquiétante. Une boule d'angoisse lui noue la gorge. Comment va-t-elle pouvoir se sortir de ce pétrin ? Et surtout, comment cacher encore plus longtemps la situation à Jérémy ? Il sera de retour dans deux jours et il finira bien, à un moment ou à un autre, par plonger son nez dans les comptes. Même si par un accord tacite, c'est toujours elle qui s'occupe de la gestion du budget de la maison, Jérémy ne s'en désintéresse pas totalement, surtout quand arrivent le mois de décembre et les dépenses inévitables de Noël. Que faire ? se demande-t-elle pour la centième fois au moins en détaillant les chiffres obscènes. Comment expliquer à son mari qu'elle a perdu son emploi depuis trois mois et qu'elle fait semblant d'aller au travail tous les jours ? Tania était employée chez un grossiste en textile jusqu'à ce jour maudit où le patron l'a vue hésiter devant le tiroir-caisse ouvert. Elle s'est défendue, bien sûr, elle est une femme honnête, jamais elle ne se serait servie dans la caisse ! Encore à ce jour, elle se demande si elle serait allée jusqu'au bout de son geste. Elle se convainc du contraire évidemment, mais au fond d'elle, une petite voix perfide lui susurre que son patron n'a pas inventé sa présence devant un tiroir-caisse miraculeusement laissé ouvert. Son employeur a eu la bonté de ne pas porter plainte contre elle. En revanche, il lui a sur-le-champ fait comprendre qu'elle n'avait plus rien à faire dans l'entreprise. Elle n'a pas demandé son reste, trop soulagée de ne pas devoir comparaître pour vol et trop peu sûre d'elle-même pour aller aux prud'hommes. Elle est donc rentrée chez elle, ce soir-là, comme si de rien n'était. Elle se rappelle comme la soirée était douce, un début d'été indien merveilleux. Elle a supervisé les devoirs des deux filles, fait couler leur bain, préparé le dîner. Quand son mari, chauffeur routier, est rentré deux jours plus tard, elle a fait mine que tout allait bien. Elle a souri, comme d'habitude. Lui a demandé comment s'était passée la semaine, s'il n'y avait pas eu trop de ralentissements sur l'autoroute, s'il n'avait pas eu trop chaud en Andalousie, s'il avait enfin pensé à ramener la paire de castagnettes que convoitaient les filles. Mais cela fait à présent trois mois qu'elle joue cette comédie. Cela fait soixante et un jours qu'elle n'a pas touché de salaire et Jérémy va bien finir par s'en rendre compte. Elle a épluché les offres d'emploi dans la région, prête à prendre n'importe quel travail non qualifié, mais elle n'a rien trouvé de satisfaisant. Alors au bout d'un mois, elle s'est rapprochée d'une société de crédit et a contracté un prêt à la consommation qui lui permettrait de faire face aux dépenses courantes pendant quelques semaines. Mais cela ne peut durer indéfiniment et elle se défend d'entrer dans la spirale infernale du surendettement. Pas plus tard que la semaine précédente, elle a vu un reportage à la télévision sur ces chômeurs acculés, ruinés par leurs crédits successifs. Elle refuse cette déchéance programmée, la honte de croiser son voisin en allant demander un étalement des paiements au Trésor public, la vexation de quémander la cantine gratuite pour ses deux filles, l'humiliation d'aller aux Restos du Cœur. Non, elle ne tombera pas si bas. Il faut absolument qu'elle trouve une solution. Au plus vite. Tandis qu'elle tourne et retourne ses idées noires dans sa tête, son regard est attiré par une fenêtre intempestive qui vient de s'ouvrir dans le coin supérieur droit de l'écran. Elle fronce les sourcils pour s'assurer que ce qu'elle croit lire est bien écrit en toutes lettres. Elle lit à nouveau, s'adosse au dossier de sa chaise et ferme les yeux pour réfléchir. Après tout, pourquoi pas, c'est peut-être la solution, se dit-elle…

*

Bruno lit la lettre lapidaire que l'association lui envoie tous les trois mois. Sur la photo le petit Shankar sourit, exhibant le trou laissé par la chute de ses deux incisives de lait. Il grandit bien et obtient de bons résultats scolaires. Grâce à l'aide de Stéphane et Bruno, cet enfant défavorisé n'a pas été contraint de travailler dans les champs comme ses aînés. Il est le premier de sa famille à savoir lire et il est très fier de raconter dans ses lettres que c'est désormais lui qui lit le journal à son père. Il dit qu'il veut être médecin ou instituteur. Les deux hommes sont heureux de pouvoir parrainer un enfant démuni, mais cette action ne les comble pas totalement. En effet, il n'y a aucune commune mesure entre aider un gosse du bout du monde qu'on ne rencontrera probablement jamais et serrer entre ses bras un enfant de chair et d'os. Bruno a vu les choses basculer la veille au dîner. Alors que jusqu'alors c'était lui le frileux, le peureux ou tout bonnement le plus raisonnable des deux, l'équilibre des forces s'est imperceptiblement modifié au terme de leur conversation. Tandis que lui, Bruno, avait fait dans sa tête le chemin vers l'acceptation d'une éventuelle gestation par autrui, Stéphane semblait s'être finalement rallié à l'opinion initiale de son compagnon. « Que les choses sont donc mal faites », soupire Bruno en jetant un dernier regard au bambin épanoui sur le Polaroid. « Au moment même où je commençais à fléchir, voilà que c'est Stéphane qui se met à hésiter. » Bruno se lève pour débarrasser son assiette et glisse une capsule dans la machine à expresso. Puis, adossé à l'évier, il avale son café dans lequel il trempe un carré de chocolat noir, les yeux dans le vague. Il regarde à nouveau la lettre qu'il a laissée en évidence pour que Stéphane la trouve ce soir à son retour. Il revoit en pensée le petit Shankar, ses yeux vifs, son sourire édenté, et soudain, dans sa tête, c'est comme si les nuages s'écartaient. Il se dit que Stéphane a raison depuis le début. Raison de dire que la vie n'est, au fond, faite que d'imprévus, que l'impossible se produit parfois, qu'il faut savoir provoquer le destin. Et qui est-il Bruno, pour s'ériger ainsi en censeur, en sage qui se placerait au-dessus des hommes ? Comme le lui a répété Stéphane hier soir, est-on nécessairement plus équilibré lorsque l'on naît dans une famille conventionnelle ? Bruno et Stéphane sont-ils des modèles d'adultes épanouis et sereins ? Bruno laisse échapper un petit rire amer. N'aurait-il pas mieux valu pour le petit Bruno que ses parents se séparent dès qu'il leur était apparu qu'ils n'étaient pas faits l'un pour l'autre ? Au lieu de quoi, par souci des convenances, le couple bourgeois était resté marié, indifférent aux dommages collatéraux que cette atmosphère de non-dits provoquerait chez leur fils unique. Le jeune garçon, puis l'adulte qu'il était devenu, avait développé un sentiment profond d'insécurité. Dans son inconscient de petit garçon, si ses parents, qui visiblement ne s'aimaient plus depuis longtemps – en admettant qu'ils se soient aimés un jour – étaient restés ensemble, c'était juste parce qu'ils avaient un fils. Ainsi donc, il avait été, malgré lui, le ciment poreux qui les reliait l'un à l'autre. Avait-il conçu de la reconnaissance pour sa mère d'avoir maintenu les liens sacrés du mariage en dépit du désamour et des incartades de son époux ? Non, naturellement. Mais pour être honnête, il n'en avait pas nourri d'amertume non plus. Il s'était toujours interdit de juger, montrant en cela un respect scrupuleux des principes qui lui avaient été inculqués. Non, il ne jugeait pas. Pas plus aujourd'hui qu'hier. Pour autant, cela ne signifie pas qu'il leur a donné son absolution. Simplement, il se dit que probablement ses parents ont cru faire ce qu'il fallait dans le milieu étriqué qui était le leur. Stéphane a été mieux loti, dans le sens où les siens ont divorcé en bonne intelligence. Pourtant, le jeune garçon avait tiré de la rupture de ses parents la conclusion que toute union était vouée à l'échec. Non, décidément, se dit Bruno en reposant sa tasse dans l'évier, il n'y a aucune raison de ne pas donner sa chance à la vie. Il attrape ses clés, sa veste en jeans et dévale le perron. Ce soir, il parlera à Stéphane…

*

— Si vous avez des questions… Non ? Dans ce cas, je vous remercie de votre attention et vous souhaite une bonne soirée.

Sans attendre que la salle de réunion se soit vidée, Karen regroupe ses papiers en une pile bien rectiligne et ouvre sa messagerie personnelle. La réservation de sa chambre est confirmée ainsi que ses soins du visage et du corps pour le samedi et le dimanche. Elle va prendre le train demain à dix-sept heures, arrivera à dix-neuf heures et se verra déposer en taxi à l'hôtel-spa où elle a ses habitudes. Elle aura sa chambre favorite, celle qui ouvre en grand sur les vignes. Elle adore au petit matin, avant que son petit-déjeuner lui soit porté, sortir sur le balcon et contempler le bronze des champs d'hiver qui se déplient à l'infini. Les corneilles chamailleuses s'interpellent sur la balustrade peinte en blanc tandis qu'en dessous, sur l'herbe grasse, se pourchassent merles et moineaux. Elle aime séjourner aux Thermes de Caudalie en toute saison, mais elle affectionne particulièrement les courtes journées d'hiver où l'on guette les rayons du soleil comme l'assoiffé au cœur du désert guette l'oasis. Elle aime le froid piquant de la brise venue de la mer lointaine, le souffle tempétueux du vent quand le temps tourne à l'aigre. Et elle aime se réfugier au coin de la cheminée, un roman à la main tandis qu'elle attend paresseusement que le dîner soit servi. Elle ne parle à personne, hormis au personnel de l'établissement. Des hommes seuls, en voyage d'affaires probablement, se sont parfois aventurés à percer son armure, mais en vain. Karen veut rester seule. Non pas qu'elle goûte particulièrement la mélancolie de la solitude, mais cet isolement est pour elle comme un purgatoire, un chemin de croix qu'elle doit effectuer. Si elle passe un week-end sur deux seule dans cet hôtel où elle ne connaît personne, c'est parce qu'elle l'a bien cherché. On veut la punir en lui ravissant ainsi sa fille deux jours par quinzaine. Car si elle avait agi différemment, Damien n'aurait pas demandé le divorce et Capucine ne lui aurait jamais été enlevée. Pourtant, parfois, Karen renâcle à porter sa croix, lorsque sa conscience la rappelle à l'ordre et la convainc qu'elle a toujours tout fait pour le mieux. En quoi aurait-elle dû agir différemment ? Qu'a-t-elle à se reprocher au juste ? De trop aimer sa fille ? Peut-on se montrer coupable de trop aimer son enfant ? Elle secoue la tête avec incompréhension. Elle n'a rien fait de mal, bien au contraire. Simplement, les gens ne pensent pas tous comme elle, et ils ont tort. D'un coup sec, elle rabat le couvercle de l'ordinateur. Elle repousse sa chaise, attrape ses papiers et stylos et regagne son bureau au fond du couloir. Là, elle récupère son manteau en peau et son grand sac à main, et repart dans l'autre sens. Une quinzaine de kilomètres la sépare de son domicile, mais les embouteillages de la fin de journée ajoutés à la pluie qui tombe à verse donnent l'impression que le trajet n'en finira jamais. Enfin, elle arrive chez elle, ouvre la porte du garage à l'aide de sa télécommande et gare son coupé à l'intérieur. Elle déverrouille l'alarme avant d'entrer dans la maison. Une bonne odeur de frais la saisit, lui rappelant le passage de Maria, sa fidèle femme de ménage. Karen pose son sac à terre et verrouille aussitôt la porte derrière elle avant d'enclencher l'alarme à nouveau. Elle se souvient comme Damien se moquait d'elle et de sa prudence exagérée. « Pourquoi bloquer la porte de communication alors que la porte du garage est fermée à clé et que, de surcroît, l'alarme est enclenchée ! » Karen avait cessé de répondre à ce sarcasme maintes fois répété. À quoi bon de toute manière ? Il était sûr de son fait et elle l'était également du sien, alors quel intérêt de disserter sur le sujet ? Karen chasse ce souvenir avec impatience. Elle se dit que, décidément, elle n'avait rien en commun avec Damien, cet homme faible, coulant, qui ne savait lui résister. Avec un grincement de dents, elle songe à l'enfant qu'ils ont fait ensemble, cette petite fille parfaite qu'il a l'audace de lui prendre toutes les deux semaines. D'un coup de pied, elle envoie valser ses escarpins trop hauts et pose avec délice ses pieds sur le plancher chauffant. Le salon tout blanc s'ouvre devant elle, avec ses deux vastes canapés de cuir. Comme d'habitude, Maria a posé le courrier sur la table basse design et elle a changé le bouquet, ainsi qu'elle doit le faire chaque lundi. Karen contemple le grand salon et la cuisine spacieuse ultramoderne qui se dessine dans son prolongement. La maison lui semble particulièrement immense ce soir, alors que la petite est exceptionnellement absente. En effet, la mère de Karen est allée la chercher à son cours privé avant de l'emmener à un spectacle de Noël et la gardera pour la nuit. Karen a tiqué à l'idée d'être séparée de sa fille, mais la petite a tellement insisté qu'elle a fini par céder. Et puis Karen ne voulait pas subir les réflexions de sa mère sur sa possessivité maladive. Perdue dans ce salon trop grand pour elle toute seule, Karen n'a pas le cœur de se préparer un vrai dîner, aussi décide-t-elle qu'un plateau-télé fera l'affaire. Malgré la chaleur ambiante, elle est parcourue d'un frisson, alors elle monte se faire couler un bain. En passant devant la chambre de Capucine, elle ne peut s'empêcher de jeter un coup d'œil à la porte fermée. Elle l'ouvre et regarde avec tendresse la chambre parfaitement rangée par la femme de ménage. Sur le lit à baldaquin tendu de rideau de lin rose pastel s'étalent, autour des oreillers également en lin rose, une ribambelle de peluches de différents formats. Une maison de poupée en bois à trois étages avec son mobilier miniature et ses petites figurines est adossée au mur. Au centre de la chambre, autour d'une table en rotin sur laquelle est disposée une dînette en porcelaine, attendent sagement assises sur leurs chaises de paille des poupées en robe de dentelle. À contrecœur, Karen referme la porte de la chambre de princesse et va à la salle de bains. La grande pièce est chaleureuse avec sa double vasque et sa baignoire à l'ancienne. Elle ouvre le robinet, règle la température et, sous le flot d'eau brûlante, verse le bain moussant bio dont Capucine raffole. Et, pour que sa fille soit présente malgré tout, elle laisse tomber dans l'eau fumante sa collection de Pet Shops. En attendant que la baignoire se remplisse, Karen entreprend de se démaquiller avant de s'enduire le visage d'un masque antirides. Elle se déshabille et se glisse dans l'eau parfumée. Elle repose la tête sur le coussin dont est orné le rebord de la baignoire et regarde, rêveuse, les petits animaux de plastique coloré qui flottent dans l'eau savonneuse. Elle se sent un peu moins seule à présent que les petits personnages fétiches de sa fille lui tiennent compagnie…

*

Annabelle s'est retenue de se confier à Vanessa. Sa désopilante amie et collègue de bureau l'a percée à jour, devinant qu'il se passait quelque chose entre elle et son mari. Néanmoins, ce n'est pas ce à quoi Vanessa pensait. Il n'y a aucune dissension entre son compagnon et elle. Juste un secret qui risque, avec le temps, de creuser un gouffre d'incompréhension entre eux. Annabelle ne sait pas exactement pourquoi elle n'a rien dit à Vanessa en qui elle a pourtant toute confiance. Peut-être est-ce pour protéger Damien, lui éviter la double peine – celle de découvrir qu'il ne peut être père et celle que ce fait soit rendu public… Annabelle sait que son amie ne leur causerait jamais volontairement de la peine. Cependant, par pudeur, et par respect pour Damien qui ignore tout de son incapacité à procréer, elle préfère taire ce lourd secret. Et puis, elle sait comme son amie peut se montrer impulsive parfois. Quitte à manquer de nuance et de diplomatie. Avec une légère angoisse, Annabelle se demande comment réagirait cette dernière si elle lui confiait son secret. La jeune femme imagine parfaitement son amie folle de rage, se précipitant pour demander des comptes à la malhonnête. Vanessa connaît un peu la première femme de Damien car elles ont brièvement été camarades sur les bancs de la classe préparatoire commerce où elles ont étudié après le bac. Mais contrairement à Karen qui a intégré une école de commerce prestigieuse après ses deux années de prépa, Vanessa a abandonné en cours de scolarité et s'est réorientée en BTS comptabilité. Vanessa et Karen ne se sont jamais fréquentées après leur classe préparatoire, mais le hasard a voulu qu'Annabelle tombe amoureuse de Damien et qu'ainsi, Vanessa entende à nouveau parler de Karen. Annabelle ouvre le réfrigérateur et attrape de quoi préparer un potage de légumes. Elle a allumé la radio et écoute distraitement le bulletin de dix-huit heures. À travers la fenêtre au-dessus de l'évier, elle voit la pluie qui tombe sans discontinuer. Sur la vitre glissent de lentes gouttes qui finissent par se rejoindre. Annabelle se met à éplucher les carottes et les oignons avant de les débiter et les jeter dans l'eau de la casserole. Ses yeux pleurent et elle les essuie d'un revers de manche machinal. Ces larmes artificielles lui font soudain suspendre son geste : et si ces rivières sur ses joues annonçaient un chagrin véritable, un désespoir à venir ? La jeune femme secoue la tête pour chasser cette sotte superstition. Elle en est là de ses réflexions lorsque Damien entre dans la cuisine en s'ébrouant. Le temps qu'il sorte de sa voiture qu'il gare toujours dehors et il est complètement trempé. Il s'approche d'Annabelle et l'enlace par-derrière. « Arrête, tu es tout mouillé ! », le repousse-t-elle en riant. Pour s'amuser, il écarte le foulard autour du cou de sa jeune femme et y frotte ses cheveux. Elle saisit alors son couteau de cuisine et feint de le menacer. Damien déclame alors, les bras écartés :

— À la une du *Sud-Ouest*, demain matin : « *IL AVAIT LES CHEVEUX MOUILLÉS, ELLE N'A PAS SUPPORTÉ, ELLE LE TUE FROIDEMENT À L'AIDE DE SON COUTEAU DE CUISINE !* »

— Tu es bête, arrête tes bêtises !

— Tu as raison, je vais aller me changer avant d'attraper froid.

Damien s'éloigne aussitôt en sifflotant. Annabelle verse les derniers morceaux de légumes dans l'eau frémissante et nettoie l'évier. Elle regarde la table de la cuisine qui peut accueillir jusqu'à six personnes. Sa gorge se serre. Seront-ils un jour plus de deux autour de cette table ? Bien sûr, ils sont trois dans la cuisine, un week-end sur deux, mais le reste du temps… Et quelles solutions a-t-elle pour agrandir la famille sans révéler à Damien sa stérilité ? Il y en aurait bien une. Finalement assez simple. Mais qui la répugne, évidemment. Comment envisager une seule seconde de mentir ainsi à Damien ? « Coucou, Chéri, bonne nouvelle ! Je suis enceinte ! Bon, le petit détail que je t'épargne, c'est que j'ai couché avec un inconnu capable de se reproduire. Ça ne te dérange pas, n'est-ce pas ? » Ce scénario digne d'une mauvaise série B lui déforme la bouche en un rictus amer. D'un revers de main, elle essuie une larme qui s'est échappée de ses yeux. Elle ne s'est même pas rendu compte qu'elle pleurait. L'arrivée de son mari la fait sursauter.

— C'est fou comme ça te fait pleurer les oignons, remarque distraitement Damien qui a enfilé un pantalon confortable.

Elle acquiesce en ôtant son tablier et commence à dresser la table. Damien ouvre le tiroir et dispose les couverts. Annabelle le regarde qui s'agite et se dit qu'au fond, il n'y a qu'une seule solution. La moins pire des deux…

*

Avant de rentrer, Bruno a fait un crochet vers le centre-ville pour s'arrêter chez le traiteur japonais. Tenant précautionneusement sa boîte de sushis, il grimpe le perron et tourne la clé. Stéphane n'est pas encore là mais il ne devrait plus tarder. Bruno va se laver les mains et dépose les sushis dans le réfrigérateur. Il se sert un verre de vin qu'il va déguster au salon. Il apprécie de se retrouver chez lui après cette longue journée de travail. Il travaille comme graphiste designer pour le compte d'une jeune société en pleine croissance. Il a intégré cette entreprise il y a deux ans, poussé par l'envie de se remettre en question, de ne pas se laisser ronronner. Il a donc démissionné de son poste précédent et choisi de donner leur chance à de jeunes designers pleins d'idées. La mise en route a cependant été plus difficile que prévue car Bruno, malgré une sincère envie de faire des choses nouvelles, s'est retrouvé confronté à une équipe pleine d'enthousiasme mais manquant singulièrement d'organisation. Bruno a donc dû, malgré lui, jouer le rôle de conseiller voire de directeur. Cependant, il ne regrette pas aujourd'hui d'avoir tourné la page il y a deux ans. Après un démarrage difficile, l'entreprise a pris son envol et ses cinq membres – tous des hommes – travaillent en confiance et avec un vrai esprit de solidarité. Il a plus ou moins renoncé à la partie créative de son travail au profit de la rationalisation et de l'organisation de la société. Mais contre toute attente, ces nouvelles fonctions sont en adéquation avec son caractère rigoureux et pragmatique. C'est même surprenant, songe-t-il parfois, qu'il se soit dirigé dans cette voie artistique, une fois son bac en poche. Sans doute pour prendre le contre-pied d'une éducation trop rigide… Il se met à lire le magazine auquel ils sont abonnés. Mais il a du mal à fixer son attention sur les pages de l'hebdomadaire car ses pensées le ramènent sans cesse à la discussion qu'il a prévu d'avoir avec Stéphane dès que celui-ci sera de retour. Bruno se sent enfin serein, comme en accord avec lui-même. Il a longuement réfléchi ces jours derniers et il pense à présent qu'il y voit plus clair. Il a acquis cette certitude que Stéphane et lui n'ont aucune raison de s'interdire le bonheur d'être pères. Ils ne sont pas moins valables que d'autres. Ils sont même sans doute par bien des aspects des gens meilleurs que beaucoup. Et Bruno sent qu'ils feront des pères formidables. Oh, bien sûr, ils commettront des erreurs, qui n'en commet pas ? Mais jamais ils ne pourront être taxés de parents déficients, démissionnaires ou négligents. Non, de cela il est certain.

Bruno se sent tellement plus léger à présent qu'il est sûr de son choix. Il termine son verre en laissant son regard s'évader. Il se voit déjà poussant le landau dans le lotissement, souriant aux autres jeunes parents heureux. La vie sera belle, pleine, heureuse. Bruno sourit malgré lui. Perdu dans ses songes, il n'a pas entendu la voiture de Stéphane se garer. Il sursaute en voyant son compagnon apparaître dans l'encadrement de la porte d'entrée.

— Ah, te voilà ! Je ne t'avais pas entendu arriver.

— Tu avais l'air bien songeur, commente Stéphane en posant un baiser machinal sur sa joue.

— C'est vrai, je te sers un verre ? J'ai acheté des sushis pour le dîner.

— Volontiers, accepte Stéphane en se laissant tomber dans le canapé.

Avec un soupir d'aise, il se débarrasse de ses mocassins d'un coup de pied. Stéphane est concepteur de projets dans un cabinet d'architecte. Contrairement à son compagnon, il travaille dans une grosse structure qui délocalise une partie de son activité dans sa filiale d'Amsterdam. Il fait de grosses journées et ne compte pas ses heures. Dans sa société à effectif plus restreint, Bruno est, quant à lui, plus libre de choisir ses horaires. Ce dernier est de retour, un verre de vin dans une main et une coupelle d'olives dans l'autre. Il se rassoit près de son ami, lui propose des olives et lui tend son verre. Les deux hommes restent ainsi sans parler, quelques minutes, dans un silence qui d'ordinaire ne les gêne pas. Mais ce soir, l'atmosphère est un peu raide, la tension palpable. Stéphane rompt finalement le silence :

— Tu as passé une bonne journée ?

— Mm, ça a été, la routine, quoi.

— Ouah, quel enthousiasme !

— Eh bien, tu oses prétendre que pour toi, chaque journée au travail est une aventure extraordinaire ?

— Je n'irai pas jusque-là, s'amuse Stéphane en recrachant un noyau d'olive dans son poing fermé.

Puis il se retourne vers Bruno et demande, l'air soucieux :

— Tu as eu des soucis au bureau ?

— Non, pas au bureau, répond évasivement son voisin en évitant son regard.

— Où, alors ?

— Nulle part.

— C'est notre discussion d'hier soir qui te mine, c'est ça ?

Bruno acquiesce silencieusement et avale une gorgée de vin. Puis, inspirant un grand coup, il se lance :

— Écoute, j'ai beaucoup réfléchi toute la journée. Enfin, depuis des jours, en fait. Et…

Bruno s'interrompt, tétanisé soudain par les mots qu'il est sur le point de prononcer. Stéphane le regarde, sourcil froncé :

— Et… l'encourage-t-il d'une voix douce.

— Et je pense que tu as raison, nous formons un couple solide, stable et rien ne devrait nous empêcher de fonder une famille.

Bruno a parlé très vite, comme s'il craignait que Stéphane le coupe ou que lui-même manque de courage pour continuer. Stéphane baisse la tête, fixe sans les voir ses mains croisées. Son dos est légèrement voûté. Bruno le regarde, perplexe. Pourquoi ne réagit-il pas ? Pourquoi ce silence ? A-t-il déjà renoncé à son rêve? Il repose son verre et s'apprête à se lever quand une main le retient. Il se tourne alors vers Stéphane dont le visage bouleversé se lève vers lui. Il se rassoit, vient s'appuyer à son compagnon et murmure:

— On fait le bon choix, n'est-ce pas?

Sans un mot mais avec un sourire plein de gratitude, Stéphane opine.

*

Dix semaines plus tard

— La mort remonte à combien de temps? s'enquiert Jean-Louis Perrot – nouvellement nommé en même temps que son fidèle acolyte Lefèvre à la PJ bordelaise – en se penchant sur le corps gisant sur le carrelage.

— Difficile à dire, répond le médecin appelé pour constater le décès. Le corps est encore souple, mais le fait qu'il soit resté au contact du plancher chauffant retarde forcément le processus de rigidification. Ceci dit, je dirais qu'elle a succombé il n'y a pas plus de quatre, cinq heures…

Ce qui ferait aux alentours de quinze heures, calcule rapidement Perrot en regardant vers l'extérieur où la nuit est déjà tombée. La femme est allongée à l'aplomb de la table de salle à manger, face contre terre, le visage en partie dissimulé par ses cheveux. Sa blondeur ne doit rien à la nature, comme en témoigne la racine brune de ses cheveux. Elle a les yeux à demi ouverts. Sous sa tête, une flaque sombre. Elle porte un pantalon de survêtement noir et un sweat-shirt gris. De ses baskets qui paraissent neuves sort le haut de socquettes rose fluorescent. Sur le tapis traîne une brosse à cheveux qui a pu échapper de la main de la victime lorsque celle-ci est tombée. À moins que la brosse se soit trouvée là par hasard, abandonnée par un enfant. Le commandant jette un regard circulaire. L'hypothèse d'un objet oublié sur le sol ne le convainc pas car la maison semble impeccablement tenue. Le salon-salle à manger dans lequel ils se trouvent ne montre pas de trace apparente de lutte. Tout semble à sa place. On entre dans la maison directement dans la pièce à vivre, d'où la présence d'un perroquet qui disparaît presque sous l'amoncellement de vestes et d'écharpes, à droite de la porte d'entrée. Le corps se trouve dans la salle à manger qu'une frontière invisible sépare du salon. Un canapé en cuir marron avec ses deux fauteuils coordonnés autour d'une table basse en bois sombre constitue l'essentiel du mobilier du salon exigu. Dans un des fauteuils sommeille un gros chat noir qui n'a même pas daigné ouvrir un œil à l'arrivée des secours. Sur le manteau de la cheminée sourit la famille : la victime et ce qui doit être son mari et ses deux fillettes. À côté, un bouquet de fleurs en céramique plongées dans un vase diffuse un parfum de mandarine. À droite de la cheminée, plaqué au mur, se trouve un coffre de bois foncé sur lequel est posé un poste de télévision. La fenêtre n'est occultée par aucun voilage et laisse donc voir la nuit déjà tombée. Dans la pièce contiguë, la table à manger ovale en merisier est entourée de six chaises assorties. Au centre de la table, un napperon en crochet accueille une soupière en porcelaine à motifs floraux contenant bananes et oranges.

— Sexy, la déco ! murmure Lefèvre que Perrot n'a pas entendu entrer.

— J'ai connu plus actuel, répond à voix basse le commandant. En tout cas, reprend-il un ton au-dessus, il n'y a à première vue aucun signe de lutte, n'est-ce pas, Docteur ?

— Je dirais comme vous, acquiesce le médecin en se relevant. La partie du visage visible est intacte ainsi que les mains de la victime. Hormis sous la tête, aucune trace de sang apparente sur les parties du corps découvertes. Bien entendu, cela ne veut pas dire que la femme n'a pas subi de coups.

— Je vois…

— Je pourrais sans doute en dire davantage si je retournais le corps, mais je suppose que le légiste a été appelé ?

— C'est exact, réplique Perrot, même si à ce stade, la mort de cause naturelle n'est pas exclue…

Il a terminé sa phrase sur un mode légèrement interrogatif. Le médecin généraliste hausse les épaules tandis qu'il se remet debout.

— Impossible de se prononcer pour l'instant. Mais mieux vaut ne pas trop manipuler le corps et laisser le légiste et les techniciens faire leurs constatations. Pour lors, voici le certificat de décès. C'est à vous que je le remets ?

— Pour le moment, oui, acquiesce Perrot en jetant un regard inutile autour de lui.

Ce sont les fillettes qui ont trouvé leur mère inanimée sur le sol à leur retour de l'école. Prises de panique en voyant le corps immobile sur le carrelage, les petites se sont précipitées chez la voisine dont la fille est dans la classe de l'aînée. La femme a aussitôt appelé la police. Bien qu'à ce stade, rien n'indique qu'il s'agisse d'un homicide, Lefèvre et Perrot de la Police Judiciaire, qui étaient disponibles à ce moment-là, se sont proposés pour aller faire les premières constatations. Depuis leur macabre découverte, les deux enfants de la victime sont sous la garde de la voisine. Perrot appréhende le moment où il devra aller les entendre. Avec un frisson intérieur, il pense à ses deux enfants, Clara et Simon, s'ils devaient un jour retrouver leur mère dont il est séparé, inanimée sur le sol du salon. Perrot s'empresse de chasser cette image odieuse et remercie le médecin généraliste qui s'est déplacé dès qu'on l'a appelé. Puis, en limitant ses déplacements pour ne pas effacer d'éventuelles traces, il s'approche à nouveau de la dépouille. Lentement, en plissant les yeux, il observe chaque centimètre carré en commençant par le sommet du crâne. Les bras pendent mollement le long du corps et l'une des jambes est légèrement repliée. Il ne constate rien de particulier. Le commandant se redresse enfin et s'adresse à son collègue resté sur le seuil pour attendre l'équipe technique :

— Rien n'indique à ce stade qu'il s'agit d'un homicide. Elle a pu avoir un malaise et cogner le coin de la table en tombant.

Lefèvre opine en montrant du doigt le véhicule des collègues qui arrive. Gaubert, le technicien de l'Identité Judiciaire, connu dans le service pour son surpoids, est accompagné de Jeantet, une jeune recrue, aussi efflanqué que son collègue est gros. Le jeune policier est le photographe chargé d'immortaliser les scènes de crime. Les deux hommes saluent leurs collègues d'une poignée de main et déposent leurs mallettes respectives sur le sol. Tandis qu'il enfile avec peine des gants de latex sur ses doigts boudinés, le plus âgé s'enquiert :

— Vous avez des premiers éléments ?

— Il s'agit d'une jeune mère de famille que ses filles ont retrouvée inanimée sur le sol, à leur retour de l'école. La voisine chez qui se sont réfugiées les petites, n'a pas réussi à joindre le mari. Il serait chauffeur routier et probablement que le réseau téléphonique est mauvais.

— Bien. Le médecin est passé ?

— Oui, il vient de partir après avoir délivré le certificat de décès. En revanche, il ne s'est pas prononcé sur la cause naturelle ou non de la mort. Dans le doute, conclut Perrot en haussant les épaules, on a préféré vous faire venir.

— OK, on va voir ça, réplique Gaubert en faisant signe à son collègue qu'il peut commencer à mitrailler la scène.

Jeantet, armé d'un appareil photo au téléobjectif impressionnant, se met aussitôt à photographier la victime sous toutes ses coutures. Il a enfilé des chaussons de bloc opératoire et se déplace à pas légers autour du corps. Un clac-clac ponctue chaque prise, accompagné de l'éclat éblouissant des flashes. Lorsqu'il en a terminé avec ses prises de vue, le légiste vient s'accroupir près du corps avec une souplesse qu'on n'attendrait pas d'un corps si volumineux. De ses mains gantées, il entreprend minutieusement d'effectuer les prélèvements sur et autour de la victime. Au fur et à mesure, il glisse les échantillons dans des sachets transparents qu'il ferme hermétiquement et numérote. Une heure et demie plus tard, les deux spécialistes ont terminé leur travail. Perrot et Lefèvre ont profité de ce moment pour jeter un œil au reste de la maison. À l'instar du salon, le reste du pavillon est parfaitement ordonné. À l'étage, on trouve deux chambres, une salle de bains et un petit débarras. Ce dernier renferme un aspirateur, un seau et une serpillière ainsi que des produits d'entretien et du linge de nuit et de toilette parfaitement alignés sur les étagères qui courent le long des murs. La chambre d'enfants tapissée d'un papier rose à motifs de princesse est occupée par un lit superposé dont la partie inférieure est cachée derrière un baldaquin de tulle. Dans le reste de la pièce, un espace a été réservé à chacune des fillettes. Une commode rose et une commode bleue sont appuyées au mur, ainsi que deux bureaux jumeaux. Chaque demoiselle semble avoir en outre sa propre étagère à jouets. De l'autre côté du mur, la chambre parentale est plus petite. On y trouve un lit plus grand que la taille standard recouvert d'un jeté en satin gris perle et de coussins parme. Deux tables de chevet entourent la tête de lit. En face se trouve une penderie qui occupe toute la surface du mur. Au plafond est suspendu un écran plat. Par acquit de conscience, les deux hommes vérifient sous l'alcôve puis font coulisser la porte de la penderie. À l'intérieur, mis sur cintres, les vêtements de la victime côtoient ceux, bien moins nombreux, de son époux. Sur les deux étagères supérieures, pull-overs et tee-shirts s'alignent en piles symétriques. Ici à nouveau, la victime s'est octroyé les trois quarts de l'espace.

— Encore un qui s'est fait avoir ! commente Lefèvre en signe de solidarité masculine.

En entendant cette remarque, Perrot laisse échapper un petit rire :

— Parce que toi, bien sûr, tu as un dressing qui déborde !

— C'est juste une question de principe ! rétorque Lefèvre sur un ton faussement choqué. Pourquoi les dames auraient-elles systématiquement droit aux trois quarts de l'espace des placards, hein ? Tu as une explication, toi ?

— Elles sont peut-être plus soucieuses de leur allure que les hommes… avance Perrot avec un clin d'œil.

— Parle pour toi, fait le plus jeune en faisant mine de rajuster un col de chemise inexistant.

Face à la mauvaise foi de son ami, Perrot éclate franchement de rire. S'il existe un homme qui se fiche de son apparence comme d'une guigne, c'est bien le jeune capitaine. Ce dernier, qui n'a pas à proprement parler le physique d'un éphèbe, ne fait en outre rien pour améliorer son image. Perrot se dit qu'il l'a toujours vu dans ses éternels pull-overs à la couleur indéfinissable et un peu trop serrés. À l'inverse, Perrot prend soin de sa toilette. Sans être un mordu de mode, il aime les vêtements bien coupés et sait s'habiller. Rien à voir donc, entre le commandant au chic anglais et son collègue aux vêtements étriqués. Les deux hommes ont à présent fini d'inspecter sommairement l'étage. En descendant l'escalier en pin, on trouve un bureau suffisamment petit pour se glisser en dessous. Sur le bureau trônent un ordinateur et un téléphone. Le rez-de-chaussée se divise entre le salon-salle à manger, la cuisine et un WC. Dans la petite cuisine, sur l'évier situé sous la fenêtre, des légumes attendent d'être épluchés. Sur l'égouttoir sèchent une tasse et un verre. Un petit poste de télévision est posé à droite sur une étagère d'angle. Sur une tablette au-dessus se trouve un petit poste de radio. Plusieurs livres de recettes s'alignent près du four à micro-ondes. Dans la cuisine, Perrot a noté que la table avait été dressée pour trois, pour ce qui ressemblait à un goûter d'enfants. Au menu, brioches et chocolat au lait. Perrot en conclut que la femme vaquait à ses occupations habituelles peu de temps avant que la mort ne survienne. A-t-elle succombé à un malaise en traversant le salon ? A-t-elle été violemment poussée ? A-t-elle voulu échapper à un ou des agresseurs ? Perplexe, le commandant observe cet intérieur si ordonné qu'on n'imagine pas que quelque chose ait pu échapper au contrôle de sa propriétaire. Acerbe, Lefèvre commente :

— Ils ne seraient pas un peu accros à la télé dans cette baraque ?

— C'est vrai que j'ai remarqué les trois postes, moi aussi.

— Quelle misère ! Ils n'ont vraiment rien d'autre à faire ? Tu as sans doute noté l'absence de bouquins dans la maison…

Perrot approuve d'un sourire. Son ami, de quelques années son cadet, est un célibataire à la dent dure. Ironique, il repère tous les travers de ses congénères et ne manque jamais de le faire savoir. Mais il est également pétri d'autodérision et ne s'épargne guère. Perrot dont la personnalité est aux antipodes – bien qu'il sache lui aussi manier l'humour – s'amuse des excès de ce collègue peu commun. Ils retournent dans la salle à manger, au moment même où le légiste et son collègue achèvent de remplir leurs mallettes.

— Alors ? demande Perrot à l'adresse du légiste en train de se remettre debout.

— À mon avis, c'est peu probable qu'elle ait pu se faire une telle entaille à la tête juste en chutant.

— Vous voulez dire qu'on l'aurait poussée ?

— C'est possible, réplique prudemment le médecin en essayant désespérément de serrer les pans de son pardessus sur son ventre proéminent. En tout cas, je pense qu'une autopsie s'impose.

— Très bien. Je vais en aviser le procureur. Voilà le fourgon qui arrive. On peut faire enlever le corps ?

— Allez-y, autorise le légiste en attrapant sa mallette. Sur ce…

Perrot raccompagne le légiste et son collègue et guide les gardiens de la paix à l'intérieur du salon. Avec précaution, les trois hommes procèdent à la levée du corps qu'ils allongent sur une civière après l'avoir glissé dans une housse de plastique. Pendant ce temps, Perrot essaie à nouveau de joindre le mari de la victime grâce au numéro de portable que lui a donné la voisine. Après plusieurs tentatives infructueuses, Perrot et Lefèvre décident de poser des scellées sur la porte et rentrent au commissariat. Sur le chemin, Lefèvre exige du chauffeur qu'il s'arrête.

— Ne me dis pas, s'insurge mollement Perrot, que tu as un creux !

— Eh bien si, réplique ironiquement le plus jeune, n'oublie pas que je suis en pleine croissance et que l'heure du goûter est largement dépassée !

Avec un soupir faussement las, le conducteur se gare devant une boulangerie. Lefèvre revient peu après, un sachet de papier blanc à la main.

— T'en veux ? Elles sont toutes fraîches.

— Non merci, refuse Perrot d'un revers de main. Une fois que tu auras repris des forces, tu me diras peut-être ce que tu as pensé de ce décès…

— Eh bien, réplique Lefèvre, la bouche pleine de chouquettes, j'ai la nette impression que cette brave dame ne s'est pas fait son bobo toute seule. Son amant a dû lui donner un p'tit coup de main, avance-t-il distraitement en enfournant une nouvelle viennoiserie.

— Et tu peux m'expliquer pourquoi tu penses à un amant ?

— T'as pas vu sa lingerie ! Tu crois vraiment qu'une femme ferait tout ça pour son mari ?

Le conducteur se contente de sourire. Le plus jeune poursuit :

— Tu me diras, je n'ai pas vraiment d'expérience en la matière.

— Je te laisse seul juge, commente Perrot en adressant un clin d'œil à son voisin occupé à écraser le sachet de papier désormais vide.

Lefèvre ne s'est jamais vraiment épanché sur sa vie privée, mais tous savent qu'il vit seul et on ne lui a jamais connu de liaison. La seule femme à laquelle il voue un amour sans borne, c'est sa mère, qui est l'archétype de la mère juive, chaleureuse et possessive. Les deux hommes sont arrivés au commissariat. L'immense bâtiment est calme à cette heure tardive. Seuls quelques rares plaignants attendent leur tour à l'accueil. La plupart des bureaux sont vides et le personnel d'entretien a déjà commencé son travail. Perrot accompagné de Lefèvre monte directement au bureau du commissaire Law. Ce dernier les accueille, son éternelle tasse de thé à la main.

— Oui, Messieurs, c'est pourquoi ?

— Bonsoir Patron, on vient vous faire part d'une mort suspecte. Une femme d'une trentaine d'années environ, découverte cet après-midi à son domicile. On l'a retrouvée sur le sol de sa salle à manger. Le généraliste que j'ai fait appeler ne s'est pas prononcé sur les causes de la mort, même s'il paraît vraisemblable qu'elle ait succombé à sa blessure à la tête. Le légiste est venu faire les constat's et lui aussi préconise une autopsie car il pense que la femme n'a pas pu se blesser aussi gravement en tombant accidentellement.

— OK, fait Law en reposant sa tasse, j'avise le procureur. La femme vivait seule ?

— Non, ce sont ses deux petites filles qui l'ont trouvée à leur retour de l'école vers seize heures trente. La voisine les a prises en charge. En fonction des résultats de l'autopsie, il faudra entendre les gamines, termine Perrot avec une grimace.

— Et le mari dans tout ça ? Enfin, s'il y en a un, *of course.*

Law, en bon Anglais qui se respecte, a prononcé « mawi ». Bien qu'il soit marié à une Française et qu'il vive en France depuis plus de vingt ans, Jeremy Law est incapable de prononcer correctement les r et les u. À la caricature langagière s'ajoute sa propension à boire du thé toute la journée.

— Oui, la victime est mariée, son mari, chauffeur routier, est actuellement en déplacement. La voisine a essayé de le prévenir, en vain. Nous avons également tenté de le joindre, mais apparemment, il n'y avait pas de réseau. Par mesure de précaution, nous avons posé des scellés sur la porte.

— Parfait, conclut Law. Nous avons donc du pain sur la table…

— La planche, Patron, réplique aussitôt Lefèvre avec un sourire en coin.

— Comment ça, la planche ? On met bien le pain sur la table, n'est-ce pas ? fait Law en fronçant un sourcil d'incompréhension.

— Oui, mais on le coupe sur une planche, explique le capitaine.

— Ah… une planche à pain, donc.

— C'est ça, Patron, termine Lefèvre en ouvrant la porte, sauf que celles-là, ajoute-t-il avec un plaisir non dissimulé, elles n'ont pas grand-chose au balcon… et on n'aime pas trop les avoir dans son lit !

Laissant le commissaire se dépatouiller avec ces histoires de planche à pain, de balcon et de lit, Lefèvre sort en ricanant.

Perrot lui donne un coup de coude dans les côtes.

— Tu es vraiment incorrigible avec ce pauvre Law. Il avait l'air complètement paumé !

— C'est ça qui est drôle ! J'adore le voir essayer de décoder nos expressions imagées.

Lefèvre ne rate jamais l'occasion de prendre en défaut le commissaire Law, qui est loin d'avoir totalement intégré les subtilités de la langue française. Mais le jeune capitaine ne met là aucune méchanceté car il reconnaît sans réserve le professionnalisme de son supérieur hiérarchique. Simplement, c'est plus fort que lui, il ne peut résister à la tentation de se moquer du commissaire. À présent pressés de terminer leur journée, les deux collègues se séparent dans le parking souterrain.

Le temps est toujours aussi maussade et rend la conduite difficile. Les phares des voitures venant en face s'éclatent sur le parc-brise où ruisselle la pluie. Le bruit lancinant des essuie-glaces couvre presque le son de la radio.

C'est avec soulagement que Perrot arrive en vue du manoir dans lequel il a un logement. Depuis qu'il est séparé de Sofia, la mère de ses deux enfants, Perrot a dû apprendre à vivre seul. Au gré de ses affectations, il a habité en région parisienne, en Charente-Maritime, dans le Finistère-Sud, dans le Bordelais puis à Nantes. Mais Perrot a toujours eu la bougeotte et il souhaitait poser à nouveau ses valises dans le Bordelais. Lorsque l'amie de sa grand-mère, Yvonne Essant, chez qui il logeait près de Nantes a su qu'il déménageait à Bordeaux, elle a contre toute attente décidé de le suivre. Elle possédait une autre propriété dans le Sud-Ouest et lui a proposé d'en occuper une aile. Il ferait ainsi des économies de loyer et pour sa part, elle se sentirait rassurée par une présence à ses côtés. Le commandant avait pesé le pour et le contre et en avait rapidement conclu qu'il avait tout intérêt à accepter l'offre de la vieille dame. Il la connaissait depuis son enfance quand il accompagnait sa grand-mère en visite chez elle. Il se rappelait les jeux de cache-cache dans le parc avec son jeune frère ou encore les œufs qu'ils allaient à l'insu de la gouvernante gober au poulailler. En grandissant puis à l'âge adulte, il avait continué à venir régulièrement voir sa vieille amie. En outre, ses propres enfants, Clara et Simon, venaient toujours avec plaisir rendre visite à Yvonne Essant. Il profiterait ainsi d'un logement spacieux pour accueillir les enfants, un week-end sur deux et la moitié des vacances scolaires. Il ne craignait pas de voir Yvonne empiéter sur sa vie privée car il savait cette dernière très discrète. Et puis, avait-il appris à se l'avouer, il trouvait plaisant d'échanger deux ou trois mots avec elle lorsqu'il rentrait le soir dans son appartement où personne ne l'attendait. En réalité, ces visites n'avaient rien de systématique, tout d'abord parce qu'il avait des horaires irréguliers et ensuite, parce que, quelquefois, il éprouvait un certain besoin de solitude. Il ne se sentait aucune forme d'obligation d'aller visiter cette dame chaque jour. En effet, Yvonne Essant avait clairement stipulé qu'elle n'exigeait rien de sa part et que sa seule proximité la tranquillisait. Par ailleurs, dans l'hypothèse où elle se serait sentie mal à un moment où le policier serait absent, elle avait fait installer dans chaque pièce de son logement une ligne téléphonique la reliant directement à la maison de Mauricette ou, en cas d'absence de celle-ci, à un service d'aide aux personnes âgées. Dans les faits, dans la mesure où il ne rentre pas trop tard, Perrot passe presque chaque soir saluer sa logeuse. C'est ce qu'il fait en arrivant au manoir. Il va directement frapper à sa porte. Il est accueilli par l'odeur de rose dont Yvonne Essant s'est toujours parfumée, aussi longtemps qu'il s'en souvienne. Elle est déjà couchée, les épaules couvertes d'un gilet, appuyée à ses gros oreillers, les lunettes sur le bout du nez et un livre en gros caractères à la main.

— Je peux ? demande le commandant en glissant son buste dans l'entrebâillement de la porte.

— Bien sûr, mon grand, entre.

Jean-Louis Perrot s'attendrit en entendant sa vieille amie l'appeler ainsi comme lorsqu'il était petit. Il vient effleurer sa joue d'un baiser léger et demande :

— Tu as passé une bonne journée ?

— Très bonne, oui. J'ai fait une marche avec une amie. Et toi ?

— Les jours à venir risquent d'être occupés, répond-il évasivement.

— Ah ? fait la vieille dame en se redressant. Une mort suspecte ?

— Exactement, mon cher Watson.

— Et, confidentialité oblige, tu ne peux rien m'en dire… le taquine la vieille dame.

Il opine en souriant.

— Va vite te reposer, alors, fait-elle en lui donnant une tape sur l'épaule.

— C'est ce que je vais faire, bonne nuit, Yvonne.

Perrot traverse le long couloir qui mène à l'autre extrémité de la propriété. Sur les murs trônent des ancêtres à monocle dans leurs tableaux. Dans la cuisine trop grande pour lui seul s'étale une longue table de ferme au plateau patiné par le frottement de milliers de coudes. En arrivant dans son nouveau logement, il y a plusieurs mois, il a choisi de ne pas toucher à la décoration et a donc remisé ses propres meubles de cuisine au grenier. Il a tenu à conserver les casseroles de cuivre fixées au mur et le vieux buffet, qu'il a toujours connus là. Sa seule concession à la modernité a été l'ajout d'un four à micro-ondes et d'un lave-vaisselle. Afin de briser le silence, Perrot allume la radio puis ouvre le réfrigérateur et attrape de quoi se préparer un dîner rapide.

Il dispose sur la table une tranche de viande froide, un bocal de cornichons et un reste de salade piémontaise. Il se sert un verre de bordeaux et s'assoit. Tandis que la pluie continue de battre au carreau, il se met à manger, tout en écoutant distraitement les prévisions météo pour le lendemain. Il songe à cette femme qui a terminé sa vie prématurément sur un carrelage de cuisine glacé.

DEUXIÈME JOUR

Elle se sent légèrement moins nauséeuse ce matin. Avec soulagement, elle constate qu'elle ne va pas vomir. Elle se lève en veillant à ne pas réveiller Damien mais, instinctivement dans son sommeil, celui-ci tend une main vers elle. Elle la repousse doucement et se glisse hors du lit. Elle passe dans la salle de bains, entre dans la cabine de douche et laisse l'eau chaude envelopper son corps encore ensommeillé. Elle baisse le regard vers son ventre encore plat. En revanche, ses seins sont déjà gonflés. Avec plaisir, elle en caresse le globe plein. Elle s'est toujours promis qu'elle allaiterait son enfant si un jour elle avait la chance de devenir mère. Damien est aux petits soins pour elle depuis qu'elle lui a annoncé son début de grossesse. Il en fait même presque trop, l'empêchant de soulever la moindre charge ou d'attraper un objet placé trop en hauteur. Elle se demande s'il se comportait de la même façon avec Karen lorsque cette dernière attendait Capucine. Elle aimerait le savoir, mais quelque sentiment de rivalité inconscient l'en empêche. De toute manière, elle imagine qu'un père ne peut se comporter de façon identique lorsqu'il attend un enfant de deux femmes différentes. À regret, elle sort de la douche, attrape un drap de bain et se sèche lentement. Puis elle s'enduit de crème pour le corps et enfile son jeans et sa chemise. Elle réalise que, pour la première fois depuis deux mois, elle a faim au réveil. Elle descend à la cuisine préparer le petit-déjeuner. Elle se réjouit de pouvoir enfin avaler un café le matin. Elle dispose le couvert pour deux et sort le pain du grille-pain au moment où Damien apparaît, les cheveux en bataille et les yeux encore lourds de sommeil.

— Eh bien, constate l'arrivant avec un sourire, on dirait que l'appétit revient ! J'ai l'impression que ça fait une éternité que je ne me suis pas réveillé dans une bonne odeur de café et de pain grillé !

— Je touche du bois, mais j'ai l'impression que les nausées sont enfin derrière moi, sourit Annabelle en s'asseyant.

Damien vient l'embrasser avant de s'asseoir à son tour. Il est encore en pyjama car il a toujours eu un réveil difficile. Annabelle étant davantage du matin, elle a pris l'habitude de se lever la première et de préparer le petit-déjeuner. Mais ces temps derniers, elle en était proprement incapable et son compagnon a trouvé un peu dur de devoir prendre le relais. Du coup, il se contentait d'un bol de céréales – celles que mange sa fille les week-ends où il en a la garde – englouti debout devant l'évier et attendait d'être au bureau pour avaler un premier café. Mais aujourd'hui, les choses semblent être enfin rentrées dans l'ordre et Damien attaque avec plaisir son verre de jus d'orange fraîchement pressé. Il est tellement heureux qu'Annabelle soit finalement tombée enceinte. Il ne le lui a pas avoué mais il s'est plusieurs fois demandé si elle n'avait pas un problème de stérilité. En effet, bien qu'elle ne prenne aucune contraception depuis un bout de temps et qu'ils fassent tout pour qu'un Bébé arrive, celui-ci se faisait désirer. Lui pensait que, bien évidemment, pour sa part, il n'avait aucun souci puisqu'avec Karen, ils avaient rapidement conçu Capucine. Mais il n'avait pas voulu parler à sa compagne de ses inquiétudes car il savait comme un blocage psychologique est vite arrivé. Alors il espérait sans le dire cette grossesse qui se faisait attendre. Et enfin, leurs vœux avaient été exaucés ! Avec tendresse, il regarde sa compagne mordre à belles dents dans son toast beurré. Il constate que sa poitrine gonflée force légèrement la boutonnière de son chemisier bleu. Son teint, ce matin, n'est plus aussi brouillé et elle a comme une nouvelle lumière dans ses yeux clairs.

— Bon, fait cette dernière en repoussant sa chaise, il faut que je file. Je te laisse débarrasser ?

— Vas-y, je ne suis pas trop pressé ce matin.

Annabelle monte se brosser les dents et se maquiller. Puis après s'être vaporisé son eau de toilette, elle enfile une paire de boucles d'oreilles et un jonc en or à son poignet. Elle redescend, attrape son manteau et son écharpe, embrasse Damien toujours attablé, et sort dans l'aube sombre. Avec un frisson, elle entre dans sa voiture et pousse le chauffage au maximum tandis qu'elle met le contact. Peu après, une chaleur bienfaisante envahit l'habitacle. Elle sent ses épaules commencer à se détendre. Elle s'est sentie soulagée ce matin de ne pas être réveillée par les nausées. Elle a ensuite fait honneur à son premier petit-déjeuner depuis des semaines. Mais elle ne peut se défaire d'un sentiment de malaise lorsqu'elle croise le regard fier et attendri du futur papa. Elle sait qu'il met sur le compte d'une fatigue, bien naturelle dans son état, ses yeux cernés et son teint pâle. Elle ne cherche évidemment pas à le contredire mais, au fond d'elle-même, elle sait que ce n'est pas seulement un début de grossesse difficile qui explique sa mine défaite. Elle a parfois l'impression que son secret se voit sur son visage comme sur celui de Pinocchio. Elle se demande même si Vanessa, sa collègue de bureau, ne la regarde pas parfois avec un drôle d'air, comme si elle s'interrogeait. Elle secoue soudain la tête. « Allons, je ne vais tout de même pas céder à la paranoïa. Je suis enceinte, et c'est ce que nous désirions tous les deux au plus profond de notre être. Ce n'est pas pour me torturer maintenant ! » Puis, comme pour faire taire cette petite voix insidieuse qui cherche à lui souffler des choses, elle pousse le volume de la radio et se laisse entraîner par la voix suave d'une chanteuse à la mode. Lorsqu'elle arrive au bureau, une vingtaine de minutes plus tard, elle a retrouvé son calme et son sourire.

*

Perrot s'est porté volontaire pour assister à l'autopsie de la jeune femme retrouvée morte sur le carrelage de sa salle à manger. Elle a déjà été disposée sur la table d'examen métallique qu'éclairent les néons blafards du plafond. Lorsque le commandant pénètre dans la salle aux murs carrelés, il est saisi par la température ambiante. Avec un frisson d'appréhension autant que de froid, il enfile des chaussons chirurgicaux jetables sur ses chaussures et s'approche de la dépouille. La victime est de taille moyenne avec des formes pleines. Ses hanches sont larges et sa poitrine plutôt forte. Elle ne montre aucune trace apparente de bleus ou d'ecchymoses sur la face antérieure du corps. Sa peau est laiteuse, légèrement striée de veinules sombres sur ses jambes glabres. Le médecin légiste, âgé d'une cinquantaine d'années et à la calvitie étendue, salue Perrot et expose :

— À première vue, rien de frappant chez cette jeune femme. Le corps est dépourvu de marques suspectes, le visage également. Parfaitement démaquillé, à l'exception d'une petite coulée de mascara, voyez ici, dans le coin. On peut imaginer qu'une larme a fait couler ce résidu. J'ai déjà procédé à l'examen gynécologique : la victime n'a pas eu de relation sexuelle ou orale dans les jours qui ont précédé sa mort.

— Combien de jours exactement ? s'enquiert Perrot qui prend des notes sur le petit calepin de cuir rouge dont il ne se défait jamais.

Même s'il a une très bonne mémoire, le fait de consigner chaque détail à l'écrit le rassure. Et puis, il lui est arrivé souvent, au cours de sa carrière, de faire des rapprochements entre des éléments dont il avait pourtant pleinement connaissance, rien qu'en les relisant à tête reposée.

— Disons, depuis deux jours. Et encore, dans l'hypothèse où son partenaire n'a pas utilisé de préservatif. Dans tous les cas, je peux être affirmatif au moins sur un point, c'est qu'elle n'a subi aucune violence sexuelle.

— Très bien. Autre chose ?

— Elle était a priori en bonne santé. Elle devait avoir une alimentation correcte car ses ongles et ses cheveux présentent un aspect parfait. Je peux ajouter qu'elle mangeait à sa faim, comme en témoignent ses rondeurs.

— Rien que de très normal, alors…

— Côté pile oui, réplique le médecin, mais je vais à présent la mettre sur le ventre.

Avec des gestes lents et précis, il retourne la victime. En plissant les yeux, Perrot essaie de remarquer quelque détail troublant. Mais en vain. La peau est unie, lisse. À cet instant, le légiste interpelle Perrot avec un geste de son index replié :

— Regardez ici, au sommet du crâne. Vous voyez cette masse sombre ? C'est du sang coagulé qui s'est échappé d'une entaille profonde à l'occiput.

— Entaille qu'elle n'a pu se faire seule, suppute le commandant.

— Exact. Seul un coup violent, bien placé, a pu entamer ainsi le cuir chevelu et la calotte crânienne.

— Voilà donc la confirmation que nous attendions, murmure Perrot comme pour lui-même.

Il se penche vers la plaie et demande :

— Une idée du profil de l'agresseur ? Taille, poids…

— Difficile à dire à ce stade. Quelques relevés de mesures s'imposent avant que je puisse me montrer catégorique, mais à première vue, je dirais que le coup a été porté de haut en bas. C'est-à-dire par une personne de taille légèrement supérieure.

— Et une personne plus petite qui aurait levé le bras ?

Le médecin a une moue dubitative.

— Peu probable à mon avis, car il fallait une force certaine pour faire une entaille si profonde. En admettant que le coup ait été porté par une personne plus petite, il aurait fallu que celle-ci soit particulièrement puissante.

— Mais cela n'est pas impossible ?

— Pas impossible, non.

— Bien Docteur, fait Perrot en s'éloignant légèrement, si vous le permettez, je vais maintenant vous laisser procéder à l'examen intracorporel.

— À votre guise, répond le légiste avec un demi-sourire.

Feignant de ne pas voir le rictus ironique de l'homme en blouse blanche, Perrot s'éclipse en précisant :

— Si vous avez d'autres détails à me communiquer, appelez-moi directement dans mon bureau, s'il vous plaît.

— Comptez sur moi, fait le médecin en s'emparant d'un des scalpels à disposition sur le chariot voisin.

Avec un soupir de soulagement, Perrot referme la porte de l'institut médico-légal et se retrouve dans le couloir aux murs nus. Au bout du corridor desservant les réfrigérateurs et salles d'examen se trouve le bureau du gardien des lieux. Au passage, Perrot pousse la porte pour saluer cette personne qu'il connaît depuis des années. Derrière la cloison vitrée, l'homme au visage rubicond a l'air doux et avenant. Comme pour défier la mort, il a installé son bureau en portant un soin particulier à la décoration. Il a peint les murs de couleurs vives. Il a posé des plantes grasses aux quatre coins de son repaire, ainsi qu'un gros bouquet de fleurs synthétiques multicolores sur sa table. Toute cette verdure donne l'impression de pénétrer dans un jardin. Après l'atmosphère glaciale de la salle d'examen, le bureau du gardien apparaît comme un havre de paix. Lorsqu'il glisse le buste dans l'entrebâillement de la porte pour échanger quelques mots, Perrot est accueilli par une douce mélodie sortant d'un petit poste CD. Décidément, songe Perrot en tournant les talons, ce Maurice, il sait se protéger des mauvaises ondes…

*

Annabelle a donné rendez-vous à Vanessa pour déjeuner à la brasserie en face du bureau. Le patron lui a désigné leur petite table habituelle près de la fenêtre. En attendant son amie qui était encore en rendez-vous téléphonique lorsqu'elle est passée devant son bureau, elle a commandé un Perrier. Elle boit avec plaisir l'eau pétillante bien fraîche. On est en hiver et pourtant, la jeune femme n'a jamais été aussi peu frileuse. Depuis qu'elle est enceinte, elle a toujours chaud et a souvent envie de boire. « Que de bouleversements physiologiques s'opèrent chez la femme enceinte », songe-t-elle en passant instinctivement la main sur son ventre légèrement renflé. Au travail, tout le monde est à présent au courant de son état. Elle a attendu les trois mois révolus avant d'alerter ses collègues. En revanche, elle a dû prévenir le secrétariat de direction dès que son médecin a délivré le certificat de grossesse. Pour tromper son ennui, Annabelle attrape le journal régional qui a été abandonné par un client sur la banquette voisine.

Distraitement, elle regarde les gros titres avant d'ouvrir les pages locales afin de consulter le programme cinéma du week-end. Mais tandis qu'elle tourne les pages, son regard est accroché par une manchette : « *DÉCÈS INEXPLIQUÉ D'UNE TRENTENAIRE À SON DOMICILE* ». C'est le lieu cité dans l'article qui a attiré son attention. Un quartier qu'elle connaît depuis peu. Et pour cause. Au moment où la jeune femme s'apprête à lire l'article en détail, une voix enjouée l'interrompt :

— Désolée, ma belle, de t'avoir fait poireauter ! Encore un chiant au téléphone, incapable de faire court !

— Cela ne fait rien, répond mécaniquement Annabelle, sans lever les yeux de son journal.

— Ben dis donc, cache ta joie ! ironise l'arrivante en enlevant sa cape grenat d'un grand geste, avant de s'asseoir en rejetant ses longs cheveux en arrière.

— Excuse-moi, murmure Annabelle avec un sourire penaud, j'étais dans la lune.

— Ah bon ? J'avais plutôt l'impression que tu étais plongée dans un article passionnant…

— Pas du tout, réplique son interlocutrice en repliant son journal, qu'est-ce que tu vas chercher ! Simplement, tu m'as un peu fait attendre, ajoute-t-elle avec un clin d'œil.

— C'est vrai, or je suppose que tu crèves de faim, dans ton état ?

— Je dois reconnaître que j'ai effectivement un peu faim. Je vais me laisser tenter par le poisson du jour et ses pommes de terre vapeur.

— Pareil pour moi. Je prends un verre de blanc, tu m'accompagnes ?

Annabelle répond par une grimace navrée.

— C'est bon, j'ai compris, fait Vanessa en faisant signe au garçon, je suppose que c'est pour la bonne cause…

La jeune femme acquiesce en caressant son ventre à peine arrondi. Vanessa se met aussitôt à raconter avec force gestes et exclamations l'entretien téléphonique qu'elle vient d'avoir avec un client. Elle a un don inné pour imiter les gens, en particulier leur voix, et c'est toujours avec plaisir qu'Annabelle l'écoute narrer ses anecdotes. Mais ce midi, la jeune femme enceinte ne prête qu'une attention polie à son interlocutrice. Son regard est irrésistiblement attiré vers le quotidien qu'elle a posé près d'elle. En face, Vanessa s'interrompt et demande ironiquement :

— Ma parole, je te passionne !

Prise en faute, Annabelle rosit légèrement et reporte les yeux vers son amie.

— Désolée d'être si distraite, ça doit être les hormones…

— Mouais, admettons, fait Vanessa avec un soupir exagéré. En tout cas, ça donne pas envie d'être enceinte, conclut-elle en vidant son verre de vin d'un trait.

— Merci de ton soutien, riposte Annabelle avec un sourire qui contredit sa remarque.

Elle plante sa fourchette et porte le morceau de poisson parfumé à sa bouche. Elle n'a jamais eu aussi faim de sa vie. Elle nettoie son assiette en un clin d'œil et repose ses couverts avec un soupir de contentement.

— Ben dis-moi, ironise Vanessa, vaut mieux t'avoir en photo ! À part cet appétit démesuré, quoi de neuf ?

— Eh bien, rien de particulier. Je n'ai pas eu ces fichues nausées ce matin, alors je dois dire que c'est un vrai soulagement.

— Et Damien, il doit être tellement heureux…

Annabelle ne peut s'empêcher de ciller lorsqu'elle répond à son amie :

— Oui, il est ravi bien sûr.

Elle s'interrompt pour se servir un verre d'eau et se met soudain à boire comme si sa vie en dépendait. Elle sent le regard perplexe de Vanessa peser sur elle mais elle décide de l'ignorer et repose son verre en prononçant avec un entrain forcé :

— Ouf, j'avais soif, ça fait du bien.

— Et Capucine ? Heureuse d'avoir un petit frère ou une petite sœur ?

— Oui, très. D'ailleurs, je passe la chercher à l'école ce soir. Sa nourrice est souffrante, du coup, Karen a demandé à Damien de garder la petite jusqu'à ce qu'elle rentre du bureau. Et toi, tu as beaucoup de boulot cet après-midi ?

— Oui, le dossier Pernet à terminer. Je ne sais pas qui s'occupait de leur comptabilité jusque-là, mais c'est un vrai bazar. Je dois tout reprendre du début.

Et la jeune femme de se mettre à imiter leur chef de service dont la timidité légendaire est source continuelle de moqueries dans le service. La gaieté de Vanessa est communicative et Annabelle sent qu'elle commence à se détendre. Elle a presque oublié cet entrefilet du journal. Pourtant, lorsque son amie va déposer au bar la coupelle contenant leurs tickets-restaurant, elle en profite pour s'emparer vivement du journal posé sur la banquette et le fourrer dans son sac.

Sitôt de retour dans son bureau, la jeune femme enceinte s'assoit dans son fauteuil et déplie le quotidien devant elle. Ce qu'elle lit la sidère. Ainsi donc, cette femme aurait trouvé la mort dans des circonstances étranges. Incrédule, elle découvre qu'une enquête est ouverte pour homicide. Elle laisse retomber le journal sur le bureau et se prend la tête à deux mains. Elle a peur de se trouver mal. Elle se force à respirer calmement et porte involontairement la main à son ventre. Il ne faut pas qu'elle ait un malaise, pas dans son état, cela pourrait être néfaste pour l'enfant. Mais elle ne peut empêcher une boule de lui serrer la gorge. Qu'est-il arrivé à cette femme ? Qui a pu vouloir attenter à ses jours ? À la connaissance de la future maman, elle semblait pourtant mener une vie bien ordinaire avec mari et enfants. Elle était d'un caractère avenant, aimable, alors pourquoi s'en prendre à elle ? Et puis, songe Annabelle en relevant lentement la tête, ne risque-t-elle pas, elle-même, d'être inquiétée ? Elle qui ne s'est rendue coupable de rien, à part peut-être d'avoir eu envie de ne pas se sentir différente des autres femmes…

*

Quelques heures se sont écoulées depuis l'autopsie de la jeune femme retrouvée inanimée sur le sol de sa maison. Perrot en sait dorénavant un peu plus sur elle. Âgée de trente-trois ans, elle s'appelait Tania Borel. Elle était mariée à Jérémy Borel, trente-sept ans, chauffeur routier, et ils avaient deux filles ensemble, Cécilia et Sandra, respectivement neuf et sept ans. Elle travaillait chez un grossiste en textile depuis une dizaine d'années. Une vie a priori sans histoires. Tandis que l'officier relit ses notes, son portable se met à vibrer sur le bureau. Perrot reconnaît la voix du légiste.

— Bonjour Docteur, alors du nouveau ?

— Bonjour Perrot, pas grand-chose, non. L'examen du bol gastrique n'a rien montré de suspect : elle n'avait ingéré ni produit toxique ni drogue dans les heures précédant son décès. Elle n'avait pas bu d'alcool non plus. Elle avait, en revanche, un penchant pour les sucreries, vous savez ces petits bonbons en gélatine…

— Je vois, fait Perrot en esquissant une grimace de dégoût à l'idée d'associer ces bonbons dont raffolent ses enfants à un prélèvement post-mortem. Et concernant l'arme du crime, vous en avez appris davantage ?

— Il y avait d'infimes particules ferreuses sur la plaie.

— Ferreuses ?

— Oui, probablement laissées par un objet métallique.

— Ou un outil ?

— Absolument.

— Et ces poussières pourraient correspondre à quel type d'outils ?

— De nombreux, hélas. Ceci étant, je peux quand même vous dire que l'objet était relativement usé pour avoir laissé de telles poussières.

— Bien, autre chose ? Vous avez fait le tour ?

— Oui, je pense. Je vous fais parvenir le rapport complet par mail dans l'heure.

— Merci infiniment, bonne journée.

Au moment où il raccroche, Lefèvre entre, sans frapper comme à son habitude. Il arrive de l'extérieur et ne s'est pas encore débarrassé de sa longue écharpe à laquelle il fait traditionnellement trois tours, et de son anorak étriqué. Il laisse tomber sur le bureau de son collègue un sac de plastique.

— Notre déjeuner, annonce-t-il, en s'asseyant de l'autre côté du bureau.

Surpris, Perrot regarde l'horloge qui indique treize heures quinze. Il n'a pas vu le temps passer mais se rend compte soudain qu'il commence à avoir faim.

— Merci, c'est quoi ? fait-il en ouvrant le sac. Du poulet tandoori, bonne idée.

— Le gâteau de carottes est pour moi, naturellement, précise le plus jeune en ôtant le film alimentaire. Et le coca.

— Naturellement, rétorque Perrot avec un sourire.

Lefèvre a déjà commencé à manger. Il enfourne d'énormes bouchées qu'il fait passer avec du Coca-cola qu'il boit directement à la canette. La bouche pleine, il s'enquiert :

— Camus t'a transmis les résultats de l'autopsie ?

— Oui, à l'instant. Rien de particulier à signaler. Enfin si, elle aimait, tu sais, ce genre de bonbons à base de gélatine dont tu te gaves…

Avec un haut-le-cœur, Lefèvre repose brutalement ses couverts de plastique.

— Ne me dis pas que c'est ce qu'il a trouvé dans le ventre de…

— Eh bien, si ! répond Perrot en portant ostensiblement à sa bouche une grosse bouchée de riz safrané.

Mais le malaise du plus jeune ne dure pas, déjà il attaque son dessert avec gourmandise. En se passant une serviette en papier sur les lèvres, il commente :

— Dans cette affaire, on n'a vraiment pas grand-chose à se mettre sous la dent…

— « Sous la dent » ! Tu ne penses qu'à bouffer, ma parole !

— Très drôle…

— Bon, soyons sérieux, le légiste m'a tout de même communiqué un élément intéressant : la victime aurait succombé à un coup porté par un objet métallique et usé.

— Métallique comment ?

— En fer pour être précis.

— C'est bien gentil tout ça, s'exclame Lefèvre en donnant le coup de grâce à son gâteau aux carottes, mais le fer, ça se trouve partout !

— C'est bien ça le problème…

— Alors on fait quoi maintenant ?

— J'ai prévenu le mari de la victime de notre visite pour treize heures trente.

— Parfait, Chef, c'est bien d'avoir pensé à consulter votre subordonné…

Les deux hommes jettent les reliefs de leur repas à la poubelle, attrapent leur blouson et descendent au sous-sol récupérer leur voiture de service. Au dehors, le ciel est bas, laiteux. Les voitures ont toutes mis leurs feux de croisement. Sitôt assis, Lefèvre incline son dossier, remonte son écharpe sur son nez et ferme les yeux. Perrot sait qu'il ne pourra pas compter sur sa conversation jusqu'à ce qu'ils soient parvenus à destination. Une petite demi-heure plus tard, Perrot se gare devant le pavillon des Borel. Sous le ciel gris et morne de ce mois de janvier, les lieux paraissent inhospitaliers. Pourtant, le quartier semble bien entretenu avec ses petites maisons individuelles entourées de leurs jardins. Dans celui de la victime, les plantes en pot ont été recouvertes d'une housse de plastique pour l'hiver. Un portique avec ses deux balançoires occupe une bonne partie du terrain. Des scellés condamnent encore la porte d'entrée. Une gamelle probablement destinée au chat de la famille est posée sur le perron. Il a été demandé au mari et à ses filles d'aller s'installer ailleurs, le temps de l'enquête. Lorsque la maison aura été parfaitement examinée, ils seront autorisés à revenir. À ce que ses collègues lui ont dit, Jérémy Borel n'a pas semblé choqué par cette interdiction. Il aurait même paru soulagé à l'idée de ne pas devoir retourner sur les lieux du drame. Sous escorte policière, il s'est contenté de regrouper quelques effets personnels pour ses filles et lui-même dans un sac de voyage. Puis il est retourné chez les voisins qui ont eu la gentillesse de lui offrir l'hospitalité. La maison d'à côté est en tous points semblables à celle des Borel, peut-être légèrement plus grande. En fait, tous les pavillons du lotissement ont été construits sur le même modèle. Seule la taille du garage et du jardin semble les distinguer les unes des autres. Chez les Plassard, les voisins de la victime, un salon de jardin en teck est installé sur la petite terrasse, entouré de deux citronniers aux branches rabougries. Perrot aperçoit un mouvement de rideau à la fenêtre du rez-de-chaussée. La porte s'ouvre au premier coup de sonnette. Une femme aux cheveux tirés en queue-de-cheval les fait entrer.

Elle doit avoir dans les trente-cinq ans, même si son visage très mince laisse déjà apparaître un réseau de fines ridulcs. Sans un mot, elle les précède dans le salon où se trouve Jérémy Borel, assis dans un fauteuil, un journal ouvert sur les genoux. Devant lui, à genoux sur la moquette, quatre enfants à peu près du même âge sont en train de jouer à la Wii sur la télévision. En fait, seuls trois des enfants ont une manette à la main, la quatrième semble être uniquement spectatrice. Les enfants jouent sans faire de bruit, comme s'ils retenaient leurs exclamations. À l'entrée des policiers, les quatre petits ont fait le silence et dévisagent les représentants de l'ordre, bouche bée. D'un geste de la main, Karine Plassard leur fait signe de la suivre. Deux enfants obéissent immédiatement, une petite fille d'une dizaine d'années et un garçonnet un peu plus jeune. Avant de sortir du salon, elle propose un café que les trois hommes refusent poliment. Puis elle sort en refermant doucement la porte derrière eux. Comme à son habitude, Lefèvre est allé s'appuyer au radiateur placé sous la fenêtre. Les deux fillettes se sont rapprochées des genoux de leur père et se blottissent l'une contre l'autre.

— Bonjour Monsieur, bonjour les filles, je suis le commandant Perrot de la Police Judiciaire et voici le capitaine Lefèvre.

L'homme salue d'un vague signe de tête et pose une main rassurante sur les épaules des petites. Il est de taille moyenne avec une carrure large. On voit ses biceps et ses pectoraux tendre le coton de son sweat-shirt. Perrot se dit qu'il doit être adepte de la musculation. Il a les cheveux coupés très court et les yeux gris surmontés de sourcils touffus.

Perrot poursuit :

— Nous allons poser deux ou trois questions à vos filles, si vous le permettez. En votre présence, bien entendu.

— Allez-y, murmure Jérémy Borel en caressant le sommet du crâne de ses filles.

— Bien, qui d'entre vous deux a trouvé votre maman allongée par terre avant-hier en rentrant de l'école ?

— Nous deux, répond l'aînée en levant un regard timide.

— Qu'avez-vous fait à ce moment-là ?

La cadette se met à pleurer doucement. Son père la hisse sur ses cuisses et la serre contre lui. La plus grande regarde sa sœur puis à nouveau le policier assis devant elle. Elle répond :

— Je… on n'a pas vu tout de suite maman par terre… Moustache est venu vers nous quand on est entrées. Et on l'a caressé un peu… C'est seulement après qu'on a vu maman…

La fillette semble très raisonnable pour son âge, remarque le policier en l'écoutant, mais peut-être que cette maturité est à mettre sur le compte de la tragédie que l'enfant est en train de vivre. Pendant que s'exprime la plus grande, la cadette est toujours blottie contre la poitrine de son père. Perrot se demande si elle écoute seulement ce qui est en train de se dire. Peut-être est-elle comme ces enfants capables de se retirer dans une bulle protectrice lorsque le monde autour d'eux devient trop cruel. Il enchaîne :

— Et qu'avez-vous fait à ce moment-là ?

— Sandra, fait l'aînée en désignant sa sœur, a vu maman la première. Elle a crié très fort et c'est là que j'ai… vu maman…

Un sanglot lui étrangle soudain la gorge. Son père lui serre les épaules plus fort. Après un hoquet, elle reprend :

— J'ai tout de suite compris que quelque chose n'allait pas… Même s'il arrive… enfin arrivait quelquefois à maman de nous faire des blagues…

Elle étouffe un rire triste avant de continuer :

— … genre, se coller une gommette noire sur la dent pour nous faire croire qu'elle avait perdu une dent, ou des trucs comme ça. Mais c'était pas possible qu'elle fasse semblant d'être morte, non, répète-t-elle en secouant vigoureusement la tête, ça, c'était pas possible…

— Vous vous êtes approchées d'elle ? demande Perrot d'une voix douce.

— Oui, mais pas trop près. Je… on avait peur, je pense… Et puis, on a tout de suite vu qu'elle était…

Une nouvelle vague d'émotion la submerge, secouant son torse étroit. À mots choisis, Perrot poursuit :

— Vous ne l'avez donc pas touchée ?

L'aînée fait lentement non de la tête.

— Et lorsque vous êtes arrivée à la maison, avez-vous remarqué quelque chose d'inhabituel ?

Cette fois, ce sont les deux fillettes qui le regardent sans parler. Il insiste calmement :

— Ce pourrait être quelqu'un de bizarre que vous avez croisé sur le chemin ou devant la maison. Ou bien un objet ou un meuble qui n'était pas à sa place habituelle…

Les petites font un geste de dénégation.

— Ou votre maman qui n'était pas habillée comme d'habitude. Elle portait un ensemble de jogging et des baskets, c'était une tenue habituelle pour elle ?

L'aînée consent à répondre :

— Maman aimait bien s'habiller comme ça quand elle restait à la maison. Même si elle ne faisait pas de sport, précisa-t-elle.

— Donc, rien dans son apparence, insiste Perrot en dessinant une silhouette dans l'espace, ne vous a surprises ?

— Elle était très blanche, murmure la plus jeune en passant la main sur ses joues.

— Oui, sans doute, opine Perrot avec compassion, mais à part ça ?

Sandra regarde le policier avec un soupçon de déception dans le regard. Elle lui a pourtant donné une information, alors pourquoi ce monsieur n'écoute-t-il pas sa réponse ? Dépitée, elle se rapproche de sa sœur qui spontanément l'entoure de ses bras.

Perrot poursuit :

— Le goûter était préparé pour trois personnes, vous aviez invité une copine à venir après l'école ?

— Non, maman prenait toujours le goûter avec nous.

— Votre femme terminait le travail à quelle heure ? demande Lefèvre qu'on n'avait pas entendu jusque-là.

Perché sur son radiateur, il n'a pas perdu une miette de la conversation.

— Seize heures, répond Richard Borel d'une voix étouffée.

— Ça fait tôt, fait remarquer le capitaine.

— Elle est… était à trois quarts temps, explique le mari. Comme je suis souvent absent, elle avait négocié ses horaires pour être là à la sortie de l'école. C'était important pour les filles, ajoute-t-il en les serrant contre lui.

— Bien sûr, fait Perrot en reprenant la parole. Maintenant, Cécilia et Sandra, si vous voulez, vous pouvez aller jouer avec vos amis.

Comme les petites n'ont pas l'air de vouloir bouger, le père les embrasse avant de les pousser dehors. Il a compris que les policiers souhaitaient s'entretenir en privé avec lui.

— Vous étiez en déplacement lorsque votre femme a été retrouvée…

— Espagne, confirme brièvement Jérémy Borel.

— Votre employeur peut en attester ?

L'homme se met soudain à dévisager le policier. Puis il regarde l'autre, toujours appuyé à son radiateur. Il n'est pas sûr de bien comprendre. D'une voix cotonneuse, il réplique :

— Je suppose. Mon patron a la feuille de route.

— Bien, maintenant, nous allons en revenir aux jours qui ont précédé l'attaque dont a été victime votre femme…

En face, l'homme a sursauté en entendant les propos du policier.

— … Quand avez-vous vu votre femme pour la dernière fois ?

— Dimanche soir, répond le mari sans hésiter. J'avais passé une bonne partie de l'après-midi à dormir, c'est ce que je fais toujours quand je suis du soir. Je suis parti de la maison à dix-neuf heures. On dîne plus tôt ces jours-là.

— Vous êtes allé constater le décès à la morgue ? demande Perrot sur un ton compatissant.

— Oui, souffle l'homme en se voûtant.

— Avez-vous remarqué quelque chose de particulier sur votre femme ?

Borel est saisi d'un frisson rétrospectif. En se serrant les mains, il répond sourdement :

— Elle était si pâle… si blanche…

— Oui, bien sûr, fait Perrot d'un ton compréhensif. Et vous n'aviez rien remarqué de différent chez votre femme ces temps derniers ? Un changement d'humeur ? Un comportement inhabituel ?

— Non.

— À votre connaissance, avait-elle reçu des menaces ?

— Non, je ne vois pas.

— Avait-elle eu des différends avec quelqu'un, un ami, un collègue ? Vous-même ?

La dernière allusion fait légèrement vaciller l'homme, mais il se redresse et réplique d'un ton soudain plus assuré :

— Tout allait très bien entre Tania et moi, très bien. On n'avait aucun problème.

— Elle ne souffrait pas trop de vos absences répétées ? cherche alors à savoir Lefèvre.

Il hausse les épaules, fataliste.

— C'était mon métier, j'en ai jamais fait un autre et quand on s'est connus, j'étais déjà sur la route. Alors je suppose que ça posait pas de problème à Tania. Elle était d'un caractère indépendant. Elle savait parfaitement se débrouiller toute seule. Et puis elle avait de bonnes amies, conclut-il en englobant d'un geste circulaire le salon où ils se trouvent.

— Madame Plassard était proche de votre femme ?

— Proche, je ne sais pas, mais toujours prête à rendre service en tout cas. D'ailleurs, ça allait dans les deux sens. Karine, enfin Madame Plassard, vit seule, si bien que, quelquefois, je passe l'aider pour réparer une fuite ou ce genre de choses.

— Hubert, tu pourrais aller chercher madame Plassard, s'il te plaît ?

Lefèvre se décolle à regret du radiateur brûlant et part à la recherche de leur hôtesse. Il revient aussitôt, escorté par elle. Il lui fait signe de s'asseoir dans le fauteuil identique à celui dans lequel le jeune veuf est assis. Elle prend place et pose timidement ses paumes sur ses genoux menus.

— Madame Plassard, quand avez-vous vu Tania Borel pour la dernière fois ?

— Eh bien, répond-elle sans hésiter, le matin même de sa mort. Elle partait au travail, il devait être huit heures et quart environ.

— Avez-vous remarqué quelque chose d'inhabituel chez elle ?

— Non. Enfin, vous savez, à cette heure-là, on est tous pareils, on court, on court, et on ne fait pas attention à ce qui se passe autour de soi. Surtout l'hiver, d'ailleurs, où il fait encore nuit noire quand on quitte la maison.

— Et dans les environs, autour de la maison, rien de particulier n'a attiré votre attention ? Une voiture étrangère, un inconnu ?

Elle prend quelques secondes pour répondre. Puis elle secoue lentement la tête en avançant les lèvres :

— Non, je n'ai rien remarqué.

— Même les jours précédents ?
— Non, en tout cas, je ne m'en souviens pas.
— Le jour de son décès, vous étiez chez vous ?
— Non, je suis secrétaire dans une société de fret et je débauche à seize heures.
— Et vous ne rentrez pas déjeuner chez vous ?
— Ça peut m'arriver, mais ce jour-là, j'avais trop de travail, j'ai avalé un sandwich en terminant les commandes.
— Tania Borel se confiait facilement à vous ?
— Non, on ne peut pas dire ça. On avait de bonnes relations de voisinage, nos deux aînées sont amies et sont dans la même classe. On papotait par-dessus la haie de temps en temps, rien de plus.
— Pas de conversations intimes, donc.
— Non.
— Pourtant, intervient Lefèvre du haut de son perchoir, vous avez offert l'hospitalité à monsieur Borel et ses filles…
Elle se raidit imperceptiblement avant de répliquer :
— Évidemment. Je n'allais tout de même pas les laisser dehors…
C'est à ce moment que Perrot remarque le crucifix au-dessus de la porte. Lefèvre insiste, en s'adressant au veuf :
— Vous n'avez pas de famille dans le coin ?
— Non, je suis originaire de Savoie et Tania l'était aussi, alors nous n'avons pas de proches dans le coin.
— Même pas des amis qui auraient pu vous accueillir ?
L'hôtesse intervient alors, en fermant les yeux comme pour ne plus se rappeler l'épisode :

— Quand Cécilia et Sandra sont arrivées ici en hurlant, je les ai naturellement fait entrer et j'ai appelé les secours. Elles m'ont dit que leur père était en Espagne, alors je n'ai pas hésité une seule seconde, je leur ai dit de rejoindre mes enfants en haut. Ensuite, n'arrivant pas à contacter Jérémy et ne connaissant pas les coordonnées de la famille, j'ai décidé de garder les petites avec moi.

Le jeune veuf lui lance un regard plein de gratitude et souffle :

— Merci Karine, sans toi…

Elle serre son bras qui repose sur l'accoudoir avec un sourire triste.

— Bien, fait Perrot en se levant, je crois que nous avons fait le tour. Pour l'instant. Nous vous demanderons, bien entendu, de ne pas quitter la région dans les jours à venir, ajoute-t-il à l'adresse du jeune veuf.

L'homme répond par un haussement d'épaules désabusé. Pour aller où ? semble-t-il vouloir crier. Les deux policiers remercient et prennent congé. Perrot déverrouille la voiture mais, au lieu de s'installer derrière le volant, il attrape sur la banquette arrière une grande mallette. Il la sort, referme la voiture et oblique vers la maison de la victime.

— Tu as prévenu le proc, au moins ? s'inquiète Lefèvre en lui emboîtant le pas.

— Évidemment. Maintenant qu'une enquête pour homicide est ouverte, il m'a faxé un mandat de perquis'.

— Ah ? J'ai dû rater une étape, bougonne Lefèvre.

— Tu étais juste profondément endormi lorsque l'info m'est parvenue…

— Et on cherche quoi au juste ?

— Je n'en sais rien. Peut-être un détail qui nous aurait échappé…

Précautionneusement, Perrot se met à décoller les scellés qui condamnent la porte d'entrée. Puis il sort de la mallette deux jeux de gants et chaussons jetables.

— Tiens, enfile ça, lance-t-il à l'adresse de son équipier.

Toujours sur le perron, les deux hommes s'équipent et tournent le commutateur avant d'entrer plus avant. Rien de remarquable dans cette maison ordonnée et pimpante. Rien, si ce n'est la trace sombre sous la table de salle à manger. Une trace qui pourrait correspondre à un banal liquide renversé malencontreusement. Les deux hommes font lentement le tour des lieux. À présent qu'une enquête pour homicide a été ouverte, leur regard est forcément plus aiguisé que lors de leur première visite. Perrot monte directement à l'étage dans la chambre parentale. Avec circonspection, il ouvre les tiroirs des chevets, regarde à l'intérieur. Une table de nuit renferme une plaquette de Doliprane, un paquet de mouchoirs en papier et une boîte entamée de préservatifs. Le tiroir de l'autre chevet contient une foule d'objets hétéroclites, allant de la lime à ongles au stick à lèvres en passant par une boîte de boules Quiès. Des bijoux de pacotille se mêlent également au fatras. Sur le dessus des chevets, on ne trouve qu'une lampe, une boîte de mouchoirs en papier multicolores et une télécommande. Pas de livre ni de magazine. Perrot fait coulisser la porte du dressing. Méthodiquement, il glisse la main dans toutes les poches des vêtements, sans trop savoir ce qu'il cherche. Mais à part un ou deux tickets de bus ou de caisse, il ne ramène rien d'intéressant à la surface. Dans le doute cependant, il glisse ses trouvailles dans un sachet transparent. La salle de bains, quant à elle, ne recèle rien de particulier. La collection de produits capillaires, crèmes et accessoires de maquillage indique simplement que la maîtresse de maison prenait grand soin d'elle. Rapidement, le commandant passe également l'inspection dans la chambre des fillettes et dans le débarras adjacent. Quelques minutes plus tard, il redescend, bredouille. Dans le salon, Lefèvre est en train de vérifier le contenu du meuble hi-fi, sortant puis remettant un à un tous les CD dans leur encoche. Perrot jette un œil circulaire et avise une porte dissimulée par un lourd rideau grenat. Il devine qu'il s'agit de l'accès au garage mitoyen. Il écarte le rideau et pénètre effectivement dans le garage. L'endroit est aussi ordonné que le reste de la maison. Seule une vague odeur d'essence pourrait dissuader quelqu'un de s'installer dans la grande pièce au sol bétonné, équipée d'étagères métalliques. Sur l'une d'elles, les pots de peinture côtoient un bidon d'huile et une caisse à outils. En dessous, les flacons de lessive, détachant et assouplissant sont parfaitement alignés. Des malles sont posées au sol. Chacune est identifiée grâce à une étiquette d'écolier où une écriture ronde a indiqué : « *Ski* », « *Plage* », « *Hiver 8-10 ans* », « *Eté 8-10 ans* ». De l'autre côté, des rondins de bois de chauffage forment un cube parfait. À voir cette rigueur militaire dans l'organisation des pièces, le policier se dit que rien sans doute dans la vie des propriétaires ne les prédisposait à faire la une des faits divers. Alors qu'il s'apprête à rentrer dans la maison, son regard est attiré par un perroquet auquel sont accrochés plusieurs sacs à main de toutes formes et toutes matières. Il entreprend aussitôt de les décrocher et de les fouiller un à un. Malheureusement, après dix minutes, il n'a exhumé que des tubes de rouge à lèvres, des miroirs de poche, des étuis de mouchoirs en papier et des stylos. Il retourne rejoindre Lefèvre, occupé à inspecter le bureau placé sous l'escalier. Entendant son collègue, ce dernier se redresse et dit :

— Rien, et toi ?

— Moi non plus. On verra ce qu'on peut faire du PC au service, ajoute-t-il en débranchant l'ordinateur familial et en le glissant dans une housse protectrice.

— Ouais. Au fait, la voiture dans l'allée, elle a été vue ?

— Non, tu as raison, il faut qu'on y jette un œil. Aurais-tu aperçu la clé quelque part par hasard ?

— Ça doit être une de celles suspendues là, regarde dans le coin du frigo, suggère-t-il en indiquant un porte-clés mural que Perrot n'avait pas remarqué.

Le commandant y repère effectivement une clé de voiture. Alors qu'il s'apprête à aller examiner le véhicule au dehors, il se fige. Il vient de remarquer la cheminée sur laquelle trône la famille en photo. Il s'approche, s'accroupit devant. L'âtre a été débarrassé de ses cendres, ce qui pourrait indiquer que la cheminée n'est pas en service. Ou, plus vraisemblablement, se dit le policier, que la maîtresse de maison ne laissait pas une poussière traîner. Perrot remarque alors sur la droite, le portant métallique où sont suspendus la pelle, la pince, le tisonnier et le balai. Il les décroche l'un après l'autre, colle ses yeux dessus. Tous ont bien vécu et tous ont leur base couverte de cendres. Tous sauf un, le tisonnier. L'instrument est particulièrement propre. Avec le frisson d'excitation de l'archéologue qui vient de mettre à jour un vestige inespéré, Perrot s'exclame :

— Eh, dis donc ! J'ai peut-être mis la main sur l'arme du crime...

*

Tenant Capucine par la main, et le cartable de l'enfant dans l'autre, Annabelle traverse la rue à pas prudents. Depuis que son ventre s'est arrondi, elle a instinctivement pris conscience de certains dangers, comme celui de traverser une rue passante. Elle qui, en bonne Française irrespectueuse de certains codes, s'est toujours précipitée avant que le bonhomme du feu ne passe au vert, est aujourd'hui vigilante. Elle veut protéger cette vie qui grandit en elle et qu'elle a bien cru ne jamais pouvoir porter. Depuis quelques jours, elle a l'impression qu'elle sent le bébé qui bouge, comme d'infimes battements d'ailes. Lors de la deuxième échographie, elle n'a pas voulu connaître le sexe de l'enfant, tandis que Damien à ses côtés la suppliait de demander au médecin. Mais elle a tenu bon. Cet enfant inespéré doit rester une surprise jusqu'au bout, jusqu'au jour où il ou elle choisira de se dévoiler. En attendant, elle savoure l'attente, pleinement, sereinement, tant que le bébé n'occupe pas toute la place dans son ventre. Elle demande à la petite fille blonde qui l'accompagne :

— Tu veux qu'on aille prendre ton goûter dans cette pâtisserie ?

— Oui ! J'veux un éclair au chocolat !

— Très bien, allons-y.

La porte carillonne tandis qu'elles pénètrent dans le salon de thé un peu désuet. Annabelle et sa belle-fille prennent place à une petite table au revêtement de marbre gris et passent leur commande. Autour d'elles, de vieilles dames coquettes papotent discrètement. La jeune femme aime l'atmosphère feutrée de ces salons de thé délicieusement surannés où sa mère l'emmenait le mercredi, après son cours de danse classique. Elle prenait toujours un gâteau à la crème dont elle ne mangeait invariablement que le dessous. Sa mère s'énervait pour le principe, avant de finir les restes. Avec le recul, Annabelle se demande si, finalement, elle ne choisissait pas cette pâtisserie qu'elle n'aimait pas tant, précisément pour que sa mère, toujours si soucieuse de sa ligne, s'autorise à en manger. Avec un sourire, elle regarde Capucine qui, elle, vient toujours à bout de son éclair au chocolat.

— Alors c'est bon ?

— Mm ! Tu sais, maman, elle n'aime pas trop que je mange ça, ajoute la petite avec une moue navrée.

— Ah bon, pourquoi ? demande Annabelle qui ne connaît que trop bien la réponse.

— Parce que, fait Capucine en déglutissant, elle dit que c'est pas bon pour la santé. Elle dit que c'est mieux du pain complet avec une barre de chocolat.

— Elle a raison, tu sais. Mais de temps en temps, une pâtisserie ne peut pas faire de mal.

— Je suis bien d'accord avec toi. Dis, on pourra regarder un dessin animé en rentrant ?

— Bien sûr. On demandera à papa s'il veut le regarder avec nous.

— Chouette ! Et on pourra dîner devant la télé ? demande la petite en ouvrant de grands yeux suppliants.

— Ah ça, tu verras avec ton papa, ma belle.

— Et ton bébé, fait la petite en changeant brutalement de sujet, ce sera un garçon ou une fille ?

— Je n'en sais rien, fait Annabelle en passant la main sur son abdomen, ce sera la surprise.

— J'ai pensé qu'on pourrait l'appeler Raiponce, t'en penses quoi ?

La future mère manque s'étrangler avec son thé vert.

— Je ne suis pas sûre d'aimer ce prénom, répond-elle en essayant de garder son sérieux.

— Ah bon ? s'étonne la petite avec un air déçu. Ben alors, tu pourrais l'appeler Cendrillon. C'est joli Cendrillon, non ?

— Pour un garçon ? la taquine Annabelle.

— Mais nan, t'es bête, pour une fille, bien sûr ! Pour un garçon, j'ai pas trop d'idée.

— Ce n'est pas très grave, on a encore le temps, réplique Annabelle en terminant son pain aux raisins.

— C'est vrai. Mais c'est tout de même très long neuf mois !

— Tu as raison. Dis-moi, fait Annabelle après un moment d'hésitation, tu as appris à ta maman que tu allais devenir une grande sœur ?

L'enfant, dont la bouche est barbouillée de chocolat, se rembrunit soudain. Le ton moins enjoué, elle répond :

— Ça n'a pas eu l'air de lui faire très plaisir. Je comprends pas pourquoi. Peut-être que c'est parce qu'elle est toujours amoureuse de mon papa ?

— Tu crois ?

— Nan, je pense pas. En fait, je crois qu'elle a juste eu l'air très surprise.

— Ah ?

— Oui, comme si c'était pas possible que tu aies un bébé. Alors que c'est possible, puisque tu as un gros ventre !

— Bien sûr que c'est possible, ma chérie. Allez, tu as fini ton jus d'orange ? On va rejoindre papa.

Oubliant ses interrogations, Capucine est déjà debout. Un voile d'inquiétude assombrit le regard de la future mère.

*

Karen enfile son ample manteau en cachemire beige et quitte son bureau. Perchée sur les escarpins à talons aiguilles qu'elle porte quotidiennement au travail, elle traverse à grandes enjambées le hall aux lumières tamisées. À l'exception des responsables qui ont leur bureau individuel, tous les employés travaillent dans un espace ouvert. L'immense plateau décloisonné est impressionnant lorsque l'on voit les dizaines de salariés face à leur table exiguë, à peine assez grande pour accueillir un ordinateur et un bloc-notes. Mais à cette heure tardive, les lieux sont vides. Seul le bureau du directeur financier, installé à l'écart, est encore occupé. Karen lui fait un petit signe de tête rapide en passant devant la cloison vitrée. Ce dernier, qui semble en pleine négociation avec un interlocuteur au bout du fil, la salue d'un hochement de menton distrait. La jeune femme prend l'ascenseur et descend au parking dans le sous-sol. Elle a toujours une petite appréhension lorsqu'elle se retrouve ainsi dans les entrailles de la terre. Elle a beau se raisonner, se répéter qu'à part ses collègues, personne ne peut accéder au parking, elle a un léger sentiment d'angoisse lorsqu'elle parcourt l'asphalte désert. Elle se hâte vers son coupé noir, pénètre à l'intérieur et verrouille aussitôt les portes. À l'aide de sa télécommande, elle actionne la porte coulissante du parking et débouche sur le boulevard. Il fait déjà complètement nuit et la température a encore chuté. Sur le thermomètre lumineux au-dessus de la pharmacie clignote un petit deux degrés. La jeune femme a passé une très mauvaise journée et avait hâte de quitter le bureau. Mais ayant eu beaucoup de mal à se concentrer depuis son arrivée plus tôt ce matin, elle n'a pas travaillé avec son efficacité coutumière. À gestes nerveux, elle se faufile dans la circulation, faisant hurler la boîte de vitesses. Ce qu'elle a appris de la bouche de sa fille la veille au soir l'a bouleversée. Ou plutôt l'a rendue folle de rage. Pourtant, songe-t-elle en passant brutalement la troisième, elle devrait se dire que ça ne la regarde pas, que cette partie de sa vie est derrière elle, qu'elle n'a plus rien à voir avec lui. Mais c'est plus fort qu'elle, elle sent la colère monter jusqu'à former au creux de sa gorge une boule qui l'empêche presque de déglutir. « Comment cette femme a-t-elle pu ainsi le mener en bateau ? Faut-il qu'il soit naïf, tout de même ! » pense-t-elle en se mettant un chewing-gum sans sucre dans la bouche. « D'un autre côté, réfléchit-elle en se mettant à mastiquer nerveusement, comment pourrait-il savoir ? Si moi, il m'a crue… » Il n'empêche, elle ne supporte pas l'idée de ne rien faire, d'agir comme si elle n'était au courant de rien. Elle mâche son chewing-gum à toute vitesse afin de calmer l'angoisse qui l'étreint. Aucune solution valable ne se présente à elle. Ou elle va voir son ancien mari pour l'informer – mais dans ce cas, elle trahit son propre secret – ou elle décide de ne rien faire, ce qui lui paraît insupportable. En outre, elle doit aller récupérer Capucine chez son père maintenant et va donc se retrouver nez à nez avec Annabelle et ses mensonges. Comment retenir ses propres paroles ? Pour mettre un terme à ses interrogations, elle allume la radio et se branche sur France Culture. Sur cette station au moins, elle est sûre que les débats la distrairont momentanément de ses préoccupations.

*

Stéphane a convaincu Bruno de venir courir avec lui. Ils ont réussi à quitter le travail tôt pour une fois. « Ça te changera les idées, tu verras, rien de tel qu'une bonne suée pour se vider la tête. » Ça n'a pas été chose facile de persuader son compagnon, mais finalement, celui-ci est allé se mettre en tenue. Il s'est dit qu'une séance de sport pourrait peut-être l'aider à dénouer les tensions qui lui crispent la nuque. Après l'exaltation des premières semaines, la mauvaise nouvelle les a tous deux anéantis. Ils savaient évidemment que cela pouvait arriver, que rien n'est plus capricieux que la nature, pourtant, ils ont ressenti une immense tristesse.

L'impression que le destin s'acharnait contre eux. Ils courent depuis une trentaine de minutes à présent et ils n'ont pas échangé un mot. Stéphane a ralenti son rythme habituel pour se mettre dans le pas de Bruno qui n'est pas très sportif. Ce dernier préfère nettement les longues balades à pas vif que ces courses épuisantes. Pourtant, aujourd'hui, l'homme apprécie presque cette séance de sport. Le bois en face de chez eux semble paralysé par le froid. Une brume humide masque arbres et fourrés, étouffant le moindre pépiement. Les petits animaux hibernent, invisibles. Les premières minutes lui ont semblé interminables, mais Bruno a fini par trouver son rythme. Bien qu'il coure à allure modérée, il sent que son corps fournit un gros effort et il commence à ressentir des raideurs dans les cuisses. Pourtant, il a envie de continuer. À l'évidence, Stéphane disait vrai en prétendant qu'un jogging lui nettoierait la tête. Il tourne la tête vers son compagnon dont le souffle régulier traduit une meilleure condition physique que la sienne.

— Pfff… pfff, souffle-t-il en essayant de reprendre haleine, je ne comprends pas le plaisir que tu peux avoir à courir comme ça !

— Allons donc, rétorque son compagnon, je suis sûr que tu n'en crois pas un mot. Je t'observe depuis tout à l'heure et je ne t'ai pas vu le visage aussi détendu depuis plusieurs jours !

— Mouais, c'est possible, reconnaît Bruno à contrecœur. C'est vrai que ce n'est pas si désagréable au fond…

Stéphane sourit sans répondre. Il partage totalement la déception de Bruno et il est sans doute aussi malheureux que lui. Mais les deux hommes ont une sensibilité et une façon d'affronter les événements, différentes. Bruno aurait tendance à se recroqueviller sur sa douleur et faire le gros dos en attendant que l'orage passe. Stéphane, quant à lui, est plus combatif, plus prêt à affronter l'adversité. C'est pourquoi il est content d'avoir réussi à traîner son compagnon dans son sillage. Il est certain que cette course vivifiante va le réconcilier avec la vie ou, du moins, lui faire voir les choses sous un angle moins noir. Il reprend :

— Et puis, souviens-toi de ce qu'elle nous a dit, on aura droit à une autre chance. Et je suis persuadé que celle-là sera la bonne, crois-moi.

— Espérons. Mais dire qu'il va falloir refaire tout ce cirque, conclut son voisin avec une grimace dégoûtée.

— Sauf que cette fois, c'est moi qui m'y colle, je te le rappelle…

Bruno enveloppe son compagnon d'un regard tendre. Il voit la carrure solide, le regard franc, le sourire encourageant. Il a soudain l'impression que le rideau de brume s'est levé et que l'avenir s'ouvre à nouveau devant eux. Il se sent tout à coup pousser des ailes et décide d'accélérer. Amusé, Stéphane se calque sur son rythme et les deux hommes ressortent du bois à vive allure. Arrivés dans leur quartier, ils ralentissent enfin pour terminer la course au petit trot. Ils s'astreignent à quelques étirements avant de rentrer. Bruno a le visage écarlate et la sueur colle ses cheveux à son front. Il a le souffle court tandis qu'il replie ses talons sur ses fesses en alternance pour étirer ses ischio-jambiers. Stéphane monte le premier prendre sa douche tandis que Bruno se laisse tomber sur le canapé avec l'impression qu'il vient d'accomplir un exploit surhumain. Lorsque Stéphane redescend, les cheveux mouillés, il a l'impression que Bruno s'est endormi. Il va s'asseoir près de lui sur le canapé. Il a remis son jeans et un tee-shirt propre et il sent le gel douche. Il pose la main sur le bras de Bruno.

— Tu dors ?

— Non, je suis simplement en train d'agoniser…

— Tu exagères, tu as une sacrée endurance pour quelqu'un qui ne court jamais ! Je prépare quoi pour le dîner ?

— Comme tu veux, pour le moment, je me sens plutôt barbouillé.

— C'est tout à fait normal, mais je peux te garantir que dans une heure tu seras mort de faim. Allez, va prendre ta douche !

En grognant, Bruno se lève du canapé et se traîne vers l'escalier.

— Au fait, lance-t-il en grimpant la première marche, quand a-t-elle dit qu'elle reprenait contact avec nous ?

— Très bientôt.

*

Grâce à la clé trouvée suspendue près du réfrigérateur, Perrot déverrouille la voiture de la famille Borel. Comme la nuit est déjà presque là, le policier allume le plafonnier. À l'instar du domicile, la berline est impeccable. Un sapin parfumé diffuse une fraîche odeur de pin dans l'habitacle où rien ne traîne. La boîte à gants ne renferme qu'une carte routière et un nécessaire de premiers secours. Une inspection du coffre ne révèle rien non plus d'intéressant. On y trouve seulement des sacs de courses bien pliés.

— Décidément, fait Perrot, tout ça donne l'impression que rien n'est laissé au hasard dans cette famille !

— Ce qui ne veut pas nécessairement dire qu'ils manquent de fantaisie, regarde-moi par exemple…

Amusé, Perrot détaille la tenue de son collègue : l'homme de petit gabarit est vêtu de son habituel anorak trop serré à la couleur indéfinissable et a fait à son écharpe les trois tours réglementaires. Avec sa coupe courte et sa carrure étroite, Lefèvre ne dégage pas vraiment une impression d'excentricité. En fait, la rigueur de son allure n'est que le reflet d'un caractère méthodique et rigoureux qui n'a que faire du superflu. Il se reconnaît tout à fait dans l'apparence ordonnée de la maison qu'ils viennent de fouiller. Son petit deux-pièces est également parfaitement rangé et nettoyé. Mais chez Lefèvre, et c'est ce qui le rend attachant, ordre et rigueur sont parfaitement compatibles avec un sens aigu de l'humour et de l'autodérision.

— C'est certain, l'habit ne fait pas toujours le moine, confirme Perrot en retournant déposer la clé de voiture là où il l'a trouvée.

Lorsqu'il revient, Lefèvre est déjà installé sur le siège passager qu'il a incliné, une barre chocolatée dans la bouche. Perrot frappe au carreau et ouvre la portière de son collègue.

— C'est pas vrai que tu es encore en train de manger !

— Ben quoi, seize heures trente, c'est l'heure du goûter, non ?

— Allez, sors de là, puisqu'on a encore du temps devant nous, on va faire une petite enquête de voisinage.

— Bien, Chef…

Ils décident de commencer par la maison située du côté droit. Lorsqu'ils sonnent à la porte, un aboiement leur répond, venant de l'intérieur. Un enfant escorté d'un petit chien vient ouvrir la porte.

— Bonjour, fait le garçonnet dont les doigts sont couverts d'encre.

— Bonjour, tes parents sont-ils là ?

— Oui. Maman ! crie-t-il en se tournant vers l'intérieur.

Une voix féminine se fait entendre :

— Qu'est-ce que tu as à crier comme ça, Jules ? Ah ! Pardon, je n'avais pas entendu sonner, fait alors une jolie jeune femme mince aux cheveux aux épaules, en avisant les policiers. J'avais entendu Pollux aboyer, mais comme il aboie à tort et à travers… Vous êtes ?

— Police Judiciaire, Commandant Perrot, et mon collègue, Capitaine Lefèvre.

— Ah, entrez, je suppose que vous êtes là à cause de ce qui est arrivé à la voisine ?

— Exactement, répond Perrot. Vous étiez là, le jour de sa mort ?

— Oui, entrez donc, fait la femme vêtue d'une tenue crème, en reculant vers le salon.

— Merci, mais nous avons juste une ou deux questions à vous poser.

— Bien, dans ce cas. Je vous écoute, fait-elle en

restant dans l'entrée dont elle referme la porte pour ne pas laisser entrer le froid.

— Donc vous étiez présente le jour où votre voisine a perdu la vie ?

— Oui, comme la plupart du temps. Je suis assistante maternelle et je garde deux bébés à mon domicile. Et comme le jour où elle a été tuée, les deux petits étaient patraques, je ne leur ai pas fait faire leur promenade quotidienne.

— Vous avez peut-être remarqué quelque chose d'inhabituel ?

— J'y ai déjà réfléchi depuis que j'ai appris ce drame. Vous savez, je n'arrive plus à dormir depuis cette tragédie. Et j'essaie de me souvenir des heures qui ont précédé. Mais rien ne me revient.

— Vous n'avez pas noté de mouvements inhabituels dans le quartier ?

— Non, pas du tout.

— Une personne inconnue ou un véhicule que vous ne connaissiez pas ?

— Non, vraiment, tout était normal, répète-t-elle en haussant les épaules.

— Bien, si vous n'avez rien de plus à nous apprendre, nous allons vous laisser. Si, une dernière chose : à votre connaissance, Tania Borel et son mari s'entendaient-ils bien ?

La voisine hésite imperceptiblement avant de répondre par l'affirmative.

— Mais vous ne les connaissiez peut-être pas très bien, je me trompe ?

— C'est vrai, bonjour, bonsoir et c'est à peu près tout. Il faut dire que mon fils n'est pas dans la même école que leurs filles, donc on se fréquentait peu.

— Bien, Madame, merci d'avoir répondu à nos questions. Si un souvenir vous revenait ou un détail, même insignifiant, n'hésitez pas à nous joindre, mon collègue ou moi-même, à ce numéro.

— Comptez sur moi.

À ce moment, Lefèvre aperçoit le garçonnet installé dans la cuisine avec ses crayons de couleur.

— Je peux ? fait-il à l'adresse de la femme.

— Je vous en prie.

Lefèvre gagne la cuisine, la mère sur ses talons.

— Dis-moi, bonhomme, est-ce que tu aurais remarqué quelque chose de bizarre chez les voisins le jour où madame Borel a été tuée ?

Le gamin ne semble nullement impressionné par la présence des policiers. Avec naturel, il répond en secouant vigoureusement la tête.

— Non, Monsieur, je n'ai pas vu le monsieur qui a tué madame Borel.

Lefèvre sourit.

— Parce que tu es sûr qu'il s'agit d'un monsieur ?

— Ben évidemment ! fait le garçonnet en écartant ses deux mains couvertes de feutre. Une maman peut pas faire ça…

— Bien sûr, approuve Lefèvre. Bien, jeune homme, je te remercie pour ton aide précieuse.

— Y'a pas d'quoi !

Le capitaine rejoint son collègue et tous deux prennent congé. Ils décident de traverser la route afin d'interroger les autres voisins. Ils vont frapper à la maison située en face de celle de la victime. Celle-ci est la réplique exacte de la maison des Borel, la balançoire et les plantations en moins. Des stores à lames occultent les fenêtres de toutes les pièces. Une lumière est cependant visible à l'intérieur. L'homme qui vient leur ouvrir a une petite cinquantaine d'années. Il a les cheveux très courts. Il porte une chemise blanche sous un pull-over en pointe noir. Il dévisage les arrivants avec méfiance. Perrot sort sa carte de police en déclinant son identité. L'homme ne leur propose pas de rentrer malgré l'humidité glaciale qui s'insinue sous les cols.

— Je suppose que vous êtes au courant du décès de votre voisine d'en face… commence Perrot.

— J'ai lu le journal.

— Vous la connaissiez ?

— On peut pas dire, non. On se connaissait de vue.

— Vous ne parliez jamais aux membres de la famille ?

— Non.

L'homme semble surpris par la question. Il attend la suite.

— Où étiez-vous le jour du décès de madame Borel ?

— J'étais allé faire des courses, c'est mon jour.

Devant l'air perplexe de Lefèvre, il explique :

— Comme j'ai accepté de travailler en nocturne le soir, j'ai mon lundi après-midi de libre, donc je fais mes courses ce jour-là.

— Et vous travaillez dans quoi ?

— Dans une imprimerie.

— Donc, cet après-midi-là, vous étiez absent de votre domicile…

— C'est ça, fait le voisin en faisant mine de reculer vers l'intérieur pour signifier que la conversation est close.

Mais Lefèvre se fait insistant :
— Vous avez une famille ? Monsieur…
— Cérin, Pierre Cérin. Non, je suis célibataire.
— Dans ce cas-là, vous n'avez peut-être pas besoin d'une demi-journée pour remplir le réfrigérateur…
L'homme ne semble pas apprécier l'allusion. Sa bouche s'est serrée et on a l'impression qu'il se retient de dire « Qu'est-ce que ça peut vous faire ? ». Mais il choisit prudemment de ne rien répondre.
— Donc, intervient Perrot à son tour, vous n'avez rien remarqué de bizarre autour du domicile des Borel, cet après-midi-là ?
— Ben non, répète le voisin en haussant légèrement les épaules.
— Les Borel semblaient être une famille unie selon vous ?
L'homme fait la moue et réplique :
— Qu'est-ce que j'en sais, moi. Je suis leur voisin, c'est tout.
— Monsieur Borel s'absentait beaucoup pour son travail…
— Apparemment…
Sentant que l'homme n'est décidément pas prêt à collaborer, les deux policiers échangent un regard discret et décident de mettre un terme à cette discussion à sens unique. Ils remercient et regagnent leur voiture.
Le taiseux verrouille immédiatement la porte.
— Tu parles d'un comique ! ironise Lefèvre en se calant confortablement au fond de son fauteuil.
— J'ai connu plus causant, approuve Perrot en tournant la clé de contact. Il n'avait vraiment rien à nous dire.

— Bien sûr, puisqu'il faisait ses petites courses, le jour du meurtre! Quelle vie palpitante! conclut Lefèvre en reposant la tête sur l'appuie-tête et en fermant les yeux.

Une demi-heure plus tard, ils sont au commissariat. Ils vont déposer leurs prélèvements et le PC de la famille Borel au coffre, en attendant de les descendre au laboratoire le lendemain à la première heure. Ils se séparent rapidement dans le parking souterrain.

*

Annabelle regarde distraitement un programme de divertissement en différé à la télévision. Il s'agit d'une version moderne du Télé-crochet où les candidats chanteurs se font éliminer les uns après les autres après des prestations successives. Le suspense qui entoure ce jeu, ajouté à la qualité des voix lui permet de mettre de côté ses interrogations. Elle entend Damien qui remue des casseroles dans la cuisine. Il n'aime pas cuisiner mais il a remarqué la baisse de forme de sa compagne en rentrant et a proposé de se mettre aux fourneaux. Annabelle sait d'avance que les pâtes seront au menu, Damien ne sachant préparer que les sauces tomate. L'odeur des oignons qui reviennent dans l'huile d'olive mêlée à celle des herbes de Provence ouvre l'appétit de la femme enceinte. Elle a essayé de ne pas cogiter aujourd'hui au bureau et y est presque parvenue grâce à la pile de dossiers que lui a déposée sa chef en début d'après-midi. Comme d'habitude, elle avait un délai à respecter et elle s'est efforcée de le tenir. Mais elle sent qu'elle est plus lente que d'habitude, ou moins concentrée, aussi doit-elle redoubler d'attention pour ne pas perdre de temps. Elle n'a pas vu l'après-midi passer mais aussitôt qu'elle s'est retrouvée dans l'intimité de sa voiture, ses doutes l'ont à nouveau assaillie. N'était-il pas encore temps de tout dire à Damien ? Les choses ne risquaient-elles pas de devenir ingérables si elle attendait trop ? Son fiancé est quelqu'un de loyal et compréhensif, il saurait lui pardonner, s'est-elle répété en conduisant. Mais chaque fois que l'idée de tout lui dire lui traversait la tête, une autre totalement contradictoire la convainquait de n'en rien faire. Elle essaie à nouveau de distraire son esprit en écoutant la jeune fille qui s'égosille sur le petit écran. La chanteuse pousse tellement sa voix qu'elle donne l'impression de vouloir traverser le mur du son. Comme Annabelle pouvait s'y attendre, la candidate est éliminée. À ce moment, apparaît Damien avec un plateau fumant qu'il pose sur la table basse.

— Plateau-télé ce soir ? Tu as l'air tellement captivée par ton émission…

— Tu plaisantes ! Je suis simplement vidée, fait Annabelle en se redressant. J'ai l'impression de peser trois tonnes.

— Ça veut peut-être dire que tu nous prépares un gros bébé, commente Damien avec un air attendri.

— J'espère que non…

Il la regarde, l'air inquiet, tandis qu'il s'assoit sur le canapé d'angle.

— Ça n'a pas l'air d'aller, toi…

— Si, ment-elle avec un sourire forcé. Un coup de barre, c'est tout.

— Tu en es sûre ?

— Oui, qu'est-ce que tu vas imaginer ? Allez, fais-moi goûter ces pâtes !

Rassuré, Damien la sert copieusement et commence à raconter une anecdote du bureau. Mais Annabelle ne l'entend pas. Elle n'a soudain plus faim. L'appétit coupé par sa propre lâcheté. Elle s'en veut de jouer ce double jeu. Et en même temps, elle n'a pas le courage de parler à celui qui partage sa vie. Comment affronter la déception qu'elle lira dans son regard aimant ? Comment faire face aux reproches qu'il ne manquera pas de lui faire ? Ou pire encore aux reproches qu'il ne lui fera pas ? Car Annabelle en est persuadée, Damien serait tellement bouleversé d'apprendre sa trahison qu'il lui tournerait probablement le dos. Sans un mot. Avec un désespoir muet, irrémissible. Et son silence douloureux serait pire que les mots les plus durs.

— Tu m'écoutes ? s'interrompt Damien.

— Oui, oui.

— Je ne te ferai pas l'affront de te demander de répéter ce que j'étais en train de dire…

Annabelle se met à rire.

— Désolée, j'ai vraiment du mal à fixer mon attention en ce moment. Ce doit être la conséquence de toutes ces modifications hormonales.

Son compagnon sourit en retour, apparemment satisfait de sa réponse.

Il se ressert une assiettée de pâtes et regarde l'assiette qu'Annabelle a à peine touchée. Il fait une petite grimace mais ne dit rien et change de chaîne à l'aide de la télécommande.

— Ça ne te dérange pas qu'on regarde les infos plutôt ?

— Non non, vas-y, fait-elle en reposant son assiette à peine entamée.

Elle prend son verre d'eau et le vide complètement. Puis elle se rencogne à nouveau au fond du canapé.

— Tu n'as pas oublié qu'on a Capucine ce week-end ? demande Damien sans quitter le journaliste des yeux.

— Bien sûr que non, ment Annabelle.

— Elle se réjouit tellement de devenir une grande sœur. Elle va avoir du mal à attendre neuf mois…

— Je sais. Ça va changer sa vie. Et la nôtre aussi…

— Bien sûr, répond distraitement son voisin.

TROISIÈME JOUR

— Il faut attendre au moins vingt-quatre heures pour avoir les premiers résultats du labo.

— Comme d'habitude, acquiesce Lefèvre en posant son gobelet fumant sur le bureau de Perrot.

Puis il s'emploie à défaire les trois tours de son écharpe en acrylique marron. Il laisse tomber quatre morceaux de sucre au fond de son gobelet et remue le café sirupeux.

— Quant au PC des Borel, ajoute-t-il, Verdier a bon espoir d'arriver à pénétrer son disque dur.

— Il n'y a plus qu'à attendre, alors, fait Perrot.

Il porte un pull-over à col roulé bleu glacier qui fait ressortir son regard. Il n'a pas passé une bonne nuit et une ombre cerne ses yeux. Un coup de fil de son ex-femme l'attendait sur la messagerie de son domicile lorsqu'il est rentré chez lui, la veille après le travail. Il se demande pourquoi Sofia ne l'a pas appelé directement sur son téléphone portable, quitte à lui laisser un message au cas où il ne pourrait prendre la communication. Il ne peut s'empêcher de la soupçonner d'avoir procédé ainsi pour ne pas avoir à l'affronter directement. Après tout, elle n'avait rien de bien agréable à lui dire puisqu'elle lui demandait s'il consentirait à lui laisser les enfants toutes les vacances d'hiver afin de les emmener dans les Caraïbes. Doutant de ce qu'il entendait, Perrot a repassé la bande deux fois pour être certain qu'il comprenait bien. À l'arrière, il devinait la voix de Simon, tout excité à l'idée de prendre l'avion. En revanche, le commandant n'a pas entendu la voix de Clara, ce qui ne l'a nullement surpris. Plus âgée que son frère, elle est consciente que son père aurait du chagrin de ne pas passer ses vacances avec eux. Perrot s'est tourné et retourné dans son lit. Que devait-il faire ? Répondre favorablement à la demande de Sofia et ainsi ne pas priver les enfants d'un beau voyage ? Ou alors exiger qu'elle s'organise de manière à ne pas l'empêcher de passer sa semaine de vacances réglementaire avec ses enfants ? Au matin, le policier n'avait toujours pas trouvé la réponse. Il se sent un peu minable de penser à son plaisir avant celui de ses bambins. « Mais, songe-t-il, remettons un peu les choses à leurs places : est-ce vraiment moi le méchant de l'histoire ? Est-ce moi qui suis parti en demandant le divorce ? Après tout, ne suis-je pas dans mon bon droit en voulant passer du temps avec mes enfants ? Sofia n'est-elle pas la gagnante dans tout ça ? » Cependant, pour être totalement honnête avec lui-même, le commandant doit reconnaître que sa réticence à satisfaire la demande de son ex-femme n'est pas seulement due à son désir bien naturel de passer huit jours avec Clara et Simon. En fait, il y a une autre raison derrière son envie de dire non, un motif bien moins glorieux : une perfide pointe de jalousie qui lui souffle que Sofia a peut-être rencontré quelqu'un…

— Je pense qu'on pourrait en profiter pour aller entendre l'employeur de Tania Borel, propose Lefèvre en terminant son café trop sucré.

Perrot sursaute.

— Pourquoi pas ? fait-il en reprenant pied dans la réalité. Je te suis, obtempère-t-il en se levant pour enfiler son pardessus bleu marine.

L'entreprise de confection où travaillait Tania Borel est implantée à la périphérie de la ville, sur une zone industrielle. À perte de vue s'étalent des bâtiments gris à toit de tôle, entourés de leurs parkings bitumés. Pas un arbre alentour, pas un carré de verdure. Seuls les panneaux publicitaires qui occupent le moindre centimètre carré du bord de la route mettent un peu de couleur dans le morne décor. « Tous Tissus » est la dernière entreprise au fond d'une impasse après une entreprise d'électroménager et un grand magasin de produits animaliers en gros. En pénétrant dans l'imposant bâtiment, les deux policiers sont saisis par le bruit assommant des gigantesques machines en action. D'immenses rouleaux de tissus multicolores sont empilés les uns sur les autres. À l'arrière, on devine les grosses machines cylindriques qui enroulent les bobines et découpent le tissu. Sur leur gauche se dresse un petit bureau vitré sur la porte duquel on peut lire « *Accueil* ». À travers la vitre, on aperçoit une femme penchée sur des papiers. Les policiers frappent à la porte. N'obtenant pas de réponse dans le vacarme assourdissant, Perrot se montre au carreau. La femme les remarque alors et leur fait signe d'entrer. Malgré l'interdiction de fumer placardée sur le mur, le petit espace sent le tabac froid. Mais peut-être est-ce seulement dû au fait que la femme entre deux âges qui travaille là fume tellement que ses vêtements et sa peau sont imprégnés de fumée. Ils doivent forcer leur voix pour couvrir le bruit des turbines. L'hôtesse d'accueil leur indique en montrant ses oreilles que le patron ne peut entendre son téléphone avec ce vacarme, et leur demande de patienter le temps qu'elle aille le chercher. Ils s'installent dans deux fauteuils à disposition et se mettent à feuilleter des magazines auto périmés. Quelques minutes plus tard, la dame revient en compagnie d'un homme trapu en bleu de travail. Il a les cheveux poivre et sel et les traits tirés. Il fait signe à l'hôtesse de le laisser seul en compagnie des policiers et pousse la porte du bureau.

— Gérard Anquetel, je peux vous aider ? fait-il en s'adossant à la porte qu'il referme derrière lui.

— Commandant Perrot et Capitaine Lefèvre de la Police Judiciaire. Nous enquêtons sur le décès de votre employée, Tania Borel.

— Ex-employée, corrige l'homme avec un ton grave.

— Pardon ?

— J'ai dit « ex-employée ».

— Madame Borel ne travaillait plus chez vous ? s'étonne Perrot.

— Non, fait l'homme en se raidissant, depuis un peu plus de cinq mois maintenant.

— Pourtant, son mari nous a indiqué qu'elle travaillait ici !

— Elle a effectivement été employée pendant plus de huit ans, mais j'ai mis fin à son contrat en septembre, attendez que je vérifie, fait l'homme en allant consulter un agenda géant sur son bureau. Voilà, j'ai trouvé, le dix septembre, pour être précis.

— Et on peut savoir ce qui a motivé cette « fin de contrat » comme vous l'appelez ?

L'homme hésite un instant, comme s'il éprouvait des scrupules à salir la mémoire d'une femme à peine refroidie. Finalement, il hausse légèrement les épaules et explique :

— Un jour, j'ai trouvé Tania penchée au-dessus du tiroir-caisse ouvert dans mon bureau. Évidemment, elle a prétendu qu'elle n'avait pas l'intention de se servir, mais comment j'aurais pu la croire ? Imaginez un peu ! Je lui ai dit que je ne pouvais plus lui faire confiance et que je lui signifiais son renvoi…

— Elle n'a pas essayé de se défendre ? demande Lefèvre, étonné de la facilité apparente avec laquelle les choses semblent s'être passées.

— Pour la forme, Tania a bien protesté un peu, mais elle savait que je ne reviendrais pas en arrière. J'avais toujours eu confiance en elle, c'était une employée réglo, travailleuse et ponctuelle. Mais ce jour-là, quand je l'ai vue plantée là, pendant de longues secondes, devant ce tiroir-caisse, j'ai compris qu'elle allait se servir. Ou du moins qu'elle le ferait à la première occasion.

— Donc vous n'avez pas porté plainte contre elle ?

Il secoue la tête.

— Non, pour quel motif ? Je n'avais que des doutes. Je ne l'avais pas vraiment prise la main dans le sac.

— Et elle a accepté la décision facilement ?

— « Facilement », c'est peut-être un bien grand mot, mais en tout cas, dès le soir, elle ne faisait plus partie de nos équipes.

— Il y a sans doute un syndicat dans votre entreprise ?

— Absolument. Tania était syndiquée, si c'est ce que vous voulez savoir.

— Et elle ne s'est pas tournée vers les prud'hommes ?

— Épervier, le représentant syndical, le lui a proposé évidemment, répond le patron avec un air narquois, mais Tania ne l'a pas écouté. Elle savait qu'elle était dans son tort…

— Êtes-vous surpris qu'elle n'ait pas parlé de son licenciement à son mari ?

— Ma foi oui, fait l'homme en haussant les sourcils. Je n'aurais pas imaginé. Et je ne vois pas comment elle a pu lui cacher ça, tout ce temps.

— Vous connaissiez monsieur Borel ?

— Un peu, oui. On se voyait chaque année pour le repas de Noël. C'est quelqu'un d'ouvert, de sympathique. Comme l'était Tania, d'ailleurs, ajoute-t-il avec une note de tristesse dans la voix.

— Et vous pensez que sa mort aurait un lien avec son licenciement ? intervient Lefèvre.

L'homme écarquille les yeux.

— Comment voulez-vous qu'il y ait un lien avec ça ?

— C'est à vous de nous le dire, rétorque Lefèvre.

— Eh bien, je ne vois pas, dit-il d'un ton sec.

— Tania Borel avait de bonnes relations avec ses collègues ?

L'employeur se radoucit un peu pour répondre :

— Oui, c'était quelqu'un d'agréable, toujours de bonne humeur.

— Vous avez dû avoir du mal à vous séparer d'une telle perle, intervient alors Lefèvre sur un ton doucereux.

Le PDG lui lance un regard noir et se tourne ostensiblement vers Perrot.

— Je vais être honnête avec vous. Je n'avais que du bien à dire de Tania, mais mettez-vous un instant à ma place ! Vous voyez votre employée en arrêt devant la recette du mois. Et ce, pendant de longues minutes. Ça vous met forcément le doute, non ?

L'homme secoue vigoureusement la tête avant de répéter :

— Non, vraiment, je ne pouvais plus lui faire confiance après ça. Je suis un homme de principe, moi. Je respecte les règles, alors j'attends des autres qu'ils fassent pareil.

— Ceci vous honore, persifle Lefèvre avec un sourire qui n'en est pas un.

— Bien, Monsieur, je pense que nous avons fait le tour pour le moment. Mais il se peut que nous ayons besoin de vous parler à nouveau…

— Pas de problème.

— En attendant, si vous avez quelque chose à nous dire, voici nos numéros de téléphone. N'hésitez pas.

— Comptez sur moi, fait le patron en se levant pour mettre un terme à l'entrevue.

Il ne prend pas la peine de les raccompagner jusqu'à la porte. Sans demander l'autorisation du patron, les deux policiers décident de jeter un œil au reste des locaux. Dans le vaste bâtiment, des dizaines d'hommes et de femmes s'activent sur les machines, un casque sur les oreilles. Perrot et Lefèvre ne jugent pas utile de les déranger dans leur travail. Mais lorsqu'ils se retrouvent devant l'inscription « *Salle de repos* », ils frappent à la porte. Comme à l'accueil précédemment, personne ne peut entendre les coups frappés dans le bruit ambiant. Lefèvre ouvre la porte et glisse le buste dans l'entrebâillement. Deux femmes vêtues de blouses grises se trouvent à l'intérieur, assises dans des fauteuils. Elles sont en train de boire un thé.

— Excusez-nous, Mesdames, Police Judiciaire, se présente Lefèvre en montrant sa carte.

L'une des deux femmes, la plus jeune, sursaute tandis que l'autre ne montre aucune émotion.

— Nous enquêtons sur le meurtre d'une de vos collègues…

— Tania, murmure la plus jeune. Oui, on est au courant…

— Vous avez quelques minutes à nous accorder ?

— Oui, fait la plus âgée, une femme d'une quarantaine d'années à forte corpulence et aux cheveux coupés court. C'est la pause, on a embauché à six heures ce matin.

— Bien. Revenons-en à madame Borel, fait-il à l'adresse de la jeune ouvrière, c'était une amie ? Madame…

— Mademoiselle. Aurore Clarant. Oui, c'était une amie, enfin à moi surtout, précise-t-elle en lançant un regard de biais à sa voisine.

Sa voix s'est un peu enrayée tandis qu'elle serre plus fort sa tasse entre des doigts qu'un problème de circulation sanguine rend un peu violacés. Elle est très mince avec les yeux cernés. Ses cheveux bruns relevés en queue-de-cheval dégagent un visage fin mais aux traits tirés. Perrot a sorti son petit carnet rouge et prend des notes.

— Elle ne travaillait plus ici, continue Perrot en allant s'asseoir ainsi que Lefèvre sur le banc le long du mur.

— Non, répond Aurore Clarant.

— Vous savez pourquoi ?

— Elle a été licenciée, répond l'autre femme d'un ton uni.

— Vous êtes madame… ?

— Ghislaine Boteau.

— Le motif de ce licenciement ?

Ghislaine Boteau, une femme à la poitrine forte et aux yeux sombres, jette un regard furtif vers sa collègue avant de répondre un peu trop fort :

— Faute professionnelle. Elle avait piqué dans la caisse !

— Non ! se récrie la plus jeune, ce n'est pas ça ! Le patron a juste pensé qu'elle allait le faire, mais elle n'est pas passée à l'acte.

À côté, l'autre femme dégonfle ses joues en signe d'ignorance. Perrot reprend :

— Comment étaient ses relations avec monsieur Anquetel ?

— Normales, répond la jeune ouvrière.

— C'est-à-dire ? Monsieur Anquetel traite-t-il bien ses employés ? insiste-t-il en s'adressant à la femme corpulente.

Cette dernière hésite un instant. On sent la contestataire qui sommeille en elle, l'ouvrière qui s'oppose systématiquement à la hiérarchie. Pourtant, elle opine :

— Ça va, on peut pas dire. Évidemment, on est comme tout le monde, si on pouvait gagner un peu plus… conclut-elle avec une moue désabusée.

— Avez-vous continué à avoir des contacts avec elle après son départ ?

Aurore Clarant opine du chef en faisant tourner sa chope dans ses mains.

— Comment réagissait-elle à ce licenciement ?

— Elle était très en colère, surtout au début. Elle me disait que c'était pas juste, qu'elle n'avait rien fait.

— Elle en voulait à monsieur Anquetel, forcément ?

La plus jeune réfléchit quelques secondes.

— En fait, pas vraiment, non. C'est ça qui était bizarre. C'était comme si, au fond, elle pensait qu'il avait fait ce qu'il avait à faire.

— Même si elle n'était coupable de rien ? s'étonne Perrot.

— Ben oui, c'est ça. Elle devait se dire que, dans les mêmes circonstances, elle aurait fait la même chose…

— Et vous-même, la croyiez-vous coupable ?

Aurore Clarant rosit légèrement tandis que ses yeux s'embuent :

— Je n'en sais rien…

— Vraiment ? insiste Lefèvre en plantant ses yeux dans les siens.

Elle rougit vraiment cette fois et répond :

— En fait, Tania m'a raconté la scène. Elle m'a expliqué qu'elle était effectivement devant le tiroir-caisse ouvert et que monsieur Anquetel l'avait surprise là. Mais elle m'a dit que, pour elle, il ne s'était pas écoulé plus de cinq secondes, qu'elle s'apprêtait à repousser le tiroir ou à appeler monsieur Anquetel pour le prévenir que la caisse était ouverte. Mais c'était impossible à prouver, conclut la plus jeune en allant poser sa tasse dans l'évier.

— D'après nos informations, le mari de Tania Borel n'était pas au courant de son licenciement.

— Ah bon ! s'étonne la plus âgée. Comment c'est possible ?

En se redressant, son buste volumineux écarte dangereusement les pans de sa blouse.

— … Tu savais ça, toi ? demande-t-elle à sa collègue venue se rasseoir.

— Oui, fait cette dernière en se tordant les mains.

— Vous pouvez préciser ?

— J'ai vu Tania deux ou trois fois après son départ. Comme je vous le disais, au début, elle était très remontée contre monsieur Anquetel. Mais la fois suivante, elle s'était calmée. Par contre, elle était très embêtée parce qu'elle ne voulait pas que son mari apprenne son licenciement…

— Que craignait-elle exactement ?

— Qu'il se fâche, j'imagine…

— Contre votre patron ?

— J'en sais trop rien. Contre Tania plutôt.

— Pourtant, elle prétendait ne s'être rendue coupable de rien !

Aurore Clarant semble hésiter un instant. Elle tord sa bouche en signe d'inquiétude et baisse les yeux vers ses genoux. Puis elle reprend en gardant la tête baissée :

— Oui, c'est vrai. Pourtant, il me semble qu'elle avait peur de la réaction de son mari, de son jugement.

Elle m'a dit qu'elle avait honte, que son mari serait terriblement déçu par elle.

— Déçu à quel point ? insiste Lefèvre en venant poser ses avant-bras sur ses cuisses.

La jeune ouvrière secoue la tête, l'air soudain perdu.

— Je n'en sais rien, vraiment.

— À vous entendre, on a l'impression que finalement, la deuxième fois où vous avez revu Tania après son licenciement, elle reconnaissait sa faute.

— Oui, acquiesce la plus jeune dans un murmure à peine audible.

— Elle avait des raisons d'avoir peur de son mari ? demande Lefèvre en plantant son regard dans celui d'Aurore Clarant.

— Je n'ai jamais dit ça ! se défend alors la jeune femme.

— J'ai dû mal comprendre, réplique Lefèvre sur un ton mi-figue mi-raisin.

— Donc elle a décidé de ne pas apprendre à son mari qu'elle avait été licenciée ? reprend Perrot.

— C'est ça.

— Et comment justifiait-elle son absence de salaire ?

— Je crois que c'est elle qui faisait les comptes à la maison comme son mari était souvent absent...

— Mais son mari a bien dû remarquer qu'elle n'allait plus au travail quand même ! s'exclame alors l'autre femme restée silencieuse jusque-là.

— C'est vrai, je n'y avais pas pensé, constate la plus jeune d'un air étonné. Il a dû lui demander pourquoi elle restait à la maison...

— Sauf si elle n'y restait pas, corrige Lefèvre.

Elle le regarde sans comprendre. Perrot poursuit, s'adressant aux deux femmes :

— Quand avez-vous vu Tania Borel la dernière fois ?

— Le jour où elle a été licenciée, réplique Ghislaine Boteau.

— Et vous Mademoiselle Clarant ?

— Il y a deux mois environ…

— Comment était-elle ?

— Mieux, je dirais. Elle avait l'air plus détendue, moins soucieuse. Je lui ai demandé si elle avait trouvé un nouveau travail et elle m'a dit que oui mais qu'elle préférait ne pas trop m'en dire. « Par superstition », m'a-t-elle dit. Alors j'ai pas cherché à en savoir davantage. J'étais rassurée de voir que ça allait mieux pour elle. C'est la dernière fois que je l'ai vue, termine la jeune femme en étouffant un sanglot.

Les deux officiers décident alors de mettre un terme à l'entretien. Ils tendent leur carte de visite et enjoignent les deux ouvrières de les appeler si un souvenir relatif à la victime leur revenait.

*

Après leur visite chez Tous Tissus, Perrot et Lefèvre rentrent au service. Arrivé à destination, Lefèvre décide de faire un crochet par le traiteur italien du coin de la rue. Pendant ce temps, Perrot va aux nouvelles au service informatique. Mais le technicien, qui est lui-même en train de mordre dans un jambon-beurre en guise de repas, lui demande de patienter et lui indique que le PC de la victime n'a pas encore livré ses secrets. Le commandant remonte dans son bureau où Lefèvre s'est spontanément installé, le sac contenant leur déjeuner à la main.

— Fais comme chez toi, le taquine Perrot en s'asseyant à sa place.

Bien qu'il ait son propre bureau, deux portes plus loin, Lefèvre, que sa complémentarité avec Perrot amène à travailler souvent en binôme, passe beaucoup de temps chez son voisin lorsqu'une affaire les réunit. Cependant, dans la vie privée, Lefèvre se contente avec bonheur – ou du moins sans aigreur – de sa seule présence. Lorsque ses nominations le mènent près de chez sa mère, il passe ses dimanches libres chez elle, le reste du temps, il se suffit à lui-même entre lecture de biographies historiques et projection sur son écran géant de vieux films traitant de la Deuxième Guerre mondiale. En revanche, il est toujours partant pour un dîner en compagnie des deux ou trois collègues avec lesquels il s'est lié d'amitié. Incapable de cuisiner, Lefèvre connaît cependant l'art d'accommoder les plats surgelés de chez Picard. Et il n'est pas totalement ignorant dans le domaine du vin. Ses rares amis apprécient sa loyauté et son sens de la dérision, mais ils connaissent son côté plus sombre. Il est un humoriste triste, à moins qu'il ne soit un mélancolique amusant.

Pour l'heure, le capitaine est occupé à disposer les barquettes de lasagnes encore chaudes sur le bureau. Le temps que son collègue prépare leur déjeuner, Perrot compose le numéro du laboratoire d'analyse génétique et branche le haut-parleur. La laborantine lui apprend que le tisonnier rapporté de chez les Borel est en cours d'analyse et que les premiers résultats devraient tomber en fin de soirée ou, au plus tard, le lendemain matin. Perrot s'enfonce dans son fauteuil et ouvre son petit carnet dans lequel il consigne petits et grands détails. Tout en piquant dans ses lasagnes, il relit silencieusement ses dernières notes et repense à la visite qu'ils ont faite à l'entreprise Tous Tissus où travaillait la victime. Il se remémore les paroles élogieuses de son patron, monsieur Anquetel, et l'apparente réticence avec laquelle ce dernier s'est séparé de son employée modèle. Il songe aussi au portrait flatteur que le patron a fait du mari, un homme « ouvert et sympathique », a-t-il dit. Il repose son carnet et demande :

— Qu'est-ce que tu penses de tout ça ?

— Parfaites, pas trop salées, juste assez d'origan et de mozzarella…

— Sois sérieux une minute…

— Je pense que cette Tania est trop gentille pour être honnête, répond Lefèvre en léchant un peu de sauce tomate au bout de son doigt.

— Comment ça ? fait Perrot en se redressant dans son fauteuil. Tout le monde l'aimait, non ? Ses collègues, son patron, sa voisine, son mari… C'était une perle, apparemment. Et pourtant, on s'en est pris à elle…

— Précisément parce qu'elle n'était pas aussi lisse qu'il y paraît ! réplique Lefèvre sur un ton triomphant.

— Tu peux préciser ?

— Essaie de te rappeler, fait-il en énumérant sur ses doigts. Tu dis qu'elle était appréciée de ses collègues, soit, mais tu oublies un petit détail…

— Tu veux parler de cette Ghislaine Boteau.

— Exactement. Tu as forcément remarqué qu'elle ne portait pas Tania Borel dans son cœur.

— C'est le moins qu'on puisse dire, c'est vrai.

— Et la voisine…

— Oui, quoi ? Elle semblait entretenir de bonnes relations avec Tania Borel, non ?

— Enfin… surtout avec son mari, glisse Lefèvre avec un rictus.

— Tu crois ? s'étonne Perrot. J'ai naïvement pensé qu'elle ne faisait que rendre service.

— Elles disent toutes ça ! s'exclame le plus jeune sur un ton faussement sérieux. Toutes, sauf ma mère !

— Ton sens de la mesure n'a d'égal que ton objectivité, remarque Perrot en souriant. Tu penses donc qu'on devrait se pencher sur la relation entre le mari et la voisine ?

— Certainement. Et de toute manière, on va devoir avoir une nouvelle discussion avec lui, fait Lefèvre attaquant son énorme part de tiramisu.

— Afin de vérifier qu'il ignorait le licenciement de sa femme…

— Parfaitement.

— Dis-moi, c'est une impression ou tu as demandé une double part ? lance Perrot en désignant le dessert blanc recouvert d'une pellicule de cacao.

— Il faut du calcium pour consolider les os…

— Bien sûr, j'avais oublié, la croissance… ironise le commandant en allant se servir un thé.

L'appétit de Lefèvre est légendaire au commissariat et est d'autant plus remarquable qu'il ne lui a jamais fait prendre un gramme. De petite taille, Lefèvre est extrêmement mince, avec un torse d'enfant que ses pull-overs ajustés ne parviennent à camoufler. Perrot s'est amusé, la première fois qu'il a rencontré la mère de son collègue et ami. Celle-ci est aussi corpulente que son fils unique est fluet. Et la démesure physique de cette femme est au diapason de sa faconde. Madame Lefèvre est aussi maternelle et envahissante qu'une mère juive. Sur le plan physique, Perrot est aux antipodes de son collègue, mais pas dans les mêmes proportions. En effet, le commandant est de taille moyenne et élancé. Mais contrairement à son collègue, il a un appétit normal. Et un sens de l'élégance indiscutable. Leur repas avalé, les deux officiers décident d'aller rendre une nouvelle visite au mari de la victime. Comme à son habitude, Lefèvre profite du trajet pour ronfler comme un bienheureux. La circulation est plutôt fluide à cette heure. Lorsqu'ils se garent devant chez la voisine, ils n'aperçoivent aucune voiture dans l'allée.

— Zut, lance Perrot à l'adresse de Lefèvre que l'arrêt du moteur a réveillé, on dirait qu'il n'y a personne.

— En revanche, la voiture des Borel est devant chez eux.

— Exact, fait le conducteur en descendant de véhicule et en se dirigeant vers chez la voisine qui a offert l'hospitalité au jeune veuf et à ses filles.

— Attends une seconde, l'arrête Lefèvre qui le suit. On n'est pas allés interroger les voisins de derrière. Même s'ils n'ont pas dû voir grand-chose, on ne sait jamais…

— Pourquoi pas ? fait Perrot en faisant demi-tour et en obliquant sur la droite pour s'engager sur le chemin piétonnier qui contourne la maison de la victime.

À l'arrière de la bâtisse s'étalent d'autres pavillons identiques, entourés de leur petit jardin. Celui situé juste à l'arrière de celle de la victime est éclairé. Des rideaux opaques dissimulent cependant l'intérieur. Le jardin est totalement dépourvu de plantations. Une allée gravillonnée mène au perron également nu. Perrot sonne trois coups avant qu'une voix de femme se fasse entendre :

— C'est pourquoi ?

— Police Judiciaire, indique Perrot en plaçant sa carte de police sur l'œilleton.

La femme prend quelques secondes avant d'entrebâiller la porte retenue par une chaînette. Perrot produit à nouveau sa carte afin de rassurer la méfiante. Sourcils froncés, la femme consent enfin à ouvrir. Elle s'écarte de la porte en serrant son cardigan gris contre son buste creux. De son chignon s'échappent des mèches de la couleur de son vêtement.

— C'est pourquoi ? répète-t-elle sans leur proposer d'entrer.

D'autorité, Lefèvre avance, forçant la femme à s'écarter.

— Nous sommes de la police, nous enquêtons sur la mort de Tania Borel, votre voisine d'en face.

Perrot referme la porte et jette un œil autour de lui. Le séjour faiblement éclairé et tapissé de vert foncé laisse voir des meubles en bois sombre ; aucun tableau ne l'égaie. Un crucifix est fixé au chambranle de la cuisine. Un bouquet de fleurs séchées est placé parfaitement au centre de la table en acajou fraîchement encaustiquée. Un magazine de mots croisés est posé sur la table basse ainsi qu'un crayon à papier avec gomme et une paire de lunettes. Un napperon protège le dessus. Une odeur de renfermé se mêle à celle de la cire, rendant l'atmosphère presque suffocante.

— Vous connaissiez votre voisine ? demande Perrot à la femme immobile.

— Non, fait la femme en fronçant imperceptiblement le nez.

— Comment est-ce possible, alors que vous habitez si près ?

— Je ne me mélange pas.

— Avec personne ? intervient Lefèvre.

— Pas grand monde.

— Vous vivez seule ?

— Oui, réplique la femme avec un air de défi.

— Donc, reprend Lefèvre, vous ne connaissiez pas madame Borel.

— Non, fait la femme en serrant plus fort les pans de son cardigan informe.

— Vous savez tout de même ce qui lui est arrivé…

— J'ai vu la police, j'ai deviné. Et j'ai lu le journal.

— Vous étiez là le jour où elle a été assassinée ?

Lefèvre a volontairement utilisé ce terme pour impressionner la femme. Mais rien ne semble pouvoir l'attendrir.

— Oui.

— Avez-vous remarqué quelque chose ?

— Non.

— Et monsieur Borel, vous ne le connaissez pas non plus ?

— Non. Il n'est pas souvent là.

— Ah ?

— Oui.

Face au mutisme de la femme, les deux visiteurs se sentent un peu désemparés. Avisant un cadre posé sur un vaisselier, Lefèvre s'approche, désigne l'objet et commente :

— Quel adorable chien, c'est le vôtre ?

— C'était, rectifie la femme avec un rictus.

— Ça a dû être une terrible perte, feint de compatir Lefèvre.

La lèvre inférieure de la voisine se met soudain à trembler.

— Oui, acquiesce-t-elle. Il avait quinze ans. Une maladie… conclut-elle en secouant la tête.

— Les petites voisines devaient aimer jouer avec votre chien, avance Lefèvre.

— Alors ça, pas question ! On n'entre pas chez moi comme ça !

— Nous avions cru remarquer, approuve Lefèvre en revenant dans l'entrée. Mais vous regardez peut-être par la fenêtre…

La femme qui s'était passagèrement radoucie présente à nouveau le même visage dur. Pourtant, elle consent à répondre :

— Si votre question c'est, est-ce que je voyais ce qui se passait chez les voisins, la réponse est non. J'aperçois l'arrière de la maison, c'est tout.

— C'est déjà pas mal, l'encourage Perrot d'une voix calme. Et vous n'avez rien noté d'inhabituel dernièrement ?

— Je ne connaissais pas leurs habitudes, alors je ne peux pas dire s'il y avait quelque chose d'inhabituel, rétorque la femme avec une certaine logique.

— Évidemment, acquiesce patiemment Perrot qui sent son collègue en train de bouillir à ses côtés.

Cependant, il arrive que quelque chose attire notre attention sans qu'on sache bien expliquer pourquoi.

Elle hausse les épaules en signe d'ignorance. Lefèvre écarte le lourd rideau occultant la fenêtre du salon, laissant entrer la lumière d'hiver. Après avoir été plongé dans la quasi-pénombre, il est presque ébloui par les timides rayons du soleil. Il se retourne vers la femme qui a instinctivement mis sa main en pare-soleil, et du menton, lui désigne l'arrière du jardin des Borel.

— Vous avez une vue imprenable sur le jardin des voisins.

— Oui, mais ça ne m'intéresse pas.

— Vous ne les voyiez jamais ?

— Si, les petites quelquefois.

— Pas leurs parents ?

— Elle mettait son linge à sécher sur le fil quand il faisait beau. Ou elle prenait un bain de soleil, l'été, ajoute-t-elle avec un mépris évident.

— Et récemment, vous l'avez aperçue ?

— Non, pas récemment.

— Vous n'aviez pas l'air de la porter dans votre cœur, commente Lefèvre en laissant retomber le lourd rideau.

— Je n'aime pas ce type de femmes.

— Qu'avait-elle de particulier ? intervient alors Perrot.

— Cette façon de s'habiller ou plutôt de ne pas s'habiller. Et ces cheveux teints… Je n'approuve pas.

— Beaucoup de femmes se décolorent les cheveux, argue Lefèvre avec un sourire narquois.

Et alors ! semble-t-elle vouloir répondre, mais elle se contente de bougonner :

— Elle portait des jupes trop courtes et des vêtements aux couleurs criardes. Et ces impossibles chaussures à talons qui ne servent qu'à se faire mal au dos!

Face à la sévérité de la mégère, Perrot réprime un sourire. Il décide de clore cet échange à sens unique.

— Merci d'avoir répondu à nos questions. Si un détail vous revenait, n'hésitez pas à nous joindre à ce numéro.

Perrot tend sa carte à la femme qui ne tend pas la main pour l'attraper. Il la laisse alors en évidence sur la table du salon et les deux hommes quittent l'atmosphère lourde de la maison sans lumière.

*

Assis dans un fauteuil du salon, Bruno n'arrive pas à cacher son impatience. Et sa crainte. Ils ne parviennent plus à la joindre alors qu'il était prévu qu'ils se revoient sans tarder afin de retenter l'expérience. Le jeune homme se gratte la tête en contemplant son portable qui reste désespérément muet. Stéphane qui est en train de regarder un match de tennis sur la chaîne sportive, n'a pas l'air de partager son inquiétude. C'est sans doute dû à son caractère plus patient ou plus confiant. Il n'empêche, Il n'a pas abordé le sujet depuis plusieurs jours et ne semble pas affecté par le silence de la femme avec laquelle ils sont en affaires. Bruno observe Stéphane prêt à bondir du canapé dès que son favori manque remporter son set. Il est tout entier captivé par l'échange haletant qui se joue sous ses yeux et n'a pas remarqué l'angoisse pourtant palpable de son compagnon. Bruno le trouve étonnamment, anormalement serait-il tenté de dire, détendu. Comme si, au bout du compte, il s'en fichait, comme s'il avait renoncé à ce projet compliqué et périlleux. Comme s'il avait jugé plus confortable de tourner la page. Bruno ne sait que penser tandis qu'il observe à la dérobée le jeune sportif aimanté par son match. À un moment pourtant, Bruno n'y tient plus et demande :

— Ça ne t'inquiète pas, toi, son silence ?

Sans quitter l'écran des yeux, Stéphane réplique :

— Mais non, pourquoi veux-tu ! Elle a peut-être pris un peu de repos, elle doit se sentir fatiguée, c'est tout à fait normal.

— Évidemment, mais un contrat reste un contrat et là en l'occurrence, elle ne le respecte pas.

— Sois un peu patient, elle se manifestera tôt ou tard…

Bruno se lève et va se préparer un café à la cuisine sans en proposer une tasse à son compagnon. Il se sent en colère contre lui, contre son attentisme. Ou sa lâcheté. Il n'arrive pas à comprendre ce qui ressemble fort à un revirement. Est-il toujours motivé par leur projet commun ? A-t-il réellement envie de fonder quelque chose avec Bruno ? Le jeune homme glisse une dosette dans la machine, écoute le claquement de l'opercule qui se perce et observe le jaillissement parfumé du café. Il le boit devant la fenêtre de la cuisine et regarde au dehors. La nuit est tombée et dans la lueur des réverbères se dessinent les rideaux de pluie inclinés. Bruno se demande ce qu'il convient de faire : attendre, comme le conseille Stéphane, ou au contraire chercher coûte que coûte à la contacter et connaître son état d'esprit. Avec un regard vers le salon où il n'entrevoit que la tête de Stéphane qui dépasse du dossier du canapé, Bruno se repasse le film des dernières semaines. Le doute laissant peu à peu place au dilemme ; puis la douloureuse prise de décision ; l'excitation ; l'espoir ; la déception. Tous ces sentiments exacerbés qui leur ont donné à tous les deux l'impression de vivre leur vie en accéléré pendant plusieurs jours. Mais depuis l'annonce de la mauvaise nouvelle, Bruno a du mal à reprendre courage et confiance en lui-même. L'échec qu'ils ont subi n'était-il pas au fond prévisible ? La Nature peut-elle accepter qu'on se joue ainsi de ses lois ? N'y a-t-il pas fondamentalement un ordre des choses que de simples mortels ne peuvent ébranler ? Il secoue la tête avec un soupir. Il se rend compte à quel point toutes ces épreuves l'affectent, quitte à y perdre son bon sens. Mais pourquoi semble-t-il plus affecté que son compagnon ? Pourquoi ce dernier a-t-il l'air de vouloir prendre les choses avec philosophie, voire avec indifférence ? Bruno a même eu l'impression ces jours derniers que Stéphane rentrait plus tard, comme s'il retardait le moment de confronter les angoisses de celui qui partage sa vie. Lundi dernier, il a même passé l'après-midi dehors alors qu'il avait posé sa journée soi-disant pour repeindre la future chambre. Qu'a-t-il donc fait de son temps ? Bruno lui a posé la question et son compagnon lui a répondu qu'avec le beau soleil, il avait préféré aller courir. Bruno a accepté cette explication car il n'avait aucune raison de la mettre en doute. En outre, les deux hommes ont toujours mis un point d'honneur à ne pas entraver la liberté de l'autre. Cependant, à la lumière de ce changement d'attitude, Bruno se demande soudain s'il n'est pas en train de lui dissimuler quelque chose.

*

— Vraiment sympas, les gens du quartier ! ironise Lefèvre en reprenant le chemin en sens inverse. Entre cette sorcière et le rabougri qui habite en face de chez la victime, les Borel étaient servis ! Heureusement que le veuf sympathisait avec la voisine d'à côté…

— Ça, c'est ce que tu dis, réplique Perrot avec précaution. Elle est peut-être simplement charitable.

— Peut-être…

Chez les Plassard, il n'y a toujours aucune voiture dans l'allée, mais les deux hommes décident cependant d'aller frapper. En passant, Perrot croit remarquer un rideau qui bouge à la fenêtre du rez-de-chaussée de la maison d'en face, celle occupée par l'ouvrier imprimeur. Mais il ne peut jurer de rien avec la bruine qui vient de se mettre à tomber en même temps que le crépuscule. Une lumière est visible à l'étage, dans ce qui doit être une chambre. Perrot frappe à la porte. Peu après, Jérémy Borel en personne vient leur ouvrir. Il ne manifeste aucune surprise en reconnaissant les deux hommes et s'écarte spontanément pour les laisser entrer. Il se dirige vers le fauteuil où il leur a parlé lors de leur précédente visite. Perrot s'assoit en face du veuf, tandis que Lefèvre, fidèle à ses habitudes, choisit d'aller s'appuyer au radiateur. Cette coutume ne relève pas d'une frilosité exacerbée et d'un désir de se réchauffer. Si Lefèvre agit ainsi, c'est pour prendre de la hauteur, se placer au-dessus de la personne qu'il est en train d'entendre. Il lui arrive aussi de se tenir derrière le témoin ou le prévenu car, aime-t-il à expliquer, rien ne parle plus qu'un dos courbé ou une nuque tendue.

— Madame Plassard est absente? demande Perrot en ôtant son pardessus.

— Oui, elle est allée faire des courses.

— Vous avez décidé de rester chez elle quelques jours?

L'homme hoche la tête. Il a pris dix ans en l'espace d'une journée. Ses yeux sont enfoncés dans leurs orbites et sa barbe a commencé à pousser autour de son bouc taillé court. Il a l'air de porter les mêmes vêtements que le jour où ils se sont rencontrés. Il murmure:

— Jusqu'à ce qu'on soit autorisés à rentrer chez nous... Si on y retourne...

— Vous en doutez? demande Perrot.

— Je m'interroge, réplique Jérémy Borel avec une voix lasse. Je ne suis pas sûr que ce soit une bonne idée de retourner vivre chez nous. Pour les filles... et pour moi... Il vaudrait peut-être mieux essayer de repartir de zéro quelque part. Enfin, je n'en sais rien... on ne repart jamais de zéro, n'est-ce pas? demande-t-il en relevant la tête mais sans pour autant donner l'impression qu'il s'adresse à quelqu'un en particulier.

Sur ses derniers mots, sa voix s'est brisée. Il attrape un mouchoir en papier dans sa poche de pantalon et se tamponne les yeux sans ménagement. Comme si sa virilité ne lui accordait pas le droit de verser des larmes. Perrot laisse passer quelques secondes avant de reprendre:

— Monsieur Borel, nous avons une question à vous poser.

Le ton grave n'a pas échappé au veuf qui relève lentement la tête.

— Oui ?

— Voilà, il semblerait que votre femme avait perdu son emploi depuis le 10 septembre.

— Quoi ? s'écrie l'homme en pâlissant dangereusement.

— Vous n'étiez pas au courant ?

— Qu'est-ce que vous racontez ? fait Jérémy Borel en fronçant ses sourcils fournis.

Sa voix naturellement un peu enrouée paraît encore plus rauque. L'incrédulité se lit sur son visage.

— Nous avons rencontré l'employeur de votre femme, Monsieur…

— Anquetel, fait le veuf en hochant la tête.

— C'est ça, monsieur Anquetel, acquiesce Perrot en retrouvant le nom qui lui échappait dans son petit carnet. Il nous a appris qu'il avait licencié votre épouse en septembre…

— Impossible ! le coupe Borel avec un sourire narquois. C'est n'importe quoi !

— Pourtant, cela nous a été confirmé par une collègue de votre femme, mademoiselle Clarant.

Cette indication semble soudain ébranler les certitudes de l'homme assis en face des policiers.

— Aurore vous a dit la même chose ?

— Oui, acquiesce Perrot d'un ton grave. Désolé.

— Je n'y comprends rien, fait l'homme en secouant la tête. Tania s'était fait licencier ! Et je n'en aurais rien su ! Mais c'est impossible !

— Et pourtant…
— Mais pour quel motif?
— Son patron l'aurait surprise dans son bureau devant le tiroir-caisse ouvert.
— Mais Tania n'a rien volé, si?
— Non, reconnaît le commandant. Mais à partir de ce moment-là, monsieur Anquetel a déclaré qu'il ne pouvait plus avoir confiance en elle.
— Le salaud… s'étouffe le veuf en rougissant de colère.
Il serre violemment les poings et en frappe ses cuisses massives.
— … Je suis sûr que ça a à voir avec la mort de Tania! Je suis sûr que c'est Anquetel qui a fait le coup! s'exclame-t-il soudain avec véhémence. Bien sûr, ça explique tout!
— Ça explique quoi au juste? intervient alors Lefèvre
— Eh bien, le meurtre de Tania! Il ne vous faut tout de même pas un dessin!
Mais, comme surpris par sa propre audace, Borel s'interrompt soudain. Il a desserré les poings et ses paumes sont à présent sagement à plat sur ses larges cuisses. Lefèvre insiste cependant:
— Que vouliez-vous dire en suggérant que monsieur Anquetel avait fait le coup?
— Mais rien de plus que ce que j'ai dit, rétorque Borel en élevant la voix.
— Pensez-vous que monsieur Anquetel avait des raisons de s'en prendre à votre épouse?
— Mais pas du tout! Du moins, jusqu'à ce que vous m'appreniez qu'il avait mis Tania dehors.
— Et cela change quoi selon vous?

— Mais je ne sais pas, s'impatiente soudain le veuf. Que voulez-vous que je vous dise ! J'imagine qu'après ce qu'il a fait, Anquetel avait quelques raisons de se sentir mal…

— Mal au point de tuer votre femme ?

— Je n'en sais rien, réplique l'homme un ton plus bas et en se voûtant. Tout ça n'a aucun sens…

— Vous n'aviez pas remarqué un changement chez votre épouse, ces temps derniers ?

Jérémy Borel laisse son regard s'échapper par la fenêtre qui laisse voir un ciel chargé, s'obscurcissant de plus en plus. Au dehors, les lampadaires de la rue se sont automatiquement allumés malgré l'heure précoce. Les yeux perdus dans le lointain, il répond comme s'il se parlait à lui-même :

— Comment j'aurais pu imaginer… Les fois où je suis là à l'heure de l'embauche, c'est que je suis de récup ou que je ne prends le volant qu'à quatorze heures. Autant que je m'en souvienne, Tania n'avait pas changé ses habitudes. Elle se levait, s'occupait des filles, les emmenait à l'école et partait à son travail. Ça ne m'est jamais arrivé de la trouver là à mon réveil ou avant mon départ à quatorze heures. Ça veut donc dire – il vient seulement de comprendre, semble-t-il – qu'elle passait toutes ses journées dehors ! Mais à quoi pouvait-elle occuper son temps ? Où allait-elle ?

— Vous n'en avez pas la moindre idée ? demande doucement Perrot en décroisant les jambes.

— Bien sûr que non.

— Vous ne voyez pas chez qui elle aurait pu se réfugier ?

— Non, chez qui voulez-vous qu'elle soit allée se terrer pendant des semaines ? C'est ridicule.

— Il fallait pourtant bien qu'elle aille quelque part, insinue Lefèvre qui a gardé son anorak fermé jusqu'en haut. Vous n'avez pas unc résidence secondaire ?

— Vous pensez sans doute qu'on en avait les moyens ! rétorque Borel avec un sourire amer.

— Il pourrait s'agir d'un bien dont vous auriez hérité, argumente Lefèvre.

— Personne n'est mort, je vous remercie. Enfin, à part...

Le souvenir de sa femme décédée lui arrache un sanglot. Les deux officiers échangent un regard et décident muettement de s'en tenir là. Tandis qu'ils remercient et se dirigent vers la porte d'entrée, Borel demande d'une voix sourde :

— Tania n'avait rien volé, n'est-ce pas ?

— Non, Monsieur Borel, elle n'avait rien volé.

— Je savais que Tania n'aurait jamais rien fait de mal, répond l'homme sur un ton reconnaissant.

— Au fait, intervient alors Lefèvre en se retournant, madame Plassard ne voit pas d'inconvénient à ce que vous et vos filles restiez ici quelque temps ?

Borel regarde le capitaine sans répondre. Il refuse de réagir à cette allusion à peine voilée.

Tandis que les deux collègues mettent le cap sur le commissariat, le portable de Perrot se met à sonner.

— Perrot, j'écoute, fait-il en décrochant, tout en tenant le volant d'une main. Bien, vous avez fait vite... Je vous écoute... D'accord. Ah ? Bon, faites pour le mieux. À plus tard.

Perrot décroche et s'adresse à son passager dont le dossier est largement incliné.

— C'était le labo. C'est bien le tisonnier qui a

servi à assassiner Tania Borel, ils y ont trouvé des traces de sang correspondant au sien. En revanche, ils n'ont a priori trouvé aucune autre trace exploitable…

Ne recevant pas de réponse, Perrot quitte la route des yeux pour regarder sur sa droite. Son compagnon de route est profondément endormi. Avec un haussement d'épaules, Perrot décide que cette information peut attendre une demi-heure. Tandis que le paysage défile sous ses yeux, le commandant essaie de se faire une idée des personnes qu'ils ont rencontrées ce jour-là. Quel crédit apporter aux propos fielleux de la vieille voisine de derrière, l'acariâtre bonne femme qui n'avait d'affection que pour son chien ? Et Ghislaine Boteau, cette collègue révoltée par principe contre toute autorité, et qui jugeait Tania Borel sans preuve ? Ou encore son autre collègue, la timide Aurore Clarant qui n'avait pas l'air si sûre, au fond, de l'innocence de son amie ? Et le patron de la victime, désolé de licencier son employée mais qui l'avait toutefois fait sans trop d'état d'âme ? Ou encore le mari de la victime, apparemment surpris d'apprendre le licenciement de sa femme mais qui avait vite trouvé l'hospitalité chez une femme seule ? Les idées vont et viennent dans la tête du commandant sans que celui-ci parvienne à démêler l'anodin de l'important. Avec un soupir las, il décide que sa journée de travail s'arrête là. Lorsqu'il se gare dans le parking souterrain du commissariat pour récupérer son véhicule personnel, Lefèvre consent à se réveiller. En se frottant les yeux comme un gamin qui émerge de sa sieste, il s'enquiert de l'heure. Perrot l'informe de la nouvelle qu'il a reçue pendant son sommeil et indique qu'il rentre chez lui pour une soirée de repos bien mérité.

— Je vais en profiter pour terminer le film sur Pearl Harbour que je n'ai pas eu le temps de voir en entier, fait Lefèvre en claquant la portière.

*

Karen vient de libérer la nourrice qui s'occupe de Capucine après l'école. Cette dernière, habillée d'une salopette rose, est agenouillée sur l'épais tapis à longs poils beige du salon. Elle a étalé feuilles et feutres sur l'immense table basse au piétement en verre. Elle s'applique sur son dessin, en tirant un bout de langue. Elle est tellement absorbée qu'elle ne remarque pas la présence de sa mère derrière elle. Karen se penche et découvre le dessin qui retient toute l'attention de sa fille. Avec un coup au cœur, elle identifie les personnages grossièrement représentés. La petite blonde aux cheveux bouclés et à la salopette rose au milieu du canapé représente clairement l'artiste en herbe. Quant à l'homme brun à sa gauche, ce ne peut être que Damien, son père. Et près de lui, aucun doute possible, c'est Annabelle et son ventre rond, qui sourit aux anges… Karen se retient de persifler et choisit de s'écarter sans faire de commentaire. Elle va dans la cuisine, ouvre le réfrigérateur et se sert un verre d'eau glacée qu'elle vide d'un coup. La boisson, trop froide, lui fait mal à la tête, mais elle a l'impression que cela lui éclaircit les idées. Ou alors, elle a simplement envie de se faire souffrir. Envie de se punir pour ce qui se passe en ce moment. Car n'est-elle pas responsable de la situation dans laquelle se trouvent Damien et, par voie de conséquence, leur fille ? Leur fille qui se réjouit tant d'avoir bientôt une poupée de chair et d'os avec laquelle s'amuser. Une poupée de chair et d'os mais qui ne peut en aucun cas être son frère ou sa sœur. Karen repose son verre un peu trop brutalement, faisant résonner le béton du plan de travail. Elle ne sait ce qu'elle doit faire : garder ce qu'elle sait pour elle – après tout, qui cela dérangera-t-il ? – ou révéler la supercherie – en révélant du même coup sa propre malhonnêteté ? Elle n'a pas le temps de décider car Capucine l'appelle du salon :

— Maman ! On mange quoi ?

— Soupe et jambon-coquillettes, répond Karen en se rapprochant de sa fille.

— Dis, maman, j'ai rangé mes feuilles et mes feutres, je peux regarder un dessin animé maintenant ?

— D'accord, mais va sur la BBC.

— Maman ! proteste la petite en ouvrant de grands yeux suppliants. Je préfère regarder Gulli !

— Un dessin animé en anglais ou rien ! tranche Karen en se saisissant de la télécommande. Tu me remercieras plus tard quand tu parleras parfaitement anglais.

La petite renonce à se plaindre et s'est déjà installée en tailleur sur l'immense canapé blanc, son pouce dans la bouche. Le dessin de Capucine est au sommet de la pile de papiers et Karen ne peut que remarquer le cœur rouge qu'elle a tracé sur le ventre rebondi de sa belle-mère. Elle détourne les yeux avec amertume. Karen choisit un programme pour enfants et aussitôt s'élève la voix flûtée de jeunes Anglais. Capucine ne doit pas comprendre grand-chose à leur conversation mais elle ne proteste plus que pour la forme, sachant que sa mère ne cédera pas sur ce sujet. La jeune femme sait qu'elle doit paraître intransigeante aux yeux de certains parents moins ambitieux mais elle est convaincue qu'elle agit pour le bien de sa fille. Elle se dit qu'à défaut de pouvoir contrôler ce que Damien fait avec leur fille, un week-end sur deux et pendant les vacances, elle est sûre de son côté d'agir au mieux pour elle. Elle se doute que Damien et Annabelle passent ses caprices à Capucine, alors elle se dit qu'elle est là pour faire contrepoids. D'un autre côté, elle doit bien avouer qu'elle n'est pas certaine de ce qu'elle avance car la petite ne lui a jamais fait part d'heures passées devant la télévision ou des jeux vidéo lorsqu'elle séjourne chez son père. Elle ne lui a jamais raconté non plus qu'elle se couchait très tard et mangeait des bonbons à volonté. « Ceci dit », songe-t-elle en allant dresser la table pour deux dans la cuisine ultramoderne, « Capucine me raconterait-elle de tels excès ? N'a-t-elle pas intérêt à garder ça secret pour éviter que je fasse des reproches à son père ? » Elle regarde de loin la petite qui rit devant son dessin animé en anglais et s'en veut soudain de ses pensées mesquines. « Comment puis-je imaginer ma Capucine capable de tels calculs ? Elle est si jeune encore, si honnête ! » Une bouffée de tendresse la submerge tandis qu'elle observe la petite fille en salopette rose en train de sucer son pouce. Non, décidément, elle se fait du mal pour rien en imaginant que les choses se passent mal lorsque la petite est chez son père et sa belle-mère, se dit-elle en mettant l'eau à bouillir pour les coquillettes. Cependant, au fond d'elle, elle reste convaincue que ses méthodes éducatives sont bonnes. En outre, comme rien ne dit qu'elle aura un jour un autre enfant, elle veut faire le maximum pour cette fillette à laquelle elle tient plus que tout au monde. Et si le rêve de Capucine c'est d'avoir un petit frère ou une petite sœur, de quel droit irait-elle lui gâcher son bonheur ?

*

Alors qu'il sort du parking du commissariat, Perrot se dit qu'il commence à être temps de penser à remplir le réfrigérateur. Depuis qu'il est séparé de Sofia, le commandant a tendance à oublier de pourvoir à ses besoins élémentaires. Non pas, à proprement parler, qu'il néglige de s'alimenter, mais il lui arrive plus souvent qu'à son tour de se retrouver devant des placards vides. Enfin, pour être juste, jamais totalement vides, car depuis qu'il vit sous le toit d'Yvonne Essant, il s'est habitué à trouver régulièrement, posée sur la table de sa grande cuisine, soit une part de ragoût soit une tranche de gâteau, laissée par sa logeuse ou la dame de compagnie de cette dernière. Ainsi, parce qu'il sait qu'il ne mourra jamais de faim au manoir, le commandant peut se permettre d'éviter la case supermarché. Mais pas aujourd'hui. En effet, Perrot se souvient qu'il est à court de produits de rasage, alors il n'a d'autre choix que d'aller faire des courses. Au lieu d'aller dans l'hypermarché situé près du commissariat, il préfère rouler quelques kilomètres de plus pour aller dans le petit supermarché où il a ses habitudes. Il sait que là, au moins, il ne sera pas agressé par la lumière blafarde et la musique tonitruante. Mais avec un soupir d'agacement, il doit se rendre à l'évidence qu'à cette heure de sortie des bureaux, même cette moyenne surface est prise d'assaut. Il doit faire deux fois le tour du parking à l'asphalte rendu glissant par la pluie, avant de trouver une place. Finalement, il parvient à se garer et court vers le magasin pour éviter les gouttes. Sans se laisser distraire, il remplit rapidement son chariot et slalome vers les caisses, avant que le flot des derniers clients s'y précipite. Une heure plus tard, il est attablé devant une assiette de couscous qu'il a achetée au rayon charcuterie. Il a allumé la radio et dîne en écoutant le journal de France Inter. En réalité, il ne prête pas vraiment attention aux nouvelles que débite un journaliste à la voix agréable. C'est plutôt pour rompre le silence qu'il a tourné le bouton. Car même si Perrot est d'un naturel calme et solitaire, il est des soirs où il ressent plus douloureusement que d'autres le manque de ses enfants. Et de Sofia. Car il n'a jamais vraiment renoncé à elle. Lorsqu'elle a demandé le divorce, il a compris qu'elle avait fait le tour de leur histoire et que sa décision était prise. Il a su, ce jour-là, que c'était fini entre eux, que Sofia n'évoquait pas le divorce comme on lance un ultimatum, pour faire réagir l'autre. Sofia n'est pas de cette trempe. Tout en s'attaquant à son plat oriental, Perrot se souvient de la vie auprès d'elle, une vie foisonnante, bouillonnante, riche. Mais épuisante aussi. Car durant leur vie commune, Sofia n'a jamais compris que son mari avait besoin de temps morts, d'instants de répit où il pouvait se ressourcer après des périodes intenses d'enquêtes difficiles, voire traumatisantes. Pour sa part, la jolie femme ne pouvait s'épanouir que dans la lumière, le bruit, le monde. Au début, bien sûr, comme dans toutes les unions naissantes, ils s'étaient accordés au rythme de l'autre. Le policier acceptait de sortir, y compris les soirs où il s'était couché à l'aube pour deux ou trois heures d'un mauvais sommeil. Il sacrifiait son repos pour la voir évoluer en société, souriante, taquine, lumineuse. Coquette, elle aimait séduire, autant d'ailleurs les hommes que les femmes. Mais sans jamais chercher à franchir la ligne rouge, car elle était d'une loyauté totale, qui ne lui demandait d'ailleurs aucun effort puisqu'elle était sincèrement amoureuse de son mari. Simplement, elle était comme ces plantes qui s'étiolent lorsqu'elles sont privées de lumière. Alors quand Perrot avait commencé à bouder les soirées au restaurant ou au spectacle, elle avait peu à peu pris l'habitude de sortir sans lui, avec des amis. Cela avait fonctionné ainsi quelque temps, mais après la naissance de Clara puis celle de Simon, les choses étaient devenues plus compliquées. En effet, la jeune mère tendre et aimante n'avait pas voulu renoncer à ses habitudes, désirant continuer à vivre aussi pour elle-même. C'est ainsi que Perrot rentrait souvent à la maison pour se retrouver face à la baby-sitter que Sofia avait fait venir pour aller tranquillement voir le dernier film sorti au cinéma. Au départ, Perrot n'y voyait pas de mal car il comprenait ce besoin chez Sofia d'exister en dehors du foyer. Cependant, au bout de trois ans de cette vie-là, Perrot se rendit compte qu'ils avaient fini par vivre l'un à côté de l'autre. En effet, le couple avait pris l'habitude de se croiser au petit-déjeuner, lorsque Perrot, au mieux, émergeait d'une nuit trop courte ou, au pire, arrivait à l'instant du commissariat, après une nuit passée sur une affaire sensible. Le commandant s'était cependant toujours refusé à jeter la pierre à son ex-femme car il reconnaissait que les torts étaient partagés. Il avait toujours été accaparé par un travail qui, si on ne lui résistait pas, pouvait vous avaler tout cru. Avec le recul, il s'était plus d'une fois dit que s'il avait su prendre de la distance avec son métier, il aurait peut-être pu sauver son couple. En effet, quelle compagne ou quel compagnon peut accepter ainsi sans broncher que tout tourne autour de l'activité professionnelle de son conjoint ? Qui peut tolérer que, parfois à la dernière minute, parce que le travail l'exige, les jours de récupération sont supprimés ou les tours de permanence modifiés ? Combien de fois avaient-ils dû renoncer à un week-end en famille ou entre amis parce que l'actualité l'exigeait ? En outre, et cela Perrot l'avait toujours mis à la décharge de Sofia, cette dernière était d'un naturel plus qu'accommodant. Elle acceptait presque sans se plaindre les changements imprévus, toujours capable de trouver une activité de dernière minute pour passer malgré tout un week-end agréable avec les enfants. Cependant, à la longue, elle aussi avait senti leur couple se défaire. Insidieusement, sans heurts, sans que jamais ils n'en arrivent à se déchirer ou se faire du mal. De cela, ils pouvaient être fiers, se répète le commandant tandis qu'il découpe une pomme en quartiers. Il a coutume de dire qu'ils ont mieux réussi leur divorce que leur mariage. Mais il ne prononce jamais ces mots sans un pincement au cœur car il est persuadé qu'il y a encore de l'amour entre eux et qu'il aurait sans doute fallu un peu plus de concessions de sa part à lui pour que les choses s'améliorent. Mais qu'en sait-on vraiment ? se demande-il en croquant un morceau de son fruit et en laissant ses yeux se perdre dans les frondaisons que le vent mêlé de pluie malmène à travers la fenêtre. Il a soudain un besoin urgent d'entendre la voix impérieuse de Clara et celle, plus douce, de Simon. Il repousse son assiette et va chercher son portable resté dans la poche de son imperméable qu'il a posé en arrivant sur le dossier d'une chaise à l'entrée de son bureau. La pièce chaleureuse avec ses boiseries est faiblement éclairée par la lampe à abat-jour en laiton posée sur son vaste bureau en chêne. Tandis qu'il s'approche pour éteindre la lumière laissée allumée depuis son retour, il avise son ordinateur. Et soudain, il suspend son geste. Il voit que le tiroir est entrouvert. Cela ne le surprend pas en soi car le tiroir de ce meuble ancien a toujours été défectueux. Ce qui le fait ainsi réagir, c'est l'étrange similitude entre ce geste qu'il s'apprêtait à accomplir et celui qui avait mené à la perte de Tania Borel. Que cherchait donc cette femme dans ce tiroir ouvert, dans le bureau de son patron ? Le tiroir-caisse, comme tout le laissait penser ? Ou tout autre chose ? Perplexe, Perrot se laisse tomber sur sa chaise et oublie pourquoi il est venu dans cette pièce. De toute manière, il est déjà trop tard pour appeler ses enfants qui vont à l'école le lendemain.

*

Le projet soumis par Kéops, le cabinet d'architectes où travaille Stéphane, a été retenu à l'unanimité par la mairie de Lormont. Une immense vague de soulagement envahit l'architecte en lisant la lettre de réponse. Ce projet de réappropriation de l'espace urbain a mobilisé toute l'énergie et la créativité de l'équipe pendant de longues semaines. Le client exigeant a maintes fois demandé de revoir certains points, notamment en ce qui concernait le respect de l'environnement. Comment faire d'une cité des années soixante un lieu de vie convivial et ouvert à la mixité, comment faire qu'une zone devenue de non-droit devienne un quartier dynamique et apaisé à la fois : tel était l'appel d'offres lancé à plusieurs architectes. Kéops l'a emporté haut la main, et ce, en toute objectivité, en grande partie grâce à l'audace et à l'inventivité de Stéphane. Le dos appuyé contre le dossier de sa chaise, il lance un regard circulaire à l'ensemble de l'équipe réunie en séance extraordinaire.

— Et voilà les gars… et les filles ! se reprend-il avec un sourire à l'adresse des deux seules filles de l'équipe, vous découvrez en même temps que moi notre victoire.

— Champagne ! Champagne ! se met à scander Étienne, un jeune dessinateur plein de promesses.

— C'était prévu, Étienne ! On dit en bas à dix-neuf heures ?

L'équipe approuve et se met debout. Stéphane s'attarde quelques minutes avec Léa, la nouvelle stagiaire, afin que celle-ci aille faire les emplettes pour le pot du soir. Puis il regagne son bureau situé dans la très vaste pièce dont la façade et le pignon sont percés d'immenses baies donnant sur le Pont de Pierre reliant la rive gauche de Bordeaux à la rive opposée. Sa table de travail n'est séparée des autres que par une symbolique cloison d'un mètre de haut.

Un seul mot d'ordre dans cet espace ouvert, contrôler le volume de sa voix afin de ne pas déranger ses voisins. Deux enceintes discrètement perchées diffusent une très douce musique d'ambiance en permanence. Posté devant la vitre, Stéphane attrape son portable pour partager la bonne nouvelle avec Bruno. Mais il tombe sur sa messagerie et se résout donc à laisser un message. Il regarde rêveusement le pont qui enjambe, tel un compas gracieux, le fleuve gris. Voitures, piétons et cyclistes se partagent la voie, sous le crachin qui a remplacé les cordes de pluie. Stéphane s'écarte de la fenêtre et se remet à plancher sur la réalisation effective de ce projet d'urbanisme qui vient de leur être officiellement confié. Penché sur sa table à dessin, il ne voit pas les heures passer et ce n'est que lorsque ses collègues commencent à élever la voix, tels une ruche énervée, qu'il prend conscience que la nuit est tombée.

— Et ce champagne, le taquine son voisin, tu n'as pas oublié de le mettre au frais, au moins !

Revenu à la réalité, Stéphane sourit et hoche la tête.

— Rassurez-vous, il est en lieu sûr. Allez, venez, on va fêter ça ! Léa, tu apportes les flûtes et les amuse-gueules, s'il te plaît ?

— C'est comme si c'était fait, Patron ! réplique la jeune fille avec une insolence joyeuse.

Les bouteilles sont déjà sur la table de la salle de réunion ainsi que les réductions que Léa est allée acheter chez le traiteur voisin. Stéphane débouche une première bouteille puis une seconde et sert ses neuf collègues. Les bulles de champagne éclatent dans sa bouche avant de s'éparpiller dans son cerveau.

Une légère ivresse le gagne peu à peu tandis que le volume sonore augmente dans la pièce. Des rires s'élèvent, des blagues un peu douteuses sont échangées. On sent que toute l'équipe retenait son souffle depuis quelques semaines et que l'obtention du contrat est un véritable soulagement. Car même si le cabinet Kéops fonctionne bien et a déjà une certaine réputation, il souffre autant que d'autres de la frilosité des entrepreneurs en temps de crise. Avec bonheur, tandis qu'une légère chaleur vient lui rosir les joues, Stéphane sent les tensions de ces dernières semaines se dénouer. Cependant, avec un léger sentiment de culpabilité, il songe à Bruno qui doit être rentré du travail dans leur maison vide. Il réalise soudain, à présent qu'il se sent détendu, comme son compagnon a dû s'inquiéter de son manque d'investissement dans leur couple, ces temps derniers. Pour avoir senti Bruno se tourner et se retourner dans leur lit, il sait que celui-ci est préoccupé. Il doit probablement imaginer que son compagnon a renoncé au projet qui les animait. Stéphane se dit qu'il aurait dû être plus clair avec Bruno et lui faire comprendre qu'en ce moment, il était tout entier tourné vers l'élaboration de ce plan d'urbanisme qui allait garantir au cabinet, du travail pour plusieurs mois. Au lieu de cela, déplore-t-il en silence, il a fait mine que rien ne le préoccupait et que le silence de leur cliente n'était pas inquiétant. Instinctivement, il glisse la main dans la poche arrière de son jeans, à la recherche de son téléphone. Mais au même instant, Richard, un de ses associés, vient lui taper sur l'épaule.

— Eh ben, Stéphane, t'as l'air tout tristoun', on n'est pas censés célébrer quelque chose ce soir ?

Stéphane se tourne vers le grand blond à la tignasse fournie. Son collègue a un large sourire qui découvre des dents bien blanches. Son regard enfantin le dévisage sans détour. Stéphane s'est souvent demandé si les regards que lui jetait Richard étaient simplement amicaux. Il n'a jamais réellement cherché à savoir, il ne sait pas bien pourquoi. Ou plutôt si, il en devine la cause. Car quoi de plus troublant que de sentir peser sur son dos une attention particulière, un regard trop bienveillant ? Stéphane se force à sourire et lève son verre avant de le vider. D'une voix un peu trop forte, il répond :

— Tu vois, je ne me laisse pas abattre !

— Bonne nouvelle ! fait Richard en lui remplissant sa coupe. Dis, on parle d'aller boire un verre au Giovanni, tu en es ?

Stéphane surprend une lueur d'attente dans les yeux clairs de Richard. Il est tenté de refuser mais en jetant un regard autour de lui, il voit comme les autres ont l'air de savourer ce moment de triomphe. Alors il s'entend répondre qu'il les suivra avec plaisir.

QUATRIÈME JOUR

Jean-Louis Perrot vient d'arriver au service après une mauvaise nuit ponctuée de rêves dérangeants. Il a rêvé que Sofia, sa coquette cultivée, le quittait pour… Jérémy Borel, le mari de la victime ! Dans son rêve, elle souriait au bras du veuf, rayonnante. Mais elle, d'habitude si mate de peau, avait le teint étonnamment diaphane, presque translucide. Le commandant s'est levé avec un goût amer dans la bouche et l'impression de peser une tonne. Comme un robot, il s'est glissé dans la salle de bains et a pris sa douche froide rituelle. Puis il s'est rasé, s'est aspergé d'eau d'Hermès et a enfilé un pantalon anthracite et un pull-over à col roulé bleu ardoise. Il est descendu dans la cuisine un peu inhospitalière pour une personne seule. Mais alors que généralement la douche froide lui ouvre l'appétit, ce matin, il a eu du mal à avaler ses tartines. Il a renoncé à avaler son pain et s'est contenté d'un grand café. Puis, toujours légèrement nauséeux, il est sorti dans le froid humide et est monté dans sa voiture. Au fur et à mesure qu'il approchait du commissariat, il a senti son léger malaise se dissiper. Arrivé à destination, il salue le concierge et les gardiens, et monte à son bureau. Il ôte son imperméable beige que la pluie a eu le temps de baptiser entre le moment où il sortait de voiture et celui où il pénétrait dans le commissariat. Il suspend son vêtement au perroquet et, sentant son appétit revenir, attrape un paquet de biscuits aux céréales qu'il a toujours en réserve dans son placard puis se fait un thé. Il s'installe avec son mug brûlant entre les doigts et entreprend de consulter les derniers mails reçus. Avec un frisson d'impatience, il découvre que le laboratoire lui a fait parvenir une pièce jointe. Il ouvre le document au moment même où Lefèvre déboule, la tête disparaissant presque dans ses tours d'écharpe. Il tient son petit-déjeuner à la main.

— Mon réveil n'a pas sonné, précise-t-il en désignant son sachet blanc.

— Depuis quand éprouves-tu le besoin de justifier ta prise de calories ?

— C'est pas ça, se défend Lefèvre en dénouant son écharpe. C'est juste que t'avais l'air tellement absorbé que j'ai eu l'impression que tu étais déjà en plein travail !

— Et donc ça t'a donné mauvaise conscience...

— Ben ouais, un peu, réplique l'arrivant sur le ton d'un enfant qu'on vient de prendre la main dans le sac.

— Remarque, tu peux, car je suis déjà là depuis deux heures, fait Perrot avec malice.

— Non ! fait Lefèvre, stupéfait. Mais tu te reposes jamais, ma parole !

— Je plaisantais ! Détends-toi, mon vieux, je viens d'arriver.

— J'aime mieux ça. Des nouvelles ?

— On a reçu les résultats du labo. J'étais en train d'ouvrir la pièce jointe.

— Cool ! fait le plus jeune en s'asseyant et en enfournant son croissant. Vas-y, raconte !

— « *L'examen du tisonnier*, commence à lire Perrot à haute voix, *n'a rien révélé à part une infime trace de sang appartenant à la victime, Tania Borel. En effet, il semble que l'arme ait été soigneusement nettoyée avant d'être remise en place. La trace de sang exploitable se trouvait à l'intersection du manche. Les prélèvements effectués sur la victime sont plus intéressants. On retrouve, sur son corps et autour, des cheveux ne lui appartenant pas. Deux d'entre eux sont des cheveux de jeunes enfants et doivent correspondre à ceux de la ou des filles de la victime. Les autres cheveux seront à analyser en comparant avec d'autres recherches à venir. En outre, des fibres textiles ont pu être recueillies. Ici encore, elles seront à confronter ultérieurement avec d'autres explorations. En attendant, on peut dire qu'elles viennent de vêtements en laine, pour l'un, et en polyester, pour l'autre. Les débris de laine sont de couleur noire, ceux en polyester sont violets, pour l'un, et verts, pour l'autre. Voilà, Jean-Louis, c'est tout pour l'instant, bon courage. Pernet.* »

— Bon, on fait quoi de tout ça ? demande Lefèvre en aspirant à la paille sa briquette de lait chocolaté.

— J'en sais rien, reconnaît Perrot en avalant une gorgée de thé au citron. On ne va tout de même pas examiner la garde-robe de tout l'entourage de la victime.

— D'autant qu'il était sans doute normal que des fibres textiles se soient collées à ses vêtements. Elle ne vivait pas seule.

— Exact. Quant au tisonnier, il n'a pas beaucoup parlé non plus. Le rapport laisse simplement suggérer que le coup a pu être porté avec la partie inférieure.

Lefèvre fronce les sourcils tout en dévorant son deuxième croissant.

— Ça me paraît peu probable. Réfléchis une minute : si tu veux donner de l'impact, tu as intérêt à tenir l'objet – bâton ou tisonnier dans notre cas – par son extrémité. Tu ne le fais pas avec la base du bâton. D'autant plus que dans le contexte qui nous intéresse, il était de qualité médiocre donc plutôt léger. Personne n'aurait eu de mal à le lever bien haut pour assener un coup avec l'extrémité supérieure.

— C'est vrai, reconnaît Perrot en croquant machinalement son biscuit, que l'arme était parfaitement maniable. Pourtant cette trace de sang située à la base…

— Veut simplement dire, le coupe Lefèvre en se carrant confortablement dans son fauteuil, que le meurtrier n'a pas été suffisamment appliqué dans son nettoyage.

— Pourquoi pas… fait Perrot sans conviction.

Un tapotement à la porte entrouverte leur fait tourner la tête. Le commissaire Law s'inscrit dans l'embrasure, tiré à quatre épingles comme à son habitude et le visage légèrement rosi par le contraste entre le froid du dehors et la chaleur des bureaux.

— Alors, Messieurs, où en sommes-nous dans l'affaire Borel ?

— Dans l'pétrin, patron, répond Lefèvre avec une désinvolture toute calculée.

— « Le pétwin », répète l'homme qui, en bon Anglais qui se respecte, est incapable de prononcer les « r ». Le mawi n'était pas boulanger, si ?

— Non, Patron, mais ça n'empêche pas de se faire rouler dans la farine…

Perplexe, Law vient s'appuyer au mur, les bras croisés sur la poitrine. Taquin, Lefèvre décide d'enfoncer le clou :

— En attendant, nous, on pédale dans la choucroute…

— La choucwoute, il fait aussi ça, le boulanger ? s'enquiert le commissaire avec l'air sérieux du bon élève soucieux d'apprendre.

— Non, Patron, intervient Perrot en volant au secours du commissaire, non sans avoir jeté un regard furieux à Lefèvre. Ce qu'Hubert veut dire, c'est qu'on est un peu largués sur cette affaire.

Au moment même où il prononce cet adjectif familier, le commandant se rend compte que, malgré lui, il va contribuer à égarer l'Anglais. Ça ne rate pas…

— Ah ! fait Law avec une mine réjouie, lawguer les amawes, ça, je connais comme mot. Je fais de la voile, précise-t-il.

— Sauf qu'en ce qui nous concerne, Patron, rectifie Perrot, on n'est pas en train de larguer les amarres là. On voudrait bien, remarquez…

— Si vous le dites… fait Law sans se démonter. Et à part ça, quelles sont les nouvelles ?

Perrot sort son petit carnet rouge pour ne rien oublier.

— Pour commencer, il semble que Jérémy Borel ignorait tout du licenciement de sa femme. Celle-ci aurait fait semblant d'aller travailler pendant plusieurs mois. Elle accompagnait ses filles à l'école et ensuite disparaissait jusqu'à la sortie de l'école.

— Pour aller où ?

— On l'ignore. Par ailleurs, que ce soit son patron ou ses collègues – à part peut-être la syndicaliste, Ghislaine Boteau – tout le monde s'accordait pour les trouver, elle et son mari, sympathiques et sérieux. Les voisins interrogés n'ont rien remarqué dans le couple, ni avant ni le jour du meurtre. Enfin, le labo m'a communiqué ce matin les derniers résultats : le tisonnier portait des traces de sang, mais hélas, correspondant à celui de la victime. On a trouvé des cheveux et des fibres textiles sur et autour du corps de Tania Borel. Deux cheveux – des cheveux d'enfant – venaient probablement de ses filles. Quant aux autres, ainsi que les fibres, ils seront à confronter avec de futurs prélèvements. Si on en fait, conclut Perrot avec un peu de lassitude dans la voix.

— Bien, fait Law avec entrain, on a tout de même avancé ! Continuez comme ça, Messieurs, termine-t-il en tournant les talons.

Lefèvre se met à rire.

— Il faisait peine à voir, le pauvre, quand je l'ai embrouillé avec mes métaphores alimentaires !

— T'es vraiment un sale gosse ! Tu crois vraiment qu'on a le temps de rigoler en ce moment ? feint de s'énerver Perrot.

— Écoutez-moi ce rabat-joie ! Comme dirait ma mère, cette sainte femme : « Tout vient à point à qui sait attendre. »

— Attendre quoi ?

— J'en sais rien, j'aime bien l'expression, c'est tout...

Perrot se lève avec un soupir forcé. Il va jusqu'à la fenêtre et regarde la lueur blafarde du jour qui se lève. Un rideau de pluie molle salit le carreau et brouille l'horizon. Perrot a la sensation que son cerveau est au diapason de ce paysage aux contours indistincts. Tandis qu'il laisse son regard se perdre dans la grisaille morne, Perrot étouffe un bâillement. La nuit n'a vraiment pas été réparatrice avec ces rêves étranges qui l'ont peuplée. Il revoit Sofia en compagnie de Jérémy Borel, souriante et gracieuse. Ils semblent former un couple harmonieux. Elle est jolie. Mais d'une telle pâleur... Soudain, Perrot sursaute. Il sent qu'il vient de mettre le doigt sur quelque chose, mais l'idée s'est aussitôt envolée. Dépité, il se tourne vers Lefèvre resté assis.

— Tu proposes quoi ?

— Eh bien, je pensais à un truc, répond Lefèvre en tripotant la paille de sa boisson. Le patron de Borel, on ne l'a pas encore appelé pour qu'il confirme l'alibi de son employé.

— C'est vrai, fait Perrot en venant se rasseoir. On a considéré que Borel était sous la responsabilité de son chef et qu'il était tenu à un horaire et un itinéraire bien précis. Mais sait-on jamais ?

Pendant qu'il répond, l'image du veuf lui revient, tel qu'il l'a vu les deux fois, celle d'un homme brisé, défait. À des lieues du Borel triomphant de son rêve, la nuit passée. Pourtant, se raisonne-t-il en composant le numéro de la société de fret où travaille le mari de la victime, rien n'est plus trompeur que les apparences. On décroche aussitôt. Perrot branche le haut-parleur. Son interlocutrice, qui n'est autre que la femme du patron, propose aux policiers de passer à la société. Perrot jette un regard interrogatif à Lefèvre qui opine vigoureusement. Il indique donc qu'ils seront là d'ici une petite demi-heure. Les deux collègues courent sous l'averse intense et s'engouffrent dans leur véhicule de service. Les essuie-glaces, pourtant mis à la vitesse maximale, ne parviennent pas à évacuer les trombes d'eau qui s'abattent sur le pare-brise. En ville, les voitures projettent des gerbes d'eau sur les malheureux piétons qu'aucun parapluie ne peut protéger. Lorsqu'ils s'engagent sur la bretelle d'accès à Gradignan, les choses ne s'arrangent pas. Les deux passagers voient à peine à plus d'un mètre devant eux et ne font que distinguer la berline sombre qui les précède. Ils roulent dans un concert de klaxons peureux ou courroucés. Fait exceptionnel, Lefèvre est resté en position verticale, comme s'il sentait qu'à deux, ils ne seraient pas de trop pour se diriger à travers les rideaux de pluie drue. Ou alors, se dit Perrot que cette vigilance inattendue surprend, il est peut-être trop tôt pour qu'il entame une petite sieste. En tout état de cause, Lefèvre n'a pas dit un mot depuis le départ et Perrot se dit que son silence est bienvenu. La société de fret se dresse à la sortie de la rocade, bâtiment blanc surmonté d'une grande enseigne voyante. Perrot immobilise la voiture entre deux trente-huit tonnes bleu foncé barrés d'une bande bordeaux portant le nom de la société en lettres blanches. Un homme est en train de s'affairer autour d'un des véhicules. Il regarde les arrivants avec un air curieux avant de se retourner vers son engin. Les policiers se précipitent entre les gouttes, en direction du bâtiment qu'entoure un immense garage. Quelqu'un sort du bureau de la direction, au moment même où les deux officiers s'apprêtent à frapper. « Pardon », fait-il en manquant les bousculer. Perrot l'excuse d'un sourire et frappe à la porte.

— Entrez ! lance une voix de femme.

Madame Dumont est assise à son bureau, un stylo à la main. Ses cheveux, d'un blond décoloré, sont dégradés à hauteur d'épaule et son rose vif sur les lèvres fait ressortir ses yeux pervenche. Elle disparaît presque sous un châle fuchsia. Elle ne se lève pas pour les accueillir. Le petit bureau est insuffisamment chauffé par un radiateur électrique portatif.

— Je peux vous... commence-t-elle avant de comprendre qui ils sont. Ah ! vous devez être ces Messieurs de la police...

— Capitaine Hubert Lefèvre et Jean-Louis Perrot du SRPJ de Bordeaux

— Magali Dumont, fait la femme en tendant la main aux arrivants. Je vous en prie, asseyez-vous.

Perrot prend un siège, Lefèvre préfère rester en position dominante, appuyé au mur. Perrot demande :

— Monsieur Dumont est absent ?

— Effectivement mais je peux peut-être vous aider...

— Travaillez-vous avec votre mari ?

— Oui, je tiens le standard et je m'occupe aussi de la comptabilité.

— Bien, dans ce cas, je suppose que le nom de Jérémy Borel ne vous est pas inconnu ?

— Mon Dieu, non... soupire la femme. Je sais

qu'il vient de perdre sa femme dans des circonstances terribles. Du coup, il est arrêté sans date de reprise de travail pour l'instant. Marcel, mon mari, précise-t-elle, lui a dit de prendre son temps.

— C'est gentil de sa part.

— Que voulez-vous, on n'allait tout de même pas lui dire de revenir tout de suite. On n'est pas de trop à l'entreprise en ce moment, c'est vrai, mais de toute manière, ce ne serait pas prudent de confier un camion à Jérémy après ce qui lui est arrivé.

— Vous avez trouvé quelqu'un pour le remplacer ?

— Mon mari, hélas ! s'exclame la femme. On n'est pas comme ces sociétés qui ne respectent pas le temps de repos réglementaire de leurs chauffeurs. On ne leur fait pas enchaîner des rotations, sans jour de congé entre les deux. Du coup, Marcel n'avait pas d'autre choix que de prendre le circuit de Jérémy.

À ce moment, un bruit étouffé se fait entendre, venant de sous le bureau de madame Dumont. Mais celle-ci poursuit comme si de rien n'était :

— Il ne faudrait pas que son absence se prolonge évidemment, sans ça, j'aurais du mal à faire tourner la boutique toute seule. Planifier les livraisons, je peux faire, mais vérifier l'état des engins, ça, c'est pas ma partie…

À nouveau, le bruit étouffé se fait entendre. Lefèvre lance un regard narquois à son ami qui retient un sourire amusé. Visiblement, madame Dumont a un transit perturbé.

— Je m'en doute, parvient à répondre Perrot. Dites-moi, je suppose que vous tenez scrupuleusement à jour les cahiers de commandes ainsi que les missions de vos employés…

— Bien sûr, sinon, ce serait le bazar !

— Vous pourriez vérifier la dernière feuille de route de Jérémy Borel ?

— Certainement. Attendez que je regarde...

Elle ouvre un grand agenda dont les pages sont intégralement couvertes d'écritures. Nouveau bruit provenant de sous la table. Cette fois, Perrot craint de succomber au fou rire. Mais face à l'attitude sérieuse de leur interlocutrice, il se reprend.

— C'est bien ce que je pensais, Jérémy faisait l'Espagne, la semaine dernière. Il a embauché dimanche à dix-neuf heures et est revenu jeudi.

— Petite question : un chauffeur pourrait-il changer d'itinéraire ou faire demi-tour sans que vous en soyez avertis ?

— Non, répond la femme sur un ton catégorique. Nos engins sont reliés à notre PC, ce qui nous permet d'évaluer d'éventuels retards ou pannes.

— Et si le chauffeur décide d'abandonner son camion quelque part et ne le récupère, disons, que le lendemain... suggère à son tour Lefèvre, resté appuyé au mur.

— Impossible ! Avant, c'était faisable : certains gars, lorsqu'ils approchaient à, mettons, deux cents kilomètres de chez eux, mais devaient repartir dans l'autre sens, n'arrivaient pas à résister. Ils abandonnaient leur camion, allaient faire un petit coucou à leurs enfants ou je ne sais qui, puis venaient récupérer le camion, ni vu ni connu. Ils faisaient croire à leur employeur qu'ils avaient eu un souci de mécanique et personne n'y voyait que du feu. Surtout que, grâce au téléphone portable, le chauffeur prévenait lui-même son client qu'il aurait du retard, du coup, le patron n'était pas au courant de la ruse.

— Et vous étiez confrontés personnellement à ce genre d'abus ?

— Je ne pourrais pas jurer que ça n'est jamais arrivé, bien sûr. Mais franchement, je ne pense pas. On n'a que cinq employés, voyez-vous, et mon mari a toujours demandé aux destinataires de lui faire connaître le moindre problème de délai ou autre. Et maintenant que nous avons une connexion directe entre le bureau et les engins, on est sûrs que les chauffeurs ne nous grugent pas. De toute manière, ils seraient bien bêtes, ajoute-t-elle tandis que le petit bruit résonne à nouveau sous la table, ils ne trouveraient pas une place aussi bonne ailleurs.

— Très bien, merci pour ces explications, fait Perrot en s'apprêtant à se lever. Une dernière question : Jérémy Borel et sa femme avaient-ils des problèmes de couple ?

— Alors ça, je n'en sais fichtrement rien. La vie privée de nos employés ne nous regarde pas.

— Donnait-il l'impression de rentrer chez lui à reculons ? glisse Lefèvre.

— Sans hésitation, non. Jérémy partait toujours avec plaisir. Il a la chance d'avoir deux adorables petites filles, ajoute-t-elle avec une note de tristesse dans la voix.

Insensible à l'émotion perceptible chez leur interlocutrice, Lefèvre insiste :

— Il allait peut-être retrouver quelqu'un d'autre…

— Que cherchez-vous à me faire dire ! s'emporte soudain la femme en s'empourprant.

— Rien, fait Perrot en élevant une main apaisante. Mon collègue ne faisait que des suppositions.

Madame Dumont se rassérène alors comme par magie et penche la tête en direction de ses cuisses.

— Ah ben, ma parole, murmure-t-elle, tu es encore dérangé ce matin.

À cet instant, guidé par la voix, émerge de sous la table une boule de poils frétillante.

— Ah ! s'exclame involontairement Lefèvre, c'était lui qui...

Madame Dumont dévisage le policier avec des yeux ronds.

— Vous ne pensiez tout de même pas que c'était moi qui faisais ces bruits !

Piteux, Lefèvre est déjà dehors, talonné par Perrot qui, une fois à l'extérieur, laisse libre cours à son hilarité. Encore plié de rire, il met le contact. À ses côtés, Lefèvre se justifie :

— Parce que toi, peut-être, tu ne pensais pas que c'était madame Dumont qui avait des soucis digestifs ?

— Si, reconnaît Perrot, simplement, ça ne me serait pas venu à l'idée de lui en parler...

— Ouais, disons que ça m'a échappé, ronchonne Lefèvre en inclinant son siège et en fermant les yeux pour mettre un terme à la conversation.

Le conducteur décide de ne pas insister et remet le cap sur le commissariat.

*

Stéphane est rentré tard dans la nuit. Bruno n'y voit pas d'inconvénient sur le principe car ils ont toujours eu à cœur de respecter l'intimité et la liberté de l'autre. Mais ce respect des libertés d'autrui doit s'accompagner d'un minimum de règles, s'emporte silencieusement Bruno en se préparant un énième expresso. Il aurait au moins pu passer un coup de fil pour expliquer qu'il restait fêter l'obtention de leur nouveau gros contrat ! Bruno s'est fait un sang d'encre en voyant les heures défiler. Quand Stéphane est rentré en titubant légèrement, Bruno a commencé à lui faire des reproches, mais son compagnon a balayé ses paroles d'un revers de main fatigué et est allé s'effondrer comme une masse sur le lit. Bruno n'a pas jugé utile d'insister et s'est recouché aux côtés du fêtard. Mais il n'a pu retrouver le sommeil, autant à cause des ronflements bienheureux de Stéphane que de la colère rentrée qui enflait dans sa poitrine. Désespérant de se rendormir, il s'est levé à cinq heures et est allé s'installer sur le canapé. Il a tiré un plaid sur lui et essayé de s'intéresser au magazine *Beaux-Arts* abandonné sur la table. Mais il ne s'est montré capable d'aucune concentration. Depuis l'aurore donc, il enchaîne café serré sur café serré. Soudain, il entend du bruit au-dessus. Son ami a apparemment réussi à se lever et est en train de prendre sa douche. Cinq minutes plus tard, un Stéphane penaud entre dans la cuisine. Bruno l'attend, adossé à l'évier, les poings sur les hanches. Il est toujours en bas de pyjama et tee-shirt. Stéphane, évitant son regard, se contente de marmonner un vague salut tandis qu'il se traîne vers le réfrigérateur. Il attrape une bouteille de jus d'orange pressée qu'il débouche et porte directement le goulot à sa bouche. Il en avale une grande rasade avant de s'essuyer les lèvres d'un revers de main. Puis il tire une chaise et s'assoit à table.

— Je sais que j'aurais dû te prévenir que j'allais rentrer tard, commence-t-il d'une voix sourde. Mais toute l'équipe était euphorique, j'ai été embarqué presque malgré moi…

— On t'a forcé ? ironise Bruno sans quitter sa place. Mon pauvre…

— Reconnais quand même que je t'ai appelé à dix-huit heures, se défend Stéphane en soutenant le regard de Bruno.

— Oui, mais pour dire que tu restais boire un verre, pas que tu comptais rentrer défoncé à quatre heures du matin.

— Je sais, c'est nul, mais je n'ai pas vu le temps passer et quand j'ai compris qu'on allait prolonger, j'ai pensé que je risquais de te réveiller en t'appelant.

— Parce que tu pensais que j'allais dormir, en ne sachant pas où tu avais disparu !

— Désolé, mais tu sais, avec toutes ces émotions, je crois que j'avais besoin de décompresser.

— Ces émotions ?

— Tu sais bien, l'attente des résultats de l'appel d'offres au cabinet… et surtout nos projets personnels, termine Stéphane avec une voix plus grave.

Le ton soucieux de son compagnon n'a pas échappé à Bruno qui sent soudain sa colère décroître. Son conjoint a l'air abattu tandis qu'il dessine d'un doigt distrait quelque figure sur la table. Bruno vient s'asseoir de l'autre côté et réplique :

— J'avais pourtant l'impression que tu te désintéressais de nos projets communs, ces derniers temps.

— Pourquoi tu dis ça ?

— Eh bien, on aurait dit que tu esquivais le sujet quand je l'abordais.

— C'est mon caractère, tu le sais bien, se défend Stéphane. Je fuis les conflits.

— Parce qu'il y avait un conflit entre nous ? s'inquiète Bruno.

— Non, bien sûr que non, c'est juste que j'essaye de prendre de la distance, voilà tout.

— Alors que moi, je me vautre dans le malheur, c'est ça ? demande Bruno d'un ton acerbe.

Stéphane tend la main à travers la table et attrape celle de son compagnon.

— Je n'ai jamais dit ça, arrête ! Et je ne le pense pas une seconde. Mais c'est vrai, je me dis qu'il faut se montrer patient. Elle va reprendre contact avec nous ces jours-ci, j'en suis certain.

— Comment peux-tu en être si sûr ? interroge Bruno en retirant sa main. Tu as eu des nouvelles d'elle ? Elle abandonne ?

— Mais non, qu'est-ce que tu vas chercher ! Je dis simplement que cette femme est comme nous, elle a des activités, une vie bien remplie, et que nous ne sommes pas le centre de son univers.

— Bien, si c'est comme ça que tu vois les choses… lâche Bruno en se levant et en sortant de la pièce.

Fatigué de sa nuit trop courte, Stéphane ne fait rien pour le retenir. Il se dit que Bruno reviendra à de meilleurs sentiments dans la journée. Il connaît son tempérament passionné.

Bruno monte se doucher. Il sait gré à Stéphane d'avoir ouvert en grand les fenêtres de leur chambre malgré la pluie, afin de dissiper les vapeurs d'alcool. Il referme la fenêtre et va se raser. Puis il prend une longue douche très chaude afin d'essayer de dénouer les tensions qui lui serrent la nuque. Il s'en veut un peu de sa colère, de cette scène qu'il vient de faire à Stéphane. Il déteste l'image que cela lui renvoie, celle d'un vieux couple aigri qui ne laisse plus aucun champ libre à l'autre. « Pourtant, songe-t-il en fermant les yeux sous le jet d'eau chaude, il aurait dû penser que j'allais m'inquiéter. Et puis, je suis sûr que ce Richard n'est pas étranger à cette omission. J'ai bien vu comment il buvait Stéphane du regard, la dernière fois que l'on s'est vus, il ne faut pas être devin pour imaginer ce qu'il a derrière la tête… D'ailleurs, peut-être Stéphane n'y est-il pas insensible ? » s'interroge-t-il tandis qu'il sent comme un poignard lui traverser la poitrine. « Ça expliquerait sa désinvolture pour ce qui concerne nos projets ». Conscient qu'il se torture à dessein, Bruno ne peut empêcher ces idées noires de lui traverser l'esprit. Lui revient également en mémoire un autre oubli de Stéphane. Ce jour de la semaine dernière (lundi, croit-il se rappeler) où il était censé rester à la maison pour préparer la future chambre. Finalement, il est resté dehors toute la journée. Le soir, au dîner, il a expliqué que le beau temps l'avait incité à en profiter pour aller courir. « Pourtant, réfléchit Bruno en se frictionnant, je ne me souviens pas l'avoir vu en tenue de jogging. Il est rentré après moi et il était en jeans et pull. Serait-il revenu entre-temps se changer avant de ressortir ? Mais pour aller où ? Acheter une baguette ? Non, c'est toujours moi qui la prends en rentrant du travail ». Mais Bruno se reprend intérieurement en entendant Stéphane passer l'aspirateur en bas. Quel film est-il en train de se faire ? Ne devient-il pas un jaloux paranoïaque ?

Heureusement que Stéphane peut aller et venir sans lui rendre compte de tous ses faits et gestes ! Et si, lundi dernier, il prétend être allé faire un jogging, c'est probablement la vérité. Et si ça ne l'était pas, il avait sans doute une bonne raison pour ne pas lui dire ce à quoi il a occupé son temps.

*

Alors qu'elle sort du bureau, impatiente d'aller s'allonger quelques minutes avant que Damien ne rentre à son tour, la future mère se sent tirée en arrière par la manche de sa cape. Surprise, elle s'arrête net et se retourne.

— Karen ! Mais qu'est-ce qui…

— Viens, il faut que je te parle, la coupe la femme juchée sur des talons hauts, en l'attirant vers elle.

— Eh ! Je peux savoir ce qui se passe ? fait Annabelle en jetant un coup d'œil circulaire comme pour chercher de l'aide.

Karen laisse retomber sa main.

— Excuse-moi de t'avoir effrayée comme ça, mais j'étais sûre que tu refuserais de me rencontrer si je t'appelais sur ton portable, alors je me suis dit qu'il valait mieux que je te cueille à la sortie du travail.

— Mais pas du tout, j'aurais accepté de te voir, répond Annabelle en essayant de se convaincre elle-même.

Elle est soulagée de ne pas être seule en présence de l'ex-femme de Damien. Elle sait comme cette dernière est particulière, sujette à des emportements subits.

— De quoi voulais-tu me parler ?

— Allons dans un café, nous serons plus à l'aise pour discuter, propose Karen avec un sourire engageant. Avec un regard sur sa montre, Annabelle accepte en soupirant et emboîte le pas à Karen en direction de la brasserie où elle déjeune très souvent. Elles s'installent dans une alcôve au fond de l'établissement et commandent un thé et un Coca-cola light. Annabelle attend que son interlocutrice se lance, mais celle-ci demeure étrangement silencieuse. Elle la regarde, la dévisage même, s'attarde sur son ventre rond. La jeune femme enceinte commence à se sentir mal à l'aise et se met à se tortiller sur sa banquette. Heureusement, le garçon vient la sauver en apportant leur commande. Annabelle attrape sa théière, y laisse tomber son sachet de thé et enserre le récipient chaud de ses mains devenues soudain glacées. Karen n'a pas bougé. Elle regarde toujours la femme en face d'elle mais semble ne plus la voir. C'est comme si ses yeux traversaient l'enveloppe charnelle d'Annabelle pour mieux la sonder ou la déstabiliser. Désirant mettre fin à cette intimidation, Annabelle écarte la théière et cherche le regard de Karen.

— Bon, Karen, on fait quoi là, au juste ? Qu'avais-tu à me dire ? Ça a un rapport avec Capucine ? demande-t-elle avec une soudaine appréhension.

La femme brune filiforme aux longs cheveux détachés semble sortir de sa léthargie.

— Oui, d'une certaine façon.

— D'une certaine façon, ça veut dire quoi ?

— Eh bien, disons que c'est grâce à elle que la nouvelle m'est parvenue.

Annabelle sent son cœur marquer un arrêt. Elle a peur d'entendre la suite, mais Karen est maintenant décidée à parler. Figée, elle attend.

— J'ai su que tu attendais un bébé, fait Karen en louchant vers le ventre de la future maman.

— Ah, ce n'est que ça ! Effectivement, comme tu le vois, je suis enceinte. Mais en quoi cela te regarde-t-il ? Enfin, je veux dire, ce n'est pas un secret, mais il n'y avait aucune raison pour que nous te l'annoncions personnellement, n'est-ce pas ?

— Pourtant, rétorque Karen avec un air mystérieux, Damien a dû être surpris par l'annonce de ta grossesse...

— Pas plus que ça, non. C'est vrai que la grossesse s'est fait attendre, mais ça arrive chez beaucoup de couples, n'est-ce pas ?

— Plus ou moins, dit encore Karen avec un sourire plein de sous-entendus. Mais il y a des cas où réellement, la grossesse relève du miracle...

— Ça te dérangerait d'être plus claire ? s'impatiente alors Annabelle. Si tu n'avais que ça à dire, je vais y aller...

La jeune femme s'est levée et jette deux pièces dans la coupelle pour un thé qu'elle n'a pas touché. Mais Karen lui saisit le poignet, sans serrer, et lui dit :

— Capucine est déjà là, mais le tien n'a pas d'encore d'existence. Comment l'attachement pourra-t-il être possible quand Damien saura ?

Annabelle arrache sa main et se précipite vers la sortie, accueillie par une nouvelle averse. Elle n'y prête pas garde et se dépêche d'aller rejoindre sa voiture garée en bas du bureau. Avant de mettre le contact, elle pose les deux mains à plat sur le volant et se force à respirer calmement. La pluie tambourine sur le pare-brise dans un vacarme assourdissant.

La gorge nouée, elle pense aux mots de Karen, des mots fous chargés de menace. A-t-elle bien compris ce qu'elle voulait dire ? De quoi peut-elle se montrer capable ? De quelle manœuvre abjecte ?

*

Adossé à la fenêtre du bureau, Lefèvre réfléchit, les bras croisés sur son torse étroit. Perrot est en train d'appeler les services techniques du commissariat afin de savoir où en est l'analyse du disque dur de l'ordinateur de Tania Borel. Tandis que résonne la musique d'attente, il se tourne vers son collègue.

— À quoi penses-tu ? Tu as l'air bien concentré…

— À ce que je vais bien pouvoir manger ce midi.

— Tu te fiches de moi ?

— Pas du tout, pourquoi ?

— Laisse tomber… Oui, c'est Perrot, fait-il à l'interlocuteur qui a décroché, alors, vous avez terminé ? Parfait, vous nous le montez ? Très bien, on vous attend.

— En fait, Jean-Louis, même s'il est vrai que je commence à être en hypoglycémie, ce qui amoindrit mes capacités intellectuelles, je viens de penser à un truc…

— Une nouvelle adresse de restau ? persifle Perrot en vérifiant ses mails.

— Non, même si le sujet m'intéresse au plus haut point. D'ailleurs, il y a un nouveau numéro de *Cuisine et…*

— Au fait !

— Bien, Chef ! Voilà, en repensant à la scène de crime, il y a un détail qui m'est apparu.

— Plus précisément ? fait Perrot en levant la tête avec curiosité.

— Eh bien, bizarrement, on n'a pas trouvé de téléphone portable sur elle ou à proximité du corps.

— Tu as raison. Pourtant, cette femme avait l'air bien de son temps, étrange qu'on n'ait pas trouvé de mobile. Il faudra demander au mari. Ah, voici Dubois !

— Ça y est, je l'ai déverrouillé. À vous de le faire parler maintenant…

— Merci beaucoup, fait Perrot en posant l'ordinateur avec précaution sur son bureau.

Lefèvre tire une chaise et vient s'asseoir auprès de son collègue. Ils commencent par examiner l'historique des recherches que Tania Borel ou son époux ont pu effectuer sur Internet. Ils le font défiler lentement en s'arrêtant à chaque fois qu'un terme attire leur attention. Tania Borel et/ou son mari s'intéressaient visiblement à la cuisine et au bricolage. Elle recherchait aussi des conseils de bien-être et de beauté. Ils consultaient également les programmes de cinéma et des spectacles pour enfants dans la région. Au bout d'une heure et demie de lecture fastidieuse, Lefèvre se frotte les yeux et déclare :

— Passionnant, tout ça ! Maintenant, je sais quel rouge à lèvres convient le mieux à mon teint de porcelaine et le nombre de calories d'une baguette viennoise !

— Si ça pouvait t'inciter à manger moins…

— Au contraire, j'ai une de ces dalles, moi ! Je vais chercher des sandwiches, tu continues sans moi ?

— J'ai le choix ? réplique Perrot en esquissant une grimace sans lever les yeux de son écran.

Il continue à disséquer l'ordinateur de la famille Borel. Visiblement, Tania en était la principale voire exclusive utilisatrice. À part le site de coloriage pour enfants et celui dédié à la musculation qui devait être regardé par le mari – à en juger par sa stature athlétique – les autres ne pouvaient que concerner la victime. Perrot commence également à saturer, lorsque Lefèvre revient, leur déjeuner à la main. Il se rassoit, tend son sandwich végétarien à son voisin et attaque son américain. À l'aide d'une serviette en papier, il essuie méthodiquement la mayonnaise aux coins de sa bouche, avant de demander :

— Du nouveau ?

— Non, rien d'intéressant. Du moins à première vue.

— Si ça se trouve, elle était prudente et effaçait systématiquement l'historique à chaque recherche.

— J'espère que non.

— Quand on aura terminé, je pense que ça vaudrait le coup de demander à Dubois s'il peut récupérer les données effacées.

— Bonne idée, acquiesce Perrot en avalant une gorgée de thé pour faire descendre son sandwich. En attendant, jetons donc un œil à sa messagerie.

Patiemment, les deux collègues se remettent à la tâche, fouillant parmi les factures diverses, offres promotionnelles et autres courriels sans intérêt. Plusieurs messages émanent d'amis ou parents, mais à première vue, aucun ne leur paraît suspect. Il y est question d'invitations à dîner, d'organisations des futures vacances, de nouvelles anodines. Lorsqu'ils ont fait le tour des mails reçus et sauvegardés, ils décident d'examiner la corbeille de la messagerie. Ici encore abondent des informations en tous genres, allant de la fausse promesse de gagner à un jeu concours à la liste de produits commandés au supermarché. Au bout de quatre heures, Perrot repousse sa chaise et se met debout. Il a besoin de se dégourdir les jambes et de passer aux toilettes. Il décide aussi d'aller tenir Law au courant de l'avancée – toute relative – de l'enquête. Il charge Lefèvre de poursuivre sans lui et sort du bureau. Lorsqu'il est de retour, un quart d'heure plus tard, Lefèvre avance une moue désolée pour l'accueillir.

— Rien trouvé ! Et hélas, j'ai fait le tour !

— Il ne reste plus qu'à demander à Dubois d'essayer de récupérer l'historique.

— On n'a qu'à lui déposer l'ordi et ensuite aller demander au mari de Tania Borel s'il a le portable de sa femme.

— Allons-y, acquiesce Perrot en attrapant son imperméable et son écharpe sur le perroquet.

En cette fin janvier, les jours sont encore courts et la nuit est déjà là lorsqu'ils se faufilent dans le flot de la circulation. Lefèvre incline son siège et s'assoupit jusqu'à ce que Perrot se gare devant chez la victime. La lumière brille chez les Plassard où logent provisoirement Borel et ses filles. C'est le veuf qui vient leur ouvrir d'un pas pesant. Il les fait entrer mais ne les invite pas à s'asseoir.

— Bonjour monsieur Borel, comment allez-vous ?

— Bof, répond l'homme dont la mine chiffonnée et le teint blafard parlent pour lui.

— Nous sommes venus vous voir parce que nous sommes surpris de n'avoir pas trouvé le téléphone portable de votre femme. N'en avait-elle pas un ?

— Si, bien sûr, fait Borel sur le ton de l'évidence.
— Vous l'avez en votre possession ?
— Non.
— Vous n'êtes pas retourné chez vous depuis ?
— Je n'y arrive pas, murmure le veuf. Pas encore…
— Je comprends. Une idée où elle aurait pu le laisser ?
— Généralement, elle le posait dans la cuisine, près du micro-ondes car c'est là qu'elle le mettait à charger.
— Et à part à cet endroit ?
— Je ne vois pas… Ceci dit, autant Tania était pointilleuse pour le ménage, autant elle était tête en l'air pour ce qui touchait à son téléphone. Elle le perdait souvent, enfin, disons plutôt qu'elle l'abandonnait à des endroits improbables : panière à linge, sac des courses, bureau des filles… Elle disait que c'était parce qu'elle faisait toujours mille choses à la fois et que, comme elle l'emportait partout, du coup, elle le posait n'importe où en se disant à chaque fois qu'elle le récupérerait plus tard.
Borel s'arrête, comme surpris d'avoir autant parlé.
— Je vois, fait Perrot en s'apprêtant à rebrousser chemin.
Mais il s'interrompt en entendant des voix d'enfants à l'étage.
— Vous pourriez faire descendre vos filles, s'il vous plaît ?
— C'est vraiment nécessaire ?
— S'il vous plaît.
Avec un soupir, Borel se rapproche de l'escalier et appelle ses enfants. Les petites apparaissent aussitôt,

l'aînée devant. Perrot leur adresse un sourire d'encouragement et demande :

— Savez-vous où votre maman aurait pu laisser son téléphone portable ? C'est important que nous le retrouvions.

— Maman le posait près du micro-ondes, indique la plus grande d'une voix timide.

— C'est ce que votre papa nous a dit, mais lorsqu'elle ne le mettait pas là ?

— On le retrouvait souvent dans des endroits bizarres, répond l'aînée avec un petit sourire, dans le panier à linge, parfois même dans les toilettes…

Derrière elle, la cadette étouffe un petit rire.

— Le problème, réplique Perrot à l'adresse du père, c'est que pour lors, la batterie doit être totalement déchargée. Impossible donc de le faire sonner pour le repérer. C'est dommage, il aurait certainement pu nous livrer des informations utiles.

— Je comprends, fait le père en attirant ses filles contre lui en un geste possessif, désolé.

À cet instant, la petite tire sur la manche de son père. Borel se penche avec curiosité et écoute ce qu'elle lui chuchote derrière sa main en paravent. Puis s'adressant aux policiers qui sont déjà sur le seuil, il se redresse et dit :

— Je crois que Sandra a quelque chose à vous dire.

D'un seul homme, les policiers font volte-face. Perrot demande d'une voix douce :

— Tu sais quelque chose, Sandra ?

— C'est moi, murmure la petite en cachant son visage derrière le bras de son père.

— Toi quoi ? répète Perrot sur un ton encourageant.

— C'est moi qui a le téléphone…

— Qui ai, corrige automatiquement l'aînée.

Avec un sourire amusé, Perrot s'agenouille devant la plus jeune des fillettes.

— Et où l'as-tu mis ?

— Dans ma valise.

— Tu l'as depuis quand ?

— Depuis… depuis le jour où… s'interrompt la petite dans un sanglot.

Perrot pose une main apaisante sur l'épaule de l'enfant et lui dit :

— Tu sais, c'est très bien que tu nous dises que c'est toi qui l'as. Et surtout, c'est très bien que tu l'aies pris ; ainsi, il était à l'abri.

La petite opine vigoureusement et se rappelle :

— Quand on a trouvé maman allongée par terre, on a bien vu que c'était pas normal. Elle était si blanche… si blanche… Alors Cécilia a dit qu'il fallait aller chercher Karine, fait-elle en tendant le menton vers l'étage. J'ai vu que le téléphone de maman était tombé sous la table. Quand Cécilia est sortie, je l'ai pris. Je savais que maman aimait pas perdre son portable…

— Tu as très bien fait, la rassure Perrot. Et maintenant, tu pourrais nous le remettre ?

Indécise, elle regarde son père qui opine. Alors elle se jette dans l'escalier et réapparaît aussitôt, le téléphone au creux de la main. Elle le tend sans un mot.

— Merci beaucoup, Sandra. Au fait, monsieur Borel, fait-il en s'adressant au père, connaissez-vous le code d'accès du portable de votre épouse ?

— Ma foi, non, j'aurais trouvé ça indiscret.

— Et toi, Sandra, est-ce que par hasard tu

connaîtrais le code du téléphone de ta maman ?

La gamine baisse la tête. Son aînée lui donne alors une bourrade dans les côtes.

— Ben vas-y, quoi, dis-lui !

Mais la plus jeune, sans doute déchirée par un conflit de loyauté à l'égard de sa mère disparue, se refuse à répondre. Alors Cécilia lève le menton et réplique :

— Sandra le connaît et moi aussi. C'est 2728, nos dates de naissance.

— Merci beaucoup pour ces informations, les filles, sachez que votre aide nous est très précieuse.

Imperceptiblement, la cadette redresse le buste. Les deux visiteurs remercient le mari de la victime et prennent congé.

— Reste plus qu'à trouver le chargeur, fait Lefèvre une fois dehors.

— On devrait le trouver près du four à micro-ondes, à ce que j'ai cru comprendre. Heureusement que j'ai pensé à prendre la clé du domicile des Borel.

Les deux collègues traversent le jardin voisin et décollent les scellés condamnant l'accès à la maison. Une odeur de renfermé s'est déjà emparée des lieux, renforcée par la décomposition commencée des bananes dans la soupière posée au centre de la table de salle à manger. Lefèvre met rapidement la main sur le chargeur de téléphone, dans le tiroir situé sous le four à micro-ondes. Ils referment la porte de la maison et reprennent leur véhicule sous la pluie qui a recommencé à tomber. Des bourrasques s'abattent sur le pare-brise et font se tordre les arbres nus qui se découpent, silhouettes sombres dans le crépuscule d'hiver.

Perrot dépose Lefèvre au sous-sol du commissariat afin qu'il récupère sa voiture, puis il met le cap sur son domicile. Bien qu'il se sente fatigué ce soir, l'impatience de recharger le portable de la victime le galvanise. Il se gare devant la propriété et descend en courant entre les gouttes. Il pénètre dans la demeure plongée dans l'obscurité, à l'exception de l'aile occupée par Yvonne Essant. Perrot suspend son imperméable au-dessus du radiateur et allume la cuisine. Avec plaisir, il constate que l'aide ménagère de sa logeuse lui a laissé une part de far ainsi qu'un grand bol de compote de pommes fraîches. Le policier met le téléphone de la victime à charger et ouvre le réfrigérateur. Puis il se ravise et décide que les provisions laissées sur la table lui feront office de dîner. Il allume la radio et se prépare un thé. Il dîne lentement en écoutant distraitement la météo marine. Le goût du far et de la compote parfumée à la cannelle le ramenant inexorablement vers ses goûters d'enfance chez sa grand-mère. Il se revoit attablé avec son frère, à cette même table de chêne, sous l'œil bienveillant de l'aide ménagère de sa grand-mère. Il se souvient des messes basses que les deux chenapans faisaient et des regards faussement réprobateurs que leur adressait Mauricette. Ce souvenir en éveille un autre, bien plus récent. En effet, cette complicité qu'il avait avec son frère le ramène à celle qu'il a perçue entre les deux filles Borel. Avec un sourire, il entend la petite Sandra étouffer un rire au souvenir de sa mère abandonnant son téléphone portable jusque dans les toilettes. Car, voilà le grand pouvoir des enfants, se dit le policier en buvant une gorgée de thé, même plongés dans le plus grand des malheurs, ils ont encore cette capacité de voir le côté drôle des choses. Il entend les mots de la petite fille expliquant qu'elle pensait bien faire en escamotant le téléphone, puisque sa mère détestait le perdre. Il revoit le visage bouleversé de la fillette racontant la découverte de sa mère inanimée, si blanche, si blanche. Perrot se redresse soudain. Ces mots prononcés par la fillette viennent d'éveiller un écho dans sa mémoire. Perplexe, il fronce les sourcils et tente de se rappeler exactement ce qu'a dit Sandra Borel. Quels mots précis ont déclenché cette réaction en lui ? Et tout à coup, il sait : c'est cet adjectif « blanche » que la petite a utilisé aujourd'hui et également la première fois qu'ils l'ont interrogée. Mais Perrot jurerait qu'il l'a entendu prononcer par d'autres. Qui donc ? La grande sœur ? Le père ? Il secoue la tête, incapable de répondre à cette question. D'ailleurs, vaut-elle la peine qu'on s'y attarde ? N'est-ce pas tristement banal de constater qu'un cadavre est blanc ? Perrot se lève et débarrasse son couvert. Il place le far et la compote au réfrigérateur et quitte la cuisine. Mais tandis qu'il s'installe au salon afin de regarder les actualités sur une chaîne d'informations en continu, il ne peut se défaire de la désagréable sensation qu'une idée vient de lui échapper. Il regarde défiler les images des derniers attentats revendiqués par l'État Islamique. Avec un léger sentiment de honte, il se rend compte que l'on s'habitue presque à ces actes terroristes qui frappent régulièrement les démocraties. Comme si on ne pouvait rien y faire et qu'il fallait vivre avec cette menace permanente au-dessus de nos têtes naïvement idéalistes. Oubliée, l'émotion internationale suscitée par l'assassinat des journalistes de *Charlie*

Hebdo et des autres innocents. La barbarie fait désormais partie de notre quotidien. Avec lassitude, Perrot secoue la tête et éteint la télévision. Puis il se lève et retourne à la cuisine voir si le mobile de Tania Borel est désormais rechargé. La lumière verte indique qu'il l'est partiellement mais peut d'ores et déjà servir. Avec impatience, il compose les quatre chiffres de la date de naissance des petites Borel. Malheureusement, le téléphone refuse de se déverrouiller, et Perrot peut lire sur l'écran que le code PUK est nécessaire. De frustration, le policier s'apprête à reposer brutalement l'appareil sur le plan de travail en granit quand il retient son geste. Il ne sera pas plus avancé s'il endommage définitivement le mobile de la victime. Perrot regarde l'horloge murale qui indique qu'il est près de vingt-deux heures trente. Le commandant se dit qu'il est trop tard pour appeler le mari de Tania Borel et lui demander s'il connaît le fameux code PUK. Il n'a plus qu'à prendre son mal en patience et tenter de contacter Borel à la première heure demain matin. En attendant, le mieux est d'aller s'allonger avec un bon roman, meilleur moyen pour se vider la tête. En traversant le corridor, il voit le téléphone fixe clignoter. Avec un pressentiment, il écoute la bande défiler. Comme il s'y attendait, c'est sa fille Clara qui a essayé de le joindre. Avec un sentiment de culpabilité, Perrot se dit qu'il devra trouver quelques minutes demain pour appeler ses enfants. Car, sinon, doit-il s'étonner si ses enfants préfèrent passer leurs vacances dans les îles avec leur mère, plutôt qu'avec un père si peu fiable ?

*

Bruno regarde défiler sur son écran les différentes maquettes qu'il a imaginées. Spécialiste de l'image, c'est lui qui crée les visuels tandis que son binôme s'occupe du son. Généralement, Bruno initie le travail. Il propose ses images et Thierry pose la bande-son dessus mais quelquefois, c'est le son qui précède. Comme dans ce projet de publicité demandé par une marque de yaourts bio qui vient de se lancer. En effet, cette fois, Thierry est arrivé avec une idée très précise du slogan et de la musique qu'il voyait en arrière-plan. Face à la cohérence du projet, Bruno s'est incliné et doit à présent trouver le visuel qui accompagnera la musique comme une seconde peau. Mais le graphiste ne se sent pas très inspiré aujourd'hui. Il a griffonné quelques esquisses, puis pioché dans sa banque de données d'images afin de voir ce qu'il pouvait tirer de tout ça, mais il a l'impression d'être bloqué. Ses pensées lui échappent sans cesse et il éprouve du mal à se concentrer. Il a à nouveau téléphoné plusieurs fois depuis la veille, mais il est tombé sur ce message d'accueil exaspérant d'enthousiasme. Pourquoi diable ne répond-elle plus à son téléphone ? Et pourquoi Stéphane semble-t-il si distant malgré son mea culpa de ce matin ? Voyant qu'il n'arrivera à rien dans son état d'esprit actuel, Bruno décide d'aller prendre l'air. Il prévient son collègue installé dans le box voisin qu'il s'absente un petit moment. Une lumière grise baigne la ville, gommant ses contours anguleux. Bruno rabat sur sa tête la capuche bordée de fourrure de sa parka et accélère l'allure sur le pavé humide. Les mains dans les poches pour échapper à la morsure du froid, il laisse ses pas le guider. Au fur et à mesure qu'il commence à se réchauffer, son cerveau se remet à cogiter. Face au silence obstiné de cette femme, que doit-il faire ? Attendre désespérément, comme le conseille Stéphane, ou au contraire, presser les choses ? Le jeune designer sait qu'il ne pourra plus attendre bien longtemps. Il sent que, tant qu'il n'aura pas éclairci la situation, il ne pourra pas avancer et regarder de l'avant. Il a besoin de savoir. Maintenant. Car c'est une évidence : il doit savoir ce qui se passe, aujourd'hui. Pas demain, pas un autre jour. Immédiatement. Alors, Bruno s'arrête, sort son téléphone de la poche de sa parka et compose le numéro de l'agence. Il tombe sur Thierry à qui il explique qu'il a quelque chose d'important à faire et qu'il ne repassera peut-être pas avant la fermeture. Au bout du fil, un silence surpris l'accueille, mais son collègue ne pose aucune question. Il connaît le sérieux et l'engagement de Bruno, et sait que celui-ci ne s'absenterait pas brutalement sans une bonne raison. Il rebrousse chemin pour aller récupérer son coupé noir garé dans le parking que l'agence partage avec d'autres sociétés. Il ne sait pas exactement à quoi s'attendre en se rendant chez elle. Il se doute qu'elle ne l'accueillera pas à bras ouverts, puisqu'il était clairement entendu, depuis le début, que leurs rencontres devaient être les plus rares et les plus discrètes possible. D'ailleurs, peut-être va-t-il trouver porte close… Ou elle sera tout bonnement sortie faire une course. Ou bien est-elle souffrante ? Après tout, il se peut qu'elle ait subi le contrecoup. Indécis, Bruno se demande tout à coup si c'est une bonne idée de se pointer ainsi à l'improviste. Et si elle refusait de lui ouvrir ? Et si son mari ouvrait la porte, que lui dirait Bruno ? Sur le point de faire demi-tour, Bruno se ravise et appuie sur l'accélérateur. Il doit cesser de tergiverser et de se torturer. Il roule sans prêter attention à ce qui se passe autour de lui et décide de se garer à deux rues de chez elle, afin de rester discret, et fait le reste du chemin à pied. Il rabat sa capuche sur sa tête, autant pour se protéger du froid que pour dissimuler son visage. Il sait que c'est un peu ridicule mais il préfère ne pas prendre le risque d'être découvert. Arrivé dans sa rue, il marque le pas, plus très sûr de ce qu'il doit faire. Il croise des enfants chaussés de rollers qui se pourchassent avec des cris de joie. Plus loin, un vieux monsieur promène son chien minuscule vêtu d'une cape rouge. Il remarque qu'aucune lumière ne brille chez elle et se dit, presque avec soulagement, qu'il n'est pas nécessaire d'aller plus loin. Mais finalement, il songe qu'elle est peut-être bien à la maison, dans le couloir par exemple, ce qui expliquerait l'absence de lumières visibles de l'extérieur. Il avance lentement et aperçoit une tache de couleur orangée sur la porte de la maison. Il doit s'agir d'un ballon qui signale aux petits invités que c'est bien là que va avoir lieu l'anniversaire de leur camarade. Mais en se rapprochant, Bruno se rend compte que la tache orangée est en réalité un ruban coloré qui semble barrer l'entrée de la maison. Interloqué, il s'immobilise. Des scellés. À n'en pas douter, ce sont des scellés qui interdisent l'accès à la maison. Que s'est-il passé ? S'agit-il d'elle ? De son mari ? De ses enfants ? D'eux tous ? Il sent son cœur battre la chamade. Il a à la fois envie de prendre ses jambes à son cou et celle de rester pour en savoir plus. Ses pieds semblent soudain de plomb et il reste pétrifié à fixer la porte interdite. Il jette un coup d'œil circulaire et voit un homme vêtu de noir venir dans sa direction avant d'obliquer vers la droite pour entrer dans le jardin d'en face. N'y tenant plus, Bruno s'approche et l'interpelle :

— Bonjour Monsieur, j'aurais voulu savoir ce qui s'est passé là, fait-il en désignant la maison dans son dos.

L'homme, âgé d'une petite cinquantaine d'années, le dévisage sans aménité. L'air circonspect, il demande :

— Vous êtes un client ?

— Oui, c'est ça, enfin non, pas vraiment, se reprend Bruno sans savoir ce qu'il vaut mieux répondre.

— Elle est morte.

— Morte !

— Oui, tuée.

— Mon Dieu, mais par qui ? s'affole soudain Bruno.

— Ah ça…

Et sans un mot supplémentaire, l'homme tourne les talons et rentre chez lui. Abasourdi, Bruno est incapable de bouger et d'avoir une pensée claire. Les idées se bousculent dans sa tête, entrecoupées d'images violentes de corps supplicié. Des sentiments mêlés l'envahissent : incompréhension, regret, peur. Oui, peur aussi, car il se demande soudain si la mort de cette femme n'a pas un lien avec ses activités clandestines. Il a tout à coup hâte de repartir et c'est presque en courant qu'il rejoint sa voiture. Une fois à l'abri, il pose sa tête sur le dossier et laisse les battements de son cœur reprendre un rythme normal.

Lorsqu'il a un peu recouvré ses esprits, il s'autorise à appeler Stéphane. Celui-ci, probablement parce qu'il a des choses à se faire pardonner, décroche dès la première sonnerie.

— Stéphane, articule Bruno d'une voix blanche, je suis passé chez elle. Elle est… morte.

Mais il reçoit le silence comme unique réponse.

*

— Tu es vraiment surpris ?

Stéphane le dévisage avec la crainte soudaine de ne pas bien comprendre.

— Qu'est-ce que tu vas imaginer ! Bruno, je te parle ! fait-il en s'approchant de son compagnon et en lui attrapant le menton pour le forcer à le regarder dans les yeux. Je n'ai pas touché un seul des cheveux de cette femme ! Tu m'entends ? Et puis d'ailleurs, pourquoi j'aurais fait une chose pareille ?

Mais Bruno, ne pouvant échapper à l'emprise de son compagnon, ferme obstinément les yeux pour ne pas être obligé de le regarder. Voyant cela, Stéphane laisse tomber sa main et prononce d'une voix blanche :

— Et puis à quoi bon de toute façon, si tu n'as pas envie de me croire…

Il se lève pesamment, avec l'espoir que Bruno le retienne, mais celui-ci n'en fait rien. Prostré, il a ouvert les yeux et fixe un point devant lui. Alors, Stéphane attrape sa veste, ses clés de voiture et se laisse happer par la nuit glaciale.

CINQUIÈME JOUR

Depuis la rencontre provoquée par Karen, Annabelle ne peut se défaire d'une sensation d'étouffement. Elle a beau se raisonner en se disant que tant d'angoisse est mauvais pour le bébé qu'elle porte en elle, elle ne parvient pas à oublier les menaces à peine voilées qu'a proférées Karen. Jusqu'où cette folle est-elle prête à aller ? se demande Annabelle en essayant d'avaler son petit-déjeuner. Et que cherche-t-elle au juste ? À se venger de Damien ? Parce qu'il l'a quittée ? Pourtant, se dit Annabelle, leur couple ne fonctionnait plus et Damien lui avait expliqué que la séparation s'était faite sans heurts. Grâce à lui d'ailleurs, puisque ce dernier avait renoncé à la garde partagée de Capucine pour être certain d'être débarrassé de Karen. Et à la connaissance de la future maman, Karen s'était réjouie de mettre fin à cette union sans lendemain, d'autant qu'elle obtenait la garde exclusive de la petite. Elle avait gagné sur tous les tableaux, alors que cherchait-elle aujourd'hui ? Pourquoi briser le couple formé par Annabelle et son ex-mari, au risque de faire souffrir la petite Capucine ? Au nom de quel sacro-saint principe du respect de la vérité ? Annabelle avale une cuillerée de müesli mélangé à du yaourt en se forçant à respirer calmement. En face, Damien ne semble pas conscient de l'état d'angoisse dans lequel sa compagne se trouve. Il mord dans ses tartines en lisant le journal déplié devant lui sur la table. De toute manière, Damien n'est pas du genre à entretenir une discussion le matin. Annabelle n'entend même pas ce que racontent les journalistes à la radio. Elle est uniquement concentrée sur ses efforts pour ne pas recracher ce qu'elle avale. Cependant, au bout d'un moment, elle comprend que rien ne pourra passer ce matin et se lève de table. Elle va ranger dans le réfrigérateur son bol de céréales intact et quitte la pièce sans que Damien interrompe sa lecture. Elle monte dans leur chambre et se laisse tomber sur le lit, provoquant ainsi une désagréable contraction dans son bas-ventre. Instinctivement, elle le caresse et soupire. Elle se sent complètement acculée, écartelée entre l'envie de tenir tête à Karen en ignorant ses menaces et celle de tout raconter à Damien, au risque de le perdre à tout jamais. La jeune femme ressent soudain l'envie de se décharger de ce poids qui lui écrase la poitrine et qui va finir par avoir des répercussions sur l'enfant qui grandit en elle. Elle décide de se confier à Vanessa. Elle est certaine que cette dernière ne la jugera pas et sera de bon conseil. Un peu ragaillardie par cette perspective, Annabelle achève de s'habiller. Elle se brosse les dents, se maquille légèrement et va embrasser Damien, toujours installé à la table du petit-déjeuner. Aussitôt arrivée au bureau, elle va frapper à la porte de Vanessa. Celle-ci est assise devant son ordinateur, une tasse de thé fumant à proximité. La longue jeune femme habillée d'une combinaison-pantalon de soie couleur prune, ne sourit pas en voyant entrer la visiteuse.

— Salut Vanessa, tu n'as pas l'air contente de me voir !

— Salut, marmonne sa collègue, excuse-moi, j'ai du boulot.

— Ah ? J'étais venue te proposer de déjeuner avec moi ce midi...

N'obtenant pas de réponse, Annabelle ferme la porte derrière elle et s'avance jusqu'au bureau de son amie. Celle-ci garde les yeux obstinément baissés sur son clavier, sourcils froncés en un effort exagéré de concentration. Annabelle pose les deux mains sur la table et élève la voix :

— Vanessa, tu peux m'expliquer ce qui ne va pas ?

— Excuse-moi, j'ai du travail.

— Pas à moi, Vanessa. Dis-moi ce qui se passe. S'il te plaît, termine-t-elle sur un ton presque suppliant.

Annabelle a vu un léger frémissement ébranler la carapace de Vanessa, mais celle-ci refuse cependant de lever la tête. D'une petite voix, Annabelle insiste :

— Je t'ai fait quelque chose ? Dis-moi quoi, parle-moi, s'il te plaît, Vanessa !

Avec un serrement au cœur, Annabelle voit son amie lever les yeux vers elle. Mais la jeune femme aurait préféré ne pas voir ce regard dur, impitoyable. Pesamment, elle se lève et quitte la pièce sans prononcer un mot de plus.

*

Le commissaire Law avale sa première d'une longue série de tasses de thé au lait. Il est vêtu comme chaque jour d'un costume sombre et d'une cravate, mais sa tenue impeccable ne parvient pas à faire oublier des traits un peu tirés. Son flegme tout britannique ne peut visiblement lutter contre une trop forte pression. Appuyé au chambranle du bureau de Perrot, il résume :

— Donc, si je comprends bien, je n'ai aucune information supplémentaire à apporter au pwocuweu ?

— Non, Patron, pas pour le moment. J'attends que Jérémy Borel veuille bien me rappeler afin qu'il me donne le code permettant de débloquer le portable de sa femme.

— Vous pensez qu'il va rappeler ?

— Je l'espère, fait Perrot en haussant les épaules. D'après madame Plassard qui l'héberge en ce moment, il serait parti emmener ses filles à l'école et devait ensuite se rendre à l'entreprise où il travaille.

— Il a repris le travail ? s'étonne le commissaire.

— Je n'en sais rien. Je suppose qu'il est juste allé voir son patron pour parler de l'avenir. Je ne pense pas qu'il soit capable en ce moment de reprendre le volant pour rouler jusqu'en Espagne.

— Ce ne serait pas très p'udent, *indeed*.

Malgré la gravité de la situation, Perrot ne peut retenir un petit sourire en entendant ces expressions anglaises que lâche régulièrement le commissaire. Lefèvre arrive au même instant, encore emmitouflé dans son anorak et ses tours d'écharpe, un gobelet de chocolat chaud à la main.

— Bonjour Patron, comment allez-vous ?

— Ça pourrait aller mieux, Hubert, soupire le commissaire.

— Holà, Patron ! un petit coup de déprime ? Faut pas se laisser aller comme ça ! lance Lefèvre en allant appuyer son derrière contre le radiateur.

La familiarité du plus jeune – dont ne semble d'ailleurs pas s'offusquer le commissaire – amuse invariablement Perrot qui, pour sa part, ne s'autoriserait jamais une telle décontraction. Mais étrangement, Lefèvre sait ne pas dépasser les limites séparant la désinvolture de l'effronterie.

— C'est seulement qu'on n'avance pas beaucoup, explique Law en vidant d'un trait son thé brûlant.

La couperose qui strie ses joues pâles s'enflamme aussitôt. Perrot fait la grimace comme s'il ressentait lui-même la brûlure, mais le commissaire semble n'avoir rien senti. Lefèvre réplique :

— Oh que si, Patron ! On devrait accéder aux données du portable de Tania Borel aujourd'hui.

— Si vous le dites, soupire Law en tournant les talons. En tout cas, tenez-moi au courant, *will you* ?

— *Of course* ! répond Lefèvre sur un ton exagérément optimiste.

Mais le commissaire trop soucieux ne relève pas la moquerie. Perrot regarde son téléphone désespérément muet, en se demandant s'il doit à nouveau essayer d'appeler. Il se tourne vers son collègue.

— Dis-moi, d'où te vient cet optimisme démesuré ? Aurais-tu fait des découvertes insoupçonnées ?

— Pas du tout, réplique calmement Lefèvre. Simplement, je pense que la méthode Coué a du bon : si je fais semblant d'être plein d'espoir, alors je reprends espoir.

— Ouais, en attendant, ce n'est pas ta méthode Coué qui fera sonner ce fichu téléphone…

Mais au même moment, comme pour faire mentir le commandant, son mobile se met à vibrer sur le bureau. Tandis que Perrot décroche, Lefèvre chuchote : « Et toc ! » avec un petit air satisfait.

— Allô ? Oui, monsieur Borel, vous pensez que vous pouvez le retrouver ?

— …

— Bien, dans ce cas, nous vous retrouvons chez vous dans une demi-heure.

Perrot raccroche, glisse le portable dans sa poche et se met debout. Il attrape son imperméable et ses clés, et fait signe à Lefèvre de le suivre. Un peu moins d'une trentaine de minutes plus tard, ils se garent devant chez les Borel dont les scellés sur la porte d'entrée commencent à s'effilocher sous l'effet des intempéries. Jérémy Borel est debout sur le perron, les mains enfoncées dans les poches de son coupe-vent. Son visage disparaît derrière le col remonté de sa veste. Il n'a pas l'air de les avoir vus arriver. Ce n'est qu'une fois que les deux hommes sont parvenus en bas du perron qu'il semble remarquer leur présence. D'une main que le froid – ou plutôt l'appréhension – rend gourde, il tourne la clé dans la serrure et pousse la porte. Il aspire une grande bouffée d'air avant de trouver le courage d'entrer. Mais il s'arrête dans l'entrée. Doucement, Perrot l'écarte afin de tourner l'interrupteur et referme la porte derrière eux. Il fait bon dans la maison inoccupée car le chauffage n'a pas été coupé. En revanche, l'odeur de décomposition à peine perceptible la fois précédente, est aujourd'hui bien plus nette.

D'autorité, Lefèvre s'approche de la table de salle à manger, attrape la soupière posée en son centre et va vider les fruits pourris dans la poubelle de la cuisine. Il revient avec un sac-poubelle fermé et, s'adressant au veuf, il explique :

— Si vous ne comptez pas revenir ici dans l'immédiat, il faudrait jeter ceci dans un conteneur.

— Un peu plus loin sur la droite, indique Borel en tendant une main vague vers l'extérieur.

Lefèvre sort jeter le sac-poubelle et revient aussitôt. Perrot est en train de demander au mari de la victime :

— Savez-vous où pourrait être gardé ce code ?

— Je suppose que Tania l'avait noté dans la chemise contenant ses relevés téléphoniques. Elle était très ordonnée, ajoute-t-il.

— Et où les rangeait-elle ?

— Dans le bureau à cylindre, dans le garage. On n'avait pas assez de place dans le salon.

Borel s'est dirigé vers la porte menant au garage. À l'intérieur, immédiatement sur la droite, se trouve une armoire métallique. Il ouvre la porte à deux battants et exhume le classeur contenant les relevés téléphoniques.

— Tenez, dit-il simplement.

Les policiers décident de ramener le classeur à l'intérieur de la maison pour l'étudier au chaud. Ils trouvent rapidement ce qu'ils cherchent et Perrot le note aussitôt sur son petit carnet rouge. Ils remercient Jérémy Borel et regagnent leur véhicule pour déverrouiller le portable hors de la présence du veuf. Ce dernier a refermé la porte de sa maison et a obliqué vers chez les Plassard. Décidément, songent les policiers, l'homme n'est pas encore prêt à réintégrer son domicile, et encore moins à reprendre le cours de sa vie. Ce sont peut-être ses filles qui, à un moment, lui demanderont de retrouver leur toit. Perrot tourne le contact afin de chauffer l'habitacle et déverrouille le téléphone. Il allume le haut-parleur et retenant leur souffle, les deux policiers écoutent les messages vocaux. « Madame Borel, bonjour, ici L'Hair du Temps, vous aviez appelé pour un rendez-vous coupe-couleur, mais on ne vous voit pas arriver. Vous avez dû oublier… À bientôt. » « Tania, c'est Aurore, juste pour te dire que ce ne sera pas libre dans les jours à venir. Je t'expliquerai… » « Madame Borel, bonjour, nous nous étonnons de votre silence, pourriez-vous rappeler, s'il vous plaît ? » « Madame Borel, bonjour, rappelez-nous, s'il vous plaît ». « Madame Borel, que devons-nous comprendre ? Merci de rappeler au plus vite ». Perrot repose le téléphone sur ses genoux et se tourne vers le passager.

— On a peut-être enfin quelque chose à se mettre sous la dent.

— Espérons. On rentre ?

— On rentre.

Perrot prend la direction du commissariat où ils seront plus tranquilles pour passer leurs coups de fil et faire d'éventuelles recherches sur Internet. Tandis que Perrot se glisse dans le flot de voitures, Lefèvre fait défiler les SMS reçus par feu Tania Borel. Apparemment, cette dernière ne vidait pas souvent sa messagerie, comme en témoigne l'abondance de textos sauvegardés. Certains sont sans importance – confirmation d'une livraison de colis, incitation à tenir un stand à la kermesse de l'école – d'autres demandent à être analysés. Au fur et à mesure, Lefèvre supprime les messages inutiles pour ne conserver finalement qu'une vingtaine de textos sibyllins. Une fois à destination, les deux collègues s'installent dans le bureau de Perrot. Ce dernier entreprend aussitôt de joindre les correspondants dont les numéros ont été enregistrés. Le premier coup de fil reste sans réponse, mais le message d'accueil indique qu'il s'agit du téléphone d'Aurore Clarant, la collègue et amie de Tania Borel. Ils ont plus de chance avec l'appel suivant. Une voix un peu rauque répond.

— Monsieur Jacq, commence Perrot, ici le SRPJ de Bordeaux, nous avons eu votre numéro grâce au téléphone de Tania Borel.

Il y a un silence au bout du fil.

— Monsieur, vous nous entendez ?

— Oui.

— Pouvez-vous nous indiquer pourquoi vous avez appelé Madame Borel à plusieurs reprises, ces derniers jours ?

— Et pourquoi le ferais-je ? demande l'interlocuteur sur un ton vif.

— C'est nous qui posons les questions, Monsieur, mais peut-être préférez-vous que nous vous les posions au commissariat ?

— Non, fait l'homme en se radoucissant, j'ai appelé madame Borel pour avoir de ses nouvelles.

— Elle était souffrante ?

— Oui, enfin, non, je ne sais pas. Elle ne répondait pas au téléphone, c'est tout.

— Vous étiez amis ?

— Non.

— Pour quelle raison l'appeliez-vous alors ?
— Pour... pour affaire.
— De quelle nature ?
— C'est... privé.
— Monsieur Jacq, vous allez devoir vous montrer plus coopératif. Habitez-vous à Bordeaux ?
— Oui.
— Bien. À quelle adresse ?
— Rue du Moulin, au 6.
— Bon, êtes-vous à votre domicile en ce moment ?
— Non, je suis au travail.
— Nous allons vous demander de nous rejoindre au commissariat au plus vite. Sinon, nous venons vous parler sur votre lieu de travail.
— Non, s'empresse de répondre l'homme, je préfère me déplacer.
— Dans ces cas-là, nous vous attendons.

Perrot raccroche et s'adosse au dossier de son fauteuil.

— Il n'y a plus qu'à l'attendre. Entre-temps, essayons de retrouver l'identité des expéditeurs de SMS. Regardons sur les pages blanches pour commencer.

Mais cette recherche s'avère infructueuse et les deux policiers doivent se tourner vers les services de téléphonie des différents opérateurs se partageant le marché. Tandis qu'ils notent les noms et adresses des différents abonnés téléphoniques que leur communiquent les opérateurs, le standard du commissariat leur annonce l'arrivée d'un certain Monsieur Jacq. L'homme qui franchit la porte est de taille moyenne et très mince. Sous sa tignasse châtain brillent deux yeux verts. Il est simplement vêtu d'un pantalon de grosse toile beige et d'un pull-over marron. Perrot l'invite à s'asseoir. Lefèvre va se percher sur le radiateur.

— Monsieur, veuillez décliner votre identité complète et vos coordonnées, s'il vous plaît.

— Bruno Jacq, né le 28 décembre 1976 à Paris 16ᵉ, domicilié au 6 rue du Moulin à Bordeaux.

— Bien, pouvez-vous nous préciser vos relations avec madame Tania Borel ?

— C'était une simple connaissance…

— Que vous harceliez de coups de fil ! intervient Lefèvre de son promontoire.

— Je ne la harcelais pas, se défend l'homme d'une voix rauque.

— Ah ? Vous appelez ça comment, vous ?

— J'attendais qu'elle me rappelle, comme elle l'avait promis, c'est tout.

— À quel sujet ?

L'homme hésite, se mord la lèvre. Perrot repose sa question. Bruno Jacq réplique sourdement :

— Je préfère ne pas en parler…

Devançant Lefèvre qu'il sent prêt à exploser, Perrot reformule sa question :

— Savez-vous pourquoi nous sommes remontés jusqu'à vous ?

— Le portable de Tania Borel…

— Et pourquoi cherchons-nous à connaître les relations de madame Borel ?

— Parce qu'elle est morte, souffle l'homme en se voûtant.

— Et parce que vous savez ce qui lui est arrivé, intervient Lefèvre en se jetant sur ses pieds.

— Mais pas du tout ! Jusqu'à hier, j'ignorais ce qui lui était arrivé…

— Vous ne lisez pas la presse ?

— Si, *Le Monde*, pas le quotidien régional.

— Comment avez-vous appris son décès, alors ? demande Perrot.

Bruno Jacq hésite à nouveau et regarde ses mains posées à plat sur ses cuisses.

— Monsieur Jacq, je répète ma question : comment avez-vous appris le décès de Tania Borel ?

— Je suis passé chez elle, hier.

— Vous ignoriez en y allant qu'elle était décédée ? s'étonne Perrot.

— Ben oui, sinon je ne me serais pas déplacé…

Perrot se tait, vaincu par l'argument. C'est vrai que les coups de téléphone à la victime ont été passés avant mais aussi après le meurtre de Tania Borel. Ceci étant, ce ne serait pas la première fois qu'un meurtrier agirait ainsi pour se dédouaner. Perrot regarde l'homme dont le visage pâle demeure figé. Il reprend la parole :

— Tania Borel n'était pas une amie, n'est-ce pas ?

— Non.

— J'ai cru comprendre qu'elle n'était pas non plus votre maîtresse, puisque vous la vouvoyiez dans vos messages.

Au terme de maîtresse, l'homme a frémi et Perrot croit même avoir décelé une esquisse de sourire.

— Dans ce cas, quelles étaient vos relations ?

— Je suis certain que nos… échanges n'ont rien à voir avec son décès.

— Si vous le permettez, rétorque Lefèvre d'une voix acerbe, c'est à nous d'en juger ! Vous allez donc nous éclairer maintenant : quel genre d'affaire vous liait à la victime ?

— Elle nous... rendait service...

— Nous ?

— Elle me rendait service, je veux dire...

— Mettez-vous d'accord ! C'est « nous » ou « me », à la fin ? s'emporte Lefèvre qui est allé se repercher sur son radiateur.

— C'était entre elle et moi, répond évasivement Bruno Jacq en fixant un point sur le mur derrière Perrot.

— Vous aviez des rapports commerciaux avec elle ?

— Si on veut...

— Mais encore ?

— Il faut vraiment que je réponde ? souffle l'homme en se voûtant davantage.

— C'est dans votre intérêt, l'encourage Perrot.

— Mais si je vous dis que ça n'a rien à voir avec son décès, tente le témoin d'une voix à peine audible.

Un bruit leur fait tourner brutalement la tête. C'est Lefèvre qui vient de sauter à bas de son perchoir et a frappé du poing sur le mur.

— Écoutez, Jacq, on va pas y aller par quatre chemins : soit vous nous expliquez ce qui vous liait à Tania Borel, soit on vous fait coffrer pour obstruction à la justice !

Le visage de l'homme devient dangereusement blême. Perrot lui tend un verre d'eau à travers le bureau. Le témoin le prend et le serre fort entre ses doigts, faisant saillir ses phalanges blanches.

— Buvez, lui intime Perrot.

Il s'exécute et vide le verre avant de le reposer délicatement.

— Merci, murmure-t-il dans un souffle.

— Tania Borel, reprend Perrot, a été assassinée à

son domicile, lundi 25 janvier.

À ses mots, l'homme frémit et croise ses mains pour les empêcher de trembler. Il regarde le policier dans les yeux, sans ciller. Puis, retrouvant un semblant d'aplomb, il devance la question :

— Et vous voulez savoir où je me trouvais à ce moment-là…

— Exactement.

— Eh bien, au travail.

— Quelqu'un pour en témoigner ?

— Mes collègues. Vous voulez leurs numéros ?

— S'il vous plaît.

Perrot dévisage le témoin en train de chercher dans son répertoire téléphonique les coordonnées de ses collègues. L'homme semble soudain moins abattu, comme s'il savait qu'il n'avait rien à craindre de ce côté-là. Lefèvre l'interrompt :

— Vous devez pointer au travail ?

— Non, fait le témoin en haussant les épaules avec un soupçon de mépris, je ne suis pas à l'usine. Nous gérons nos emplois du temps à notre guise…

Mais il s'interrompt et se mord la lèvre. Il se rend compte que cette explication est en train de le desservir. Il se reprend :

— Mais bien évidemment, nous avons des horaires réguliers : neuf heures/dix-huit heures en général.

— Quelqu'un contrôle vos allées et venues ? insiste Lefèvre.

— Non, nous sommes quatre associés dans la même entreprise, il n'y a pas vraiment de patron.

— Donc, si je vous comprends bien, vous pouvez quitter le bureau à tout moment, sans que personne n'y trouve rien à redire.

— En théorie, oui, sauf que l'on a l'habitude de se prévenir mutuellement de nos déplacements. C'est même obligatoire car nous travaillons tous sur le même projet, au même moment.

— Donc ce jour-là ?

— Je suis resté au bureau. De toute manière, c'est exceptionnel que l'on s'absente dans l'après-midi. Il peut arriver qu'on arrive plus tard le matin et qu'on reste plus tard le soir pour compenser, mais l'après-midi, on ne quitte le bureau que si, par exemple, on doit aller voir un client.

— Mais madame Borel, rebondit immédiatement Lefèvre, était bien une sorte de cliente, non ?

— Pas exactement.

— Bien, monsieur Jacq, fait Perrot en se levant, nous allons vous laisser repartir. Nous allons vérifier votre alibi et vous demanderons de rester à la disposition de la justice dans les jours à venir.

L'homme s'empresse de se lever à son tour et, sans demander son reste, se précipite dans le couloir. Lefèvre vient s'asseoir devant son collègue.

— Il est coriace, le bonhomme ! On ne dirait pas, à le voir tout chétif comme ça. Tu crois qu'on a bien fait de le laisser repartir ?

— On n'a rien contre lui, soupire Perrot et on ne va pas mettre en garde à vue toutes les personnes qui ont tenté de joindre Tania Borel sur son portable. Et puis, à première vue, il ignorait la mort de la victime jusqu'à hier.

— C'est ce qu'il dit !

— Admettons. En attendant, il faut qu'on vérifie ses dires, réplique Perrot en composant l'un des numéros laissés par le témoin.

Quelqu'un décroche aussitôt, une voix d'homme agréable.

— Jean-Louis Perrot du SRPJ de Bordeaux, je voudrais savoir si votre collègue Bruno Jacq s'est absenté de son lieu de travail le 25 dans l'après-midi.

— Je n'en sais rien. Pourquoi cette question ?

— Faites un petit effort, Monsieur…

— Dumas. Je suis l'associé de Bruno.

— Monsieur Dumas, vous n'avez aucun moyen de vérifier la présence de votre collègue ? Vous n'êtes pourtant que quatre, n'est-ce pas ?

— C'est exact. Attendez que je vérifie sur mon agenda. Le 25, vous dites ? Non, à mon avis, Bruno n'a pas quitté le bureau en milieu de journée car nous étions en train de boucler une maquette sur laquelle nous avions déjà pris du retard. De toute manière, nous ne quittons jamais le bureau en plein après-midi…

Perrot croit avoir décelé une petite hésitation dans la voix de son interlocuteur.

— Jamais ? Vous en êtes sûr ? Même pas hier ?

— Non, même pas hier, répond catégoriquement l'homme.

— Bien, Tania Borel, ça vous dit quelque chose ?

— Non, ça devrait ?

— Simple question. Ce sera tout, merci monsieur Dumas.

— À votre service.

Perrot met fin à la conversation et consulte son collègue du regard.

— L'un des deux ment.

— Appelle un des deux autres associés, on verra bien.

Perrot tape les huit chiffres et attend que l'on décroche. Au bout de trois sonneries, un homme à la voix juvénile se présente :

— Lucas, j'écoute.

— Jean-Louis Perrot, SRPJ de Bordeaux. Pouvez-vous m'indiquer si votre associé Bruno Jacq s'est absenté le 25 dans l'après-midi.

— Ça ne risquait pas, on terminait un projet super-urgent. On était à la bourre et le client menaçait d'aller voir ailleurs.

— Bien, et hier, serait-il sorti ?

— Ah hier, oui. Bruno est sorti faire un tour quelques minutes et finalement, il a rappelé pour dire qu'il ne reviendrait pas avant la fermeture.

— Il vous a expliqué pourquoi ?

— Non.

— Ça lui arrivait souvent ?

L'interlocuteur réfléchit quelques secondes avant de répondre :

— En fait, non. Je crois bien que c'était la première fois. J'ai pensé qu'il était souffrant et qu'il était rentré chez lui.

— Vos collègues n'ont pas été surpris ?

— On n'en a pas parlé entre nous, à vrai dire. Je leur ai juste dit que Bruno était rentré chez lui puisque c'est ce que j'avais compris. Mais vous voulez que je demande à Marc, notre collègue ? Il est près de moi. Tenez, je vous le passe.

Une voix plus mûre décline son identité. Perrot lui repose les mêmes questions et l'homme confirme les dires de son prédécesseur. Perrot remercie les deux hommes et raccroche. Il s'appuie au dossier de son fauteuil tandis que son ventre se met à gargouiller furieusement. Lefèvre lui jette son imperméable et lance :

— Allez, viens, on réfléchit mieux, le ventre plein !

*

Comme Vanessa a décliné son invitation à déjeuner, Annabelle a décidé de prendre son repas dans son bureau. Elle est allée s'acheter une salade à la supérette du coin de la rue ; l'enveloppe de cellophane est toujours en place sur la boîte en carton posée devant elle. Les mains sur le ventre, elle ferme les yeux et essaie d'analyser la situation. Elle sent que son mensonge est sur le point de lui exploser à la figure. Si elle ne prend pas elle-même les devants, c'est Karen qui s'en chargera et Dieu seul sait de quoi elle est capable. La jeune femme repousse la salade, l'appétit complètement coupé. Résolue à ne pas se laisser faire, Annabelle se lève, enfile son manteau et attrape son sac à main. Comme c'est la pause-déjeuner, elle ne se sent pas obligée de préciser qu'elle ne sait pas pour combien de temps elle en a à l'extérieur. De toute manière, elle est au-delà de ces considérations. Et si elle devait justifier après coup d'une absence prolongée, elle pourrait facilement avancer qu'elle a eu un petit malaise lié à sa grossesse. Elle pourrait même aller voir son médecin a posteriori afin qu'il lui fasse un certificat. Sa chef n'y trouverait rien à redire car Annabelle n'est pas du genre à se faire porter pâle à tout bout de champ. À quand donc remonte son dernier congé maladie ? Elle serait incapable de le dire. En outre, même pendant les deux premiers mois de sa grossesse, alors qu'elle souffrait de terribles nausées matinales, elle s'est traînée au travail, chaque jour sans exception. Elle accélère le pas dans le couloir et ne peut s'empêcher de jeter un œil à travers la vitre du bureau de Vanessa. Mais cette dernière n'est pas en vue. Annabelle se sent presque soulagée de ne pas avoir à croiser son regard. La réaction de son amie, ce matin, l'a profondément blessée. Pourquoi celle-ci a-t-elle refusé de lui expliquer ce qu'elle lui reprochait ? La jeune femme enceinte est pourtant bien certaine de ne lui avoir nui en aucune façon. Elle a beaucoup de tendresse pour cette grande fille insolente qui cache sous ses coups de gueule un cœur d'or. Éternelle célibataire, elle est l'amie que toutes rêveraient d'avoir mais qu'aucun homme jamais ne garde. Annabelle est saisie par le froid en sortant du bâtiment. Prenant garde à ne pas glisser sur l'asphalte détrempé, la jeune femme hâte le pas en serrant contre elle les pans de son manteau. Bientôt, celui-ci ne fermera plus et elle devra investir dans un manteau de grossesse. Ou peut-être emprunter une veste à Damien plutôt que dépenser de l'argent dans une parka qui ne servira que trois mois tout au plus. Cette image la renvoie à ses préoccupations présentes et à la décision qu'elle vient de prendre. Elle va aller trouver Damien sur son lieu de travail à Mérignac, lui demander de sortir faire quelques pas avec elle et tout lui dire. « Il va être effondré, ou fou de rage, ou les deux à la fois », se dit la jeune femme qui sent l'angoisse lui tordre le ventre, mais tout, plutôt que laisser cette folle révéler la supercherie ! Elle est arrivée à sa voiture. Elle se glisse à l'intérieur en veillant à ne pas cogner son ventre contre le volant et tourne la clé de contact. Elle roule comme dans un rêve, en pilote automatique. Un coup d'avertisseur énervé la prévient, à un moment, qu'elle a fait une embardée sur la chaussée. Elle redresse son volant et tente de se concentrer sur sa route. L'averse qui tombe sans discontinuer ne lui facilite pas la tâche. Enfin, la nuque raide de s'être penchée de longues minutes vers le pare-brise pour percer le rideau de pluie, Annabelle touche au but. Elle ne trouve pas de place à proximité immédiate et doit se garer à deux rues du lieu de travail de son compagnon. Elle attend d'être plus calme avant de descendre de voiture. L'ondée marque une pause, remplacée par un léger brouillard. Elle se répète les mots qu'elle va lui dire, la main qu'elle tendra pour lui toucher l'épaule. Mais elle a soudain l'impression qu'elle ne va pas y arriver. Elle ne parvient pas à se lever de son siège. Finalement, elle trouve le courage de s'extraire de son fauteuil et d'ouvrir la porte. Elle enfile son manteau, prend son sac et s'éloigne en direction du bureau où travaille Damien. Elle s'engage dans la première rue vidée de ses passants par le déluge. Mais tandis qu'elle avance au ralenti, elle croit entendre un murmure étouffé. Indécise, elle fronce les sourcils et s'arrête. Plus rien. Son imagination lui joue sûrement des tours, elle est tellement à fleur de peau en ce moment… Elle avance toujours, un pas devant l'autre, la démarche aussi raide que celle d'un automate. Mais elle entend à nouveau ce bruit et, cette fois, elle est sûre qu'il est réel. Elle regarde à droite en direction du murmure. Une ruelle étroite part de l'endroit où elle se tient, à moitié bouchée par trois conteneurs reposés à la va-vite par les éboueurs. Annabelle hésite, partagée entre l'envie de venir en aide à la personne qui est en train de souffrir, là quelque part dans un renfoncement de la venelle, et celle de s'enfuir au plus vite. Mais le bruit se fait à nouveau entendre, et Annabelle, serrant ses bras contre son ventre, décide d'aller jeter un œil. Elle a tout de même sorti son mobile et précomposé le numéro de la police. Au moindre doute, elle validera son appel. Lentement, elle s'aventure jusqu'à apercevoir une forme recroquevillée dans un recoin du mur. Il pourrait s'agir d'un SDF tellement ivre qu'il est allé se terrer là comme une bête. Mais peut-être est-ce parce qu'elle porte en elle une promesse de vie, que la jeune femme ne craint plus de s'approcher. Elle s'agenouille maladroitement auprès de la forme. Mais l'individu ne fait plus de bruit. Et quand Annabelle se penche davantage, elle comprend que la femme a rendu l'âme.

Tétanisée, elle parvient cependant à appuyer sur la touche de son téléphone. Au policier qui lui répond, elle explique d'une voix altérée la situation. Il lui demande de ne pas bouger et d'attendre là les secours. Alors elle se laisse tomber auprès de la personne et laisse libre cours au torrent de larmes qui se met à la secouer.

*

Perrot est en train de terminer son rôti de porc - pommes de terre - salade verte quand son téléphone se met à vibrer sur la table. Avec un soupir d'agacement, il décroche puis repose rapidement son mobile.

— Une mort suspecte à Mérignac. Personne n'est joignable, il faut qu'on aille faire les constat's.

— Ça peut attendre une minute, non ? demande Lefèvre sur un ton suppliant en montrant la part de tarte aux poires qu'on vient de déposer devant lui.

— Tu expliqueras ça à Law…

— C'est bon, j'ai compris, se rend Lefèvre en enveloppant délicatement sa part dans une serviette en papier.

Les deux collègues paient l'addition et récupèrent leur voiture de service. Ils se dirigent immédiatement vers le lieu où le corps d'une femme sans vie a été retrouvé. Lorsqu'ils arrivent à destination, un cordon de sécurité a déjà été déployé. Dans l'estafette de police, on voit une femme assise, les avant-bras posés sur les genoux. Debout à la portière, une femme gardien de la paix lui parle. Perrot avise un planton en train d'assurer la protection du périmètre de sécurité. Il lui demande :

— De quoi s'agit-il ?

— La femme qui se trouve dans la voiture a découvert le corps d'une femme, là dans la ruelle.

Perrot remercie et s'approche du corps sans vie, accompagné de Lefèvre. Un médecin est déjà sur place, agenouillé à même le sol humide. En voyant les deux policiers, il remue la tête.

— Elle est morte depuis peu de temps, une heure tout au plus. Sans doute moins. D'ailleurs, la femme qui l'a découverte dit qu'elle l'a entendue gémir avant de la trouver.

— À quoi a-t-elle succombé ? s'enquiert Perrot en se penchant vers la dépouille.

— Un coup derrière la tête, mais l'autopsie le dira.

— Merci Docteur, fait Perrot en se redressant pour rejoindre la voiture de police qui garde le périmètre.

Il se présente à la femme gardien de la paix qui se tient à la portière et lui demande de s'écarter. Puis il s'adresse à la jeune femme assise à l'intérieur.

— Bonjour Madame, c'est vous qui avez découvert la victime ?

Annabelle opine misérablement.

— J'ai entendu un gémissement, alors je me suis approchée. Mais quand je suis arrivée, elle ne respirait déjà plus…

Un hoquet l'interrompt et elle porte un mouchoir à sa bouche. Perrot n'a que le temps de se pousser pour la laisser passer. La jeune femme se penche près de la voiture et laisse échapper un filet de bile. Elle se redresse lentement, la main sur l'abdomen. Perrot lui prend le coude et la ramène dans la voiture.

— Vous avez besoin qu'on vous conduise à l'hôpital ?

Elle secoue mollement la tête de droite à gauche et murmure :

— Non, ce ne sera pas la peine. C'est juste que je n'ai rien mangé ce midi.

— Hubert, lance Perrot en se retournant, tu aurais quelque chose à manger ?

Lefèvre glisse la main dans la poche de son anorak et tend une barre chocolatée à la jeune femme. Elle remercie d'un signe de tête et commence à mâcher. Les couleurs lui remontent peu à peu aux joues. L'épaule toujours appuyée à la carrosserie, Perrot reprend :

— Vous habitez le quartier ?

— Non.

— Qu'est-ce qui vous a amené ici ?

— Je venais voir mon mari qui travaille chez Green Dream à côté.

— Et vous avez entendu un bruit…

— C'est ça. Au début, j'ai cru que c'était mon imagination qui me jouait des tours mais j'ai vite compris qu'il y avait bien quelqu'un. Et là, j'ai trouvé Karen…

Perrot manque s'étrangler :

— Parce que vous savez qui est cette femme ?

— Oui, je la connais. Un peu.

— Elle habite ici ?

— Non.

— Elle travaille avec votre mari peut-être ? fait Perrot en montrant la direction de l'entreprise Green Dream.

— Non…

— Vous alliez ajouter quelque chose…

— Karen est l'ex-femme de Damien, mon mari.

— Ah !

Le commandant se redresse pour enregistrer ces nouvelles informations. Il en avise Lefèvre, occupé à superviser le transport du corps dans l'ambulance qui vient d'arriver. Puis les deux hommes autorisent Annabelle à partir, après lui avoir demandé ses coordonnées et celles de son mari.

— On aurait peut-être dû lui demander de nous suivre au poste, non ? s'inquiète Lefèvre.

— Dans son état, je pense qu'il vaut mieux qu'elle rentre chez elle. On l'entendra là-bas, au besoin.

— Parce que c'est nous qui prenons cette affaire, en plus ! s'affole le plus jeune avec un énorme soupir.

— Absolument pas, on va laisser les collègues s'en charger. On a suffisamment de pain sur la planche avec l'affaire Borel. Ceci dit, tant qu'à être sur place, autant aller faire un tour à l'entreprise de l'ex-mari.

— Si tu y tiens…

Ils font le reste du chemin à pied, sous la pluie qui se remet à tomber. Green Dream est une PME qu'un Irlandais expatrié en France a créée il y a une quinzaine d'années. L'homme s'était rendu compte à son arrivée en France dans le cadre d'un programme universitaire, que les Français aimaient l'Irlande, mais ne la connaissaient pas vraiment. Il y avait bien quelques pubs dans les grandes villes françaises et on fêtait même depuis peu la Saint-Patrick, mais dans l'ensemble, la culture irlandaise était peu représentée. L'homme avait donc monté une entreprise dont la vocation était de promouvoir son pays sur sa terre d'accueil. Il avait commencé par organiser l'import de produits traditionnels – gastronomie et vêtements typiques – puis il avait développé une agence de voyages vendant exclusivement des séjours en Irlande. Damien était rentré au service import douze ans auparavant et était aujourd'hui directeur adjoint du service import. Perrot et Lefèvre s'arrêtent devant un grand bâtiment moderne entouré d'une pelouse synthétique avec laquelle le gazon irlandais ne pourrait rivaliser. Quelques statues de petits moutons bien blancs ponctuent tout ce vert. L'endroit est bucolique au possible, presque une image d'Épinal. La porte d'entrée est vitrée et laisse voir à l'intérieur du hall, un îlot en arc de cercle derrière lequel officie un homme entre deux âges. Perrot montre sa carte à la caméra avant que le gardien leur accorde le droit d'entrer. À leur demande, le réceptionniste fait appeler Damien Gandeau. Celui-ci apparaît rapidement, venant du couloir qui s'ouvre dans le prolongement du bureau de l'accueil. L'inquiétude se lit sur le visage de l'homme au teint mat et aux yeux marron, qui leur tend la main. Il les invite à le suivre dans son bureau. Les policiers lui emboîtent le pas, guidés par le sillage boisé et citronné qu'il laisse derrière lui. Damien Gandeau les invite à s'asseoir et s'installe dans son fauteuil. Sur son bureau sourit une petite fille aussi blonde et pâle que son papa est brun.

— Ainsi donc, vous êtes de la police. Que puis-je faire pour vous ?

— Votre épouse, Annabelle Gandeau, précise Perrot en consultant son petit carnet rouge, a appelé nos collègues il y a un peu moins d'une heure…

— Mon Dieu ! Que lui est-il arrivé ? Elle va bien ?

— Oui, rassurez-vous, elle va bien. Elle est rentrée se reposer chez elle. En fait, elle a téléphoné pour signaler la présence d'une femme décédée à deux rues d'ici…

— Vous devez faire erreur, Annabelle ne vient jamais par ici, et surtout pas en ce moment car elle est enceinte et limite ses déplacements au maximum.

— Il s'agit pourtant bien d'elle. Elle venait vous voir lorsqu'elle a entendu quelqu'un gémir. Lorsqu'elle a trouvé la victime, celle-ci ne respirait déjà plus.

Damien Gandeau secoue la tête avec incompréhension.

— Vous dites qu'Annabelle passait par là et a trouvé une femme décédée ! Permettez-moi d'avoir du mal à vous croire.

— C'est pourtant la vérité, réplique calmement Perrot sans divulguer encore l'identité de la femme retrouvée sans vie. Vous êtes sûr que vous n'aviez pas rendez-vous avec votre femme ce midi ?

— Évidemment ! Annabelle ne vient jamais jusqu'ici. Pourquoi le ferait-elle ? Le quartier est sans intérêt pour quelqu'un qui aurait envie de faire une promenade ou de faire les boutiques. Nous ne vendons pas aux particuliers, si bien que seuls les grossistes ou les commerciaux nous rendent visite.

— Pourtant, elle nous a dit qu'elle venait pour discuter avec vous.

— Ah ? Après tout, pourquoi pas ? Mais vous dites qu'elle est tombée par hasard sur une femme à l'agonie. Mon Dieu ! Quel choc ça a dû être pour elle ! Surtout dans son état. Vous êtes sûr qu'elle va bien ? répète l'homme avec inquiétude.

— Oui, pour autant que l'on ait pu en juger. En revanche, ajoute Perrot en fronçant les sourcils, votre épouse prétend qu'elle connaissait la victime. Il s'agirait de Karen, votre ex-femme.

L'homme ouvre une bouche stupéfaite et laisse son dos retomber lourdement sur le dossier de son siège. Avec tristesse, il tourne le regard vers la photographie posée sur son bureau. Puis il pivote lentement la tête vers les deux policiers.

— Je n'y comprends rien… rien du tout… Et de quoi est morte Karen ?

— Il semblerait qu'elle ait succombé à un coup derrière la tête. Aviez-vous rendez-vous avec votre ex-femme aujourd'hui ?

— Non, fait l'homme en hochant la tête.

— Vous avouerez tout de même que cela fait beaucoup de coïncidences…

— Qu'est-ce que vous voulez que je vous réponde ? se défend mollement Damien Gandeau. Je suis le premier surpris de tout ça. J'ignorais qu'Annabelle comptait passer me voir et qu'apparemment, Karen avait le même projet.

— C'est troublant, en effet, concède Lefèvre avec ironie. En attendant l'ouverture de l'enquête préliminaire, nous allons vous demander de ne pas vous éloigner de Bordeaux dans les jours à venir et de vous tenir à la disposition de la justice. Nous ou nos collègues devrons vous entendre sitôt que le corps de Karen Dinio aura été autopsié.

— Entendu, fait Damien en opinant docilement.

Lorsque les deux policiers quittent son bureau, il n'a pas bougé d'un centimètre. Prostré, il a les yeux rivés sur son sous-main. Il reste ainsi de longues minutes avant de prendre son portable.

— Allô, Annabelle ? Ça va ? Comment tu te sens ? Tu as réussi à rentrer seule ?

— Oui, répond la jeune femme en éclatant en sanglots. Quelle horreur, si tu savais ! J'ai trouvé Karen morte dans une ruelle. Je… J'ai… entendu un bruit… J'ai pensé que je rêvais… ou qu'un animal errant traînait là… J'avais peur… mais je ne sais pas pourquoi, je me suis dit qu'il y avait peut-être quelqu'un qui avait besoin d'aide… alors j'y suis allée et là… j'ai vu une forme recroquevillée dans un recoin du mur… Et c'était… c'était Karen…

— Je sais, chérie, je suis désolé, la police sort à l'instant de mon bureau.

— La police ! s'alarme aussitôt la jeune femme. Mais pourquoi ?

— Ne t'inquiète pas, c'est simplement parce que tu leur as dit que je travaillais ici.

— Mais je ne comprends pas, Damien. Que faisait Karen à cet endroit ?

— Et toi, chérie, répond doucement Damien, que faisais-tu là ?

Un silence prolongé lui répond. D'une voix sourde, elle réplique :

— Je ne suis pas sûre de bien comprendre ta question, Damien…

Comprenant qu'elle a mal interprété ses propos, il se reprend :

— Non, chérie, ne me fais pas dire ce que je n'ai pas dit, je m'interrogeais simplement sur ta présence à cet endroit. Tu étais venue pour me voir ?

— Oui.

— C'était une bonne surprise, pourquoi tu ne me l'as pas dit ? J'aurais réservé une table chez Peppone.

— Pour trois ? riposte Annabelle d'un ton sec.

— Non, pour deux. Pourquoi dis-tu ça ?

— Et Karen ?

— Quoi, et Karen ?

— Ne me dis pas que tu n'avais pas rendez-vous avec elle !

— Eh bien si, je te le dis car c'est la vérité. Je ne sais pas ce qu'elle faisait dans le coin.

— Bon, termine Annabelle d'une voix éteinte, j'ai besoin d'aller m'allonger.

— Tu vas bien ? Tu en es certaine ? Tu ne veux pas faire venir le médecin ?

— Non, j'ai juste besoin de m'allonger.

Damien raccroche et regarde son téléphone muet. Karen est morte. Morte ! Que va-t-il se passer à présent ?

*

La nuit est déjà tombée et l'immense rectangle du commissariat illuminé fait penser à quelque paquebot perdu au milieu de l'océan. Lefèvre est assis contre le radiateur et serre un gobelet de chocolat fumant entre ses mains. Perrot est allé rendre compte des dernières avancées de l'enquête à Law qui a expressément demandé, le matin même, d'être tenu au courant du moindre événement. Le commissaire a la difficile tâche de faire l'interface entre le procureur impatient et la presse curieuse. De retour dans son bureau, Perrot se sert un thé au citron.

— En résumé, commence-t-il, Bruno Jacq ne se serait pas absenté du bureau, le jour de la mort de Tania Borel, et aurait appris sa mort hier en se rendant chez elle.

— Pour faire quoi, on se demande…

— Toujours selon lui, parce qu'elle ne répondait pas au téléphone.

— Et l'on ne sait toujours pas la nature de leurs rapports. Il a parlé d'affaires, mais ça reste vague. Il va falloir le cuisiner…

— Oui. Et on en a une autre à entendre également.

— Aurore Clarant, l'ouvrière de chez Tous Tissus.

— Exactement. Elle aussi a essayé de joindre Tania Borel peu de temps avant sa mort. Elle disait, fait Perrot en relisant ses notes dans son petit carnet rouge : « *Ce ne sera pas libre dans les jours à venir.* » De quoi peut-il s'agir ?

— À elle de nous le dire.

Lefèvre compose aussitôt le numéro de la jeune ouvrière et la convoque à huit heures au poste le lendemain matin. Les deux collègues décident de rentrer prendre quelques heures de repos.

SIXIÈME JOUR

Le lendemain à l'heure dite, Aurore Clarant se présente. Elle paraît encore plus maigre et pâle que la fois où ils lui ont parlé dans la salle de repos de l'entreprise. Contrairement à sa collègue plus âgée, également en pause à ce moment-là, elle avait pris la défense de Tania Borel. Elle s'était offensée lorsque l'autre femme, la représentante syndicale de l'entreprise, avait expliqué le licenciement de Tania Borel par le fait que celle-ci avait volé dans la caisse. La jeune femme s'assoit et serre son sac à main en simili-cuir contre elle. Sur son manteau noir sont accrochés quelques cheveux et fibres blanches. Sa queue-de-cheval met en valeur la finesse de ses traits mais également la profondeur de ses cernes. Ses mains sont un peu violacées. Perrot commence :

— Mademoiselle Clarant, vous avez laissé un message à Tania Borel deux jours avant son décès, qui disait, je vous cite : « Ce ne sera pas libre dans les jours à venir. » Pouvez-vous nous en dire plus ?

La jeune femme serre davantage son sac à main et se met à se mordre la lèvre. Perrot répète sa question. Elle consent à répondre :

— Je… je lui prêtais une petite maison dont j'ai hérité de mon père, à la campagne. C'est elle qui m'avait fait rentrer chez Tous Tissus. Je lui devais bien ça.

— C'est donc là qu'elle passait ses journées depuis son licenciement ?

Elle hoche silencieusement la tête. Puis elle demande d'une voix inquiète :

— C'est grave ? Je veux dire, de lui avoir prêté cette maison. Parce que je ne voudrais pas que mon frère sache que quelqu'un l'utilise. Elle nous appartient à tous les deux et, même s'il n'y va jamais parce qu'elle aurait besoin d'être retapée, il serait capable de me faire des histoires.

— Il n'y a pas de raison qu'il l'apprenne, la rassure Perrot. À moins que vous nous cachiez autre chose…

— Non ! Rien du tout !

— Bien, revenons à cette maison. Située à quelle adresse ?

— À Langoiran, rue de l'Église.

— Tania Borel s'y cachait depuis plusieurs semaines, c'est cela ?

— Oui.

— Vous lui disiez dans votre message que ce ne serait pas libre dans les jours à venir, pourquoi cela ?

— Parce que mon frère avait décidé de faire quelques travaux de rénovation. Il n'a jamais occupé la maison mais depuis qu'il est marié, il dit qu'il aimerait y passer des vacances.

— Ces travaux ont-ils commencé ?

— Non, pas encore.

— Êtes-vous, vous ou votre frère, retourné là-bas depuis la mort de Tania Borel ?

— Non. Je n'y ai même pas pensé. Pourtant, elle a dû laisser quelques affaires là-bas…

— Probablement, oui, c'est pourquoi nous vous demanderons de ne pas y retourner.

— D'accord. Tenez, si vous voulez la clé, ajoute-t-elle en fouillant dans son sac. Tania avait le double.

— Merci Mademoiselle. Autre chose : avez-vous une idée des occupations de madame Borel pendant ses longues journées de congé forcé ?

— Non.

— Pourtant, vous nous aviez dit la première fois que l'on vous a rencontrée, que Tania Borel allait mieux et qu'elle avait trouvé un travail mais que, « par superstition », avez-vous dit, elle préférait ne pas en dire plus.

— C'est vrai, elle m'avait dit ça.

— Et depuis, vous n'avez pas tiré ça au clair ?

— Non, répond la jeune femme en haussant les épaules. Je ne l'ai pas revue entre-temps.

Lefèvre qui était resté collé au radiateur vient se poster devant Aurore Clarant et demande :

— Tania Borel se livrait-elle à la prostitution ?

La jeune femme déglutit bruyamment et se récrie :

— Non, bien sûr que non !

— Comment pouvez-vous en être si sûre ?

Elle laisse tomber ses épaules et murmure :

— Je n'en sais rien.

— Bien, nous allons vous laisser repartir. Encore merci Mademoiselle.

La jeune ouvrière se lève, salue d'un signe de tête

et sort en rentrant les épaules. Perrot se tourne vers son collègue.

— Qu'est-ce qui t'a pris avec cette histoire de prostitution ?

— Simple coup de bluff. Ceci dit, je pense que ce n'est pas une hypothèse à écarter.

— Ouais, pourquoi pas… Ça te dit un petit tour à Langoiran ? demande Perrot en agitant la clé que lui a confiée la jeune employée.

— Allons voir cette bicoque de plus près…

*

— J'étais convoqué au commissariat, ce matin.

Stéphane qui était occupé à préparer une salade, se retourne, une cuillère en bois à main.

— Qu'est-ce que tu racontes ?

— Ils ont trouvé la trace de mes coups de fil sur le portable de Tania.

— Merde ! Ils t'ont posé des questions ?

— Évidemment.

— Quel genre ?

— Quelles étaient mes relations avec elle.

— Tu leur as dit ?

— Non. Et je n'ai pas non plus parlé de toi.

— Merci. Mais pourquoi ?

— Pour te protéger, je suppose…

— Pardon ? fait Stéphane en reposant brutalement sa cuillère. Je ne suis pas sûr de tout comprendre.

D'une voix sourde, Bruno articule :

— Le 25 janvier, où as-tu passé la journée ?

*

L'homme en blouse blanche vient de terminer. Il déplie son dos en grimaçant. Sur le sommet de son crâne lisse se reflète la lueur blafarde des néons.

— Il semblerait qu'elle ait succombé à une chute sur l'occiput. Pas de trace évidente de blessure volontaire.

— Elle serait donc simplement tombée ?

— On a pu l'aider… Elle portait des talons aiguilles, elle a pu trébucher sur le rebord du trottoir et perdre l'équilibre.

— Cela suffirait pour se cogner ainsi la tête ?

— Oui, si elle a reculé vivement pour éviter quelque chose ou quelqu'un et qu'elle a ripé sur le trottoir, c'est possible. Elle a peut-être simplement eu la malchance de rencontrer une pierre en tombant…

— Bien, nous ne sommes guère plus avancés. On s'oriente donc vers un homicide involontaire.

— Sauf si, comme je vous l'ai dit, quelqu'un l'a aidée à tomber.

— Mais ça, impossible de le savoir avec certitude.

— Désolé, fait le légiste en ôtant ses gants avant de les jeter à la poubelle.

Perrot quitte la salle carrelée de blanc, éclairée par des néons criards. Il sort de l'hôpital avec soulagement. Bien qu'il ne soit pas chargé de l'affaire, il a accepté d'assister à l'autopsie, faute de collègues disponibles. « De toute manière, se dit-il, l'enquête paraît relativement simple. La femme a reculé et s'est tuée accidentellement. La faute à pas de chance », conclut-il en mettant le cap sur le commissariat. Il est enfin libre pour aller jeter un œil à la petite maison où Tania Borel dissimulait son oisiveté forcée. Au passage, il récupère Lefèvre avant de prendre la route de Langoiran. La petite maison que la jeune Aurore Clarant aurait prêtée à Tania Borel se situe à l'écart de l'axe principal menant au bourg. La maisonnette basse, en pierre, est blottie au fond d'un chemin creux dans ce qui fut jadis un hameau. Aujourd'hui, il semble que la seule bâtisse encore un tant soit peu habitée soit celle de la jeune ouvrière. En effet, même si ses fenêtres ne laissent filtrer aucune lumière à travers leurs volets disjoints, la peinture du portail n'est pas trop écaillée. Par contraste, les trois autres maisons voisines, également en pierre et construites de plain-pied, paraissent bien délabrées. Dans la lumière froide de ce matin de janvier, l'atmosphère de ce lieu-dit inhabité a quelque chose d'un peu sinistre. Perrot pousse le portillon de bois en déclenchant un grincement lugubre. Le jardin est laissé à l'abandon avec ses pots de fleurs renversés sur l'herbe envahie de mousse, et ses rosiers desséchés, plantés le long des murs. La porte d'entrée laisse également entendre un gémissement avant de se laisser ouvrir d'une bourrade. La maisonnette est tellement basse de plafond que Perrot doit se baisser pour passer le seuil. L'humidité imprègne les murs de la maisonnette dans laquelle le chauffage a été coupé. La pièce principale est rudimentairement meublée d'une longue table de ferme et de six chaises au bois patiné par la fumée émise par la profonde cheminée de pierre au fil des décennies. L'endroit est propre, ce qui n'a rien d'étonnant si Tania Borel l'a effectivement occupé pendant ses longues semaines de chômage. Un petit poste de télévision est posé sur le manteau de la cheminée, à côté d'une mini-chaîne CD. On peut imaginer que ces appareils ont été apportés par la jeune femme et lui ont permis de tromper son ennui. Quelques magazines féminins et livres de poche sont rangés en une pile rectiligne sur un banc de bois adossé au mur. Dans la pièce d'à côté, on trouve une chambre avec un lit pour deux personnes et une autre, avec un lit pour une personne. Les lits sont faits, chacun recouvert d'un gros édredon à la couleur passée. Dans la petite salle de bains sont disposés, sur la tablette au-dessus du lavabo, quelques produits de toilette féminins : nécessaire de maquillage et démaquillant. Les deux hommes se partagent le travail, Lefèvre va s'occuper des chambres et Perrot de la pièce à vivre. Le cadet se baisse pour regarder sous les lits avant de soulever literie et matelas. Puis il entreprend de fouiller tiroirs et penderie. C'est dans ce dernier meuble que Lefèvre découvre une grosse boîte à chapeaux fermée par un élastique terminé par une boule de bois. Il fait glisser l'élastique et découvre divers documents jetés en vrac.

— Jean-Louis, j'ai peut-être mis la main sur quelque chose ! Viens voir !

Perrot est déjà là, penché au-dessus du carton. Ils le transportent sur la table de la cuisine pour en examiner le contenu plus commodément.

Rapidement, Lefèvre s'exclame :

— On dirait bien que Tania Borel était enceinte !

— Quoi ? Impossible, le légiste l'aurait signalé.

— Ben alors, et ça ? fait Lefèvre en brandissant un cliché radiologique représentant sans aucun doute possible une échographie de grossesse.

Perrot attrape le cliché et le tend en direction du plafonnier. Nul doute possible, il s'agit bien d'un fœtus tranquillement enroulé sur lui-même dans le ventre de sa mère.

*

— Je pense qu'on devrait faire venir un médecin, répète Damien en regardant sa femme allongée en chien de fusil sur leur lit.

Elle est livide et ses traits sont tirés. Elle secoue la tête lentement :

— Non, ce n'est pas la peine. Ce n'est pas mon corps qui a mal…

Elle étouffe un sanglot et remonte la couette sous son menton. Damien vient s'asseoir près d'elle, tend la main vers les cheveux étalés sur l'oreiller, avant de la retirer. D'une voix sourde, il commence :

— Je sais que ça peut sembler improbable et pourtant, je t'assure que je ne suis pour rien dans ce qui est arrivé à Karen. Je te répète que je n'avais pas rendez-vous avec elle cet après-midi à cet endroit.

— Ailleurs, alors…

— Non, pas ailleurs non plus. Je n'avais pas rendez-vous avec elle.

— Mais tu l'avais peut-être eue au téléphone, murmure Annabelle en gardant les yeux fermés.

— Quand ?

— Arrête, Damien…

— Oui, je l'ai eue au téléphone.

— Depuis que Capucine est venue passer le week-end ici ?

— O… oui.

— Pourquoi ?
— Pourquoi quoi ?
— Pourquoi l'as-tu appelée ?
— Je ne l'ai pas appelée, fait Damien en hochant la tête.
Annabelle ouvre les yeux et se redresse sur le coude.
— Pardon ?
— C'est Karen qui m'a téléphoné…
— Pourquoi ne m'as-tu rien dit ?
— Parce que c'était sans intérêt.
— Qu'est-ce qu'elle voulait ? insiste la jeune femme en s'asseyant complètement.
— Je n'en sais trop rien. Tu sais comment elle est… était…
Damien se mord la lèvre avant de reprendre, la gorge nouée par l'émotion :
— Elle voulait me voir, elle disait que c'était important. Mais avec Karen, tout prenait toujours des proportions énormes, alors je me suis dit que c'était encore une bêtise concernant l'éducation de la petite ou je ne sais quoi. Bref, je lui ai répondu que je n'étais pas disponible mais qu'on pourrait discuter au moment où j'irais chercher Capucine la prochaine fois…
— Et ?
— Et je n'en sais rien… J'ai eu l'impression qu'elle acceptait d'attendre. Du moins, elle n'a pas insisté pour qu'on se voie immédiatement.
— Pourtant, elle était à deux cents mètres de ton bureau tout à l'heure, prononce Annabelle dans un souffle.
Il hausse les épaules sans trouver de réponse. Puis,

lentement il se retourne vers Annabelle.

— Mais toi, que faisais-tu là ?

Elle déglutit avec peine et baisse les yeux vers ses mains posées sur la couette. Au dehors, un corbeau se met à croasser vulgairement, aussitôt imité par un congénère. Elle répond :

— Je… je venais te voir…

Il la dévisage et hausse le ton :

— Tu m'espionnais, c'est ça ?

— Non ! Bien sûr que non !

Il s'est levé du lit et est à présent debout devant la fenêtre. Le crépuscule est presque là et dans la lueur des réverbères déjà allumés se dessinent des diagonales de pluie. Annabelle voit son dos raide, ses muscles du cou tendus à se rompre. Elle va pour le rejoindre mais se retient à la dernière seconde, freinée par la crainte qu'il la repousse. Le silence s'installe, qu'elle n'essaie pas de rompre. Pour dire quoi ? L'indicible, ce qu'il refusera d'entendre. De comprendre. Alors, elle sort lentement du lit mais au lieu d'aller étreindre ce dos crispé, elle entre dans la salle de bains et se glisse sous une douche trop chaude. Peu après, elle entend la porte du bas claquer et la voiture démarrer. Elle n'a pas trouvé le courage de lui parler. La communication semble dorénavant coupée entre eux.

*

Assis face à face dans la cuisine qui embaume, les deux hommes se regardent. Bruno a les bras croisés sur le torse comme en position de défi. Stéphane a les coudes sur la table et son front repose dans ses mains.

— Alors ? insiste Bruno, tu étais où ce lundi où tu étais censé préparer la chambre ?

— Je suis allé chez elle, prononce Stéphane en levant lentement la tête.

— Chez Tania Borel ?

— Oui.

— Mon Dieu, ne me dis pas que c'est toi qui… articule Bruno en portant la main à sa bouche.

— Je n'ai rien fait. Je suis juste allé la voir.

— Tu lui as parlé ?

— Non.

— Tu… tu as fait quoi, alors ?

— Rien. Je me suis avancé jusqu'à chez elle, j'ai frappé. Elle n'a pas ouvert.

— Pourquoi ?

— Comment ça : pourquoi ?

— Pourquoi elle ne t'a pas ouvert ? Parce que tu lui faisais peur, parce que tu l'avais menacée ?

— C'est vraiment ça que tu penses ?

Bruno se lève pesamment et passe derrière Stéphane pour tourner le robinet de l'évier. Il laisse couler l'eau froide et s'asperge le visage. Puis, lentement, il s'essuie en regardant la pluie mouiller le carreau. Toujours de dos, il réplique :

— À vrai dire, je ne sais plus trop quoi penser. Tous ces événements, ces coïncidences. Et ces policiers qui m'ont interrogé ce matin et qui vont bien finir par apprendre ce qui nous liait à Tania Borel.

— Serait-ce si grave après tout ?

Bruno se retourne et répond un ton plus haut :

— Tu n'as pas l'air de comprendre la situation, Stéphane ! Cette femme est morte et nous la connaissions. Hélas, pas pour des raisons avouables…

— Nous ne sommes pas des criminels tout de même.

— Tu préfères le terme de « hors-la-loi » ?

Stéphane hausse les épaules sans répondre. Ce qui lui importe en ce moment c'est de récupérer la confiance de son compagnon. Pour le reste…

— Je me fiche de ce que les autres pensent de nous. Complètement. J'ai passé trente-cinq ans de ma vie à faire semblant, à faire ce qu'on attendait de moi. Et puis je t'ai rencontré…

Il s'interrompt, la gorge nouée, avant de continuer :

— Et à ce moment-là, c'était comme une évidence. Toi, moi. Et un jour, une famille. Alors, légal, illégal, autorisé, contre nature, plus rien à faire ! Je n'allais pas passer la deuxième partie de ma vie à jouer le rôle d'un autre. Encore une fois, ajoute-t-il en secouant la tête, je n'ai pas honte de ce que je vois dans le miroir. Je n'ai pas honte de qui nous sommes.

Ému malgré lui, Bruno serre la tête de son compagnon contre son flanc. Ils restent ainsi sans parler.

*

— Que faisait ce rapport d'échographie dans cette maison parmi ses affaires ?

— Je n'en sais rien. Il s'agit peut-être de documents appartenant à Aurore Clarant, la propriétaire de cette maison.

— Ou à la femme de son frère, puisque cette maison appartient à Aurore Clarant et à son frère.

— Sauf que, conteste Perrot en vérifiant ses notes dans son petit carnet rouge, Aurore Clarant a déclaré que son frère et sa femme n'avaient jamais occupé la maison. Donc logiquement, ces documents appartenaient à la propriétaire.

— Ou à la squatteuse.

— Ou à Tania Borel, c'est juste. Je vais vérifier…

Il appelle la jeune ouvrière de chez Tous Tissus, s'entretient quelques instants avec elle et raccroche.

— Elle confirme qu'elle n'a laissé aucun document personnel dans la penderie de cette petite maison.

Soudain, Lefèvre qui faisait les cent pas dans le bureau, s'immobilise :

— Tu peux me rappeler le nom du médecin qui a pratiqué l'écho ?

— Cabinet de radiologie Bertillon.

— Ramène-toi, fait alors Lefèvre en attrapant le rapport d'échographie et son blouson.

Perplexe, Perrot décroche son imperméable sur le perroquet et accepte de suivre son collègue. Ils sortent du commissariat d'un pas vif et se dirigent vers la voiture de service tandis que le plus jeune explique :

— Avec un peu de chance, on trouvera encore du personnel à cette heure-ci. Il est presque dix-neuf heures, mais on peut tenter notre chance.

Le cabinet est situé à quelques encablures du commissariat et ils mettent à peine dix minutes pour y arriver. Lorsqu'ils se garent devant le bâtiment tout blanc, de forme cubique, ils laissent échapper un soupir de déception. Le cabinet est déjà fermé et le parking est vide. Lefèvre, sorti pour aller vérifier les heures d'ouverture sur la porte vitrée, aperçoit alors un mouvement à l'intérieur. Il se met à tambouriner à la porte jusqu'à ce qu'un homme approche enfin. Il jette un œil soupçonneux au visiteur mais se radoucit comme par enchantement en déchiffrant la carte de police que Lefèvre vient de plaquer à la vitre. Il déverrouille le système d'alarme et ouvre la porte vitrée tandis que Perrot les rejoint.

— Bonsoir, en quoi puis-je vous aider ?

— Nous sommes du SRPJ et espérions trouver le cabinet encore ouvert.

— Docteur Bertillon, fait le médecin en tendant la main, vous avez de la chance de trouver quelqu'un, en effet. Je viens de revenir parce que j'avais laissé mon portable dans mon bureau et comme je suis de garde…

— Commandant Perrot et Capitaine Lefèvre. Pouvons-nous vous parler quelques instants ? Il s'agit d'une affaire de la plus haute importance.

— Je vous en prie, répond le médecin en les précédant dans le hall.

— Voilà, explique Perrot, nous sommes en possession d'un compte rendu de grossesse rédigé par vos soins.

— Oui, et alors ?

— Il se trouve que le nom figurant dessus a probablement été effacé. Nous nous demandions donc s'il était possible de remonter jusqu'à l'identité de la patiente.

Le médecin aux tempes grisonnantes marque un temps d'arrêt.

— Déontologiquement, cela m'ennuie… C'est privé, vous comprenez ?

— Nous le comprenons parfaitement ; cependant, il s'agit d'une affaire d'homicide.

— Dans ce cas, je suppose que je n'ai pas le choix. Suivez-moi.

Le médecin traverse le couloir plongé dans la pénombre, à grandes enjambées, et pénètre dans une salle meublée d'une table d'examen recouverte d'un drap jetable et d'un appareil d'échographie. Le médecin allume la grosse machine qui se met aussitôt à ronronner et se hisse sur le fauteuil pivotant placé devant. Les deux policiers se placent de chaque côté de l'écran de contrôle et attendent. Le médecin consulte le rapport apporté par les visiteurs et entre différents codes et chiffres. Deux minutes plus tard, il pointe du doigt des identifiants.

— On dirait que le destin nous rattrape, s'exclame Perrot avant de récupérer le dossier et de repartir en toute hâte.

Vingt minutes plus tard, ils se garent devant une maison de rue, cossue, qui se dresse sur trois niveaux. Un homme trapu, au teint mat et en veste d'intérieur les accueille. Quand il reconnaît les policiers, il a un mouvement de recul. Mais Perrot le pousse doucement et entre, suivi de Lefèvre. Adossé au mur, Damien les regarde :

— Que nous voulez-vous à cette heure ?

— Excusez cette visite tardive, mais nous souhaiterions vous parler, ainsi qu'à Madame.

Damien avance dans le salon et appelle sa femme. On entend une porte s'ouvrir à l'étage, puis une silhouette drapée de blanc se découpe soudain dans la pénombre du palier, telle une apparition. Vêtue d'un déshabillé vaporeux qui semble envelopper son ventre rond d'un nuage ouaté, la jeune femme descend lentement. Frappés de stupeur, les visiteurs ont tout à coup l'impression d'être dans un film fantastique. L'apparition glisse lentement jusqu'au bas de l'escalier. Mais Annabelle a atteint la dernière marche et la lumière au rez-de-chaussée met fin au phénomène quasi surnaturel auquel ils viennent d'assister. Par souci de la ménager dans son état, Perrot lui propose de s'asseoir. Elle s'exécute docilement et prend place dans la bergère installée au pied de l'escalier. Les trois hommes restent debout, Lefèvre légèrement en retrait, adossé au radiateur.

— Madame Gandeau, connaissiez-vous Tania Borel ?

Elle secoue la tête en signe de dénégation, serrant les pans de son peignoir contre elle.

— Vous en êtes sûre ?

Elle opine en silence. Toujours planté devant elle, Perrot reprend :

— À quand remonte votre grossesse ?

Elle ouvre de grands yeux étonnés. À ce moment, son époux intervient sur un ton agacé :

— Écoutez, Messieurs, on peut savoir où vous voulez en venir ? Ma femme et moi-même, je ne vous apprends rien, avons eu une journée difficile.

— Nous y venons, réplique Perrot calmement. Mais si madame Gandeau acceptait de répondre à nos questions…

— Vous demandiez la date du début de sa grossesse, eh bien, c'est le 20 octobre, rétorque Damien en venant entourer les épaules de sa femme d'une main apaisante. Mais encore une fois, je ne vois pas bien ce que ça peut vous…

— Madame le sait, elle, l'interrompt froidement Lefèvre resté à l'arrière.

Annabelle a le regard fixe et est complètement immobile. On dirait qu'elle n'a pas entendu l'échange entre les hommes autour d'elle. Insensible à son malaise, le plus jeune insiste :

— N'est-ce pas, Madame ?

Elle semble enfin sortir de sa léthargie et laisse ses yeux dériver lentement en direction de la voix glaciale dont elle n'aperçoit pas le visage. Elle redresse le menton, comme prête à en découdre. Perrot prend le relais :

— Madame, vous avez le droit de garder le silence et d'attendre d'être en présence d'un avocat pour parler, mais ce serait dans votre intérêt de nous répondre.

Damien se dresse alors et tape du poing sur le dessus de la commode située près de lui.

— Écoutez, ça suffit maintenant ! Je ne sais pas à quoi vous jouez, mais vous n'avez pas le droit de causer tant d'émotions à une femme enceinte ! Je vais vous demander de sortir, termine-t-il en se dirigeant vers la porte d'entrée qu'il ouvre en grand sur le noir de la rue.

Mais les deux policiers ne font pas mine de bouger. Au bout de quelques secondes d'un silence oppressant, Perrot se dirige vers la porte d'entrée et d'autorité, la referme. Puis il prononce d'un ton uni :

— Monsieur Gandeau, pourrions-nous nous asseoir quelques instants ?

Radouci, Damien les précède dans le salon qu'il allume au passage. Comme un automate, Annabelle les rejoint et s'installe sur une chaise à dossier droit presque collée au flanc de la cheminée éteinte. On dirait une enfant punie, avec ses pieds posés à plat sur le parquet et ses mains reposant sur le haut de ses cuisses. Son mari et Perrot s'assoient dans des fauteuils profonds, placés en arc de cercle autour de l'âtre. Lefèvre a trouvé son radiateur.

— Nous n'allons pas y aller par quatre chemins, commence Perrot. Soit vous nous dites ce que vous savez, madame Gandeau, soit nous vous demandons de nous suivre au poste.

À nouveau, Damien s'apprête à intervenir mais d'une main ferme, Perrot le maintient assis.

— Je reprends : connaissiez-vous Tania Borel ?

— Oui, balbutie-t-elle en gardant la tête baissée.

— Et vous, Monsieur ?

— Non, qui est cette personne ?

— Une femme qui a été tuée lundi dernier, assène Lefèvre par l'arrière.

Annabelle a frémi. Perplexe, Damien interroge :

— Quel rapport avec nous ?

— C'est à vous de nous le dire ! rétorque Lefèvre.

— Mais puisque je vous dis que je ne sais pas qui est cette femme ! s'emporte l'homme.

— Alors votre épouse va peut-être nous éclairer, poursuit Lefèvre sur un ton implacable.

Mais Annabelle s'est à nouveau murée dans le silence. Perrot ouvre la chemise cartonnée qu'il a apportée et, lentement, lève le document. Annabelle regarde le cliché sans ciller. Perrot explique :

— Bien que le cliché ne porte plus d'identifiant, il vous appartient, Madame. Cependant, nous avons eu la surprise de la découvrir parmi les affaires personnelles de Tania Borel. Vous nous devez une petite explication.

— Je n'ai jamais donné cette échographie à madame Borel, se défend mollement Annabelle en secouant la tête. Elle a dû me la voler.

— Où et quand ?

— Je n'en sais rien.

— Bon, je reprends au début : comment avez-vous connu madame Borel ?

La jeune femme coule un regard furtif vers son mari dont les yeux bruns semblent vouloir s'écarquiller toujours plus. D'une voix altérée, elle répond :

— Par Internet.

— Quelle était la nature de vos relations ?

— Commerciales, fait la jeune femme en haussant légèrement les épaules comme si elle s'étonnait elle-même de sa réponse.

— C'est-à-dire ? Elle vous vendait quelque chose ?

— Oui, c'est à peu près ça.

— Quoi précisément ? insiste Perrot sans comprendre.

À cet instant, Annabelle enfouit son visage dans ses mains pâles et se met à sangloter. Damien s'est immédiatement levé, mais Perrot lui intime l'ordre de se rasseoir. L'homme obéit sans un mot. Perrot attend que les sanglots s'espacent avant de sonder davantage :

— Que vous a-t-elle vendu, Madame ?

Annabelle se lève alors, lentement, et vient s'agenouiller aux pieds de son mari. Puis sans le regarder, elle explique d'une voix enrouée :

— Je… je ne parvenais pas à tomber enceinte, alors… je suis allée consulter mon gynécologue. Il… il m'a fait faire des examens et…

Elle s'interrompt soudain et relevant la tête, attrape les mains de Damien qu'elle se met à serrer convulsivement. D'une voix entrecoupée de sanglots, elle poursuit :

— …alors il m'a dit que le problème venait sûrement de toi, qu'il fallait vérifier. Mais tu avais Capucine, ce n'était pas possible ! Alors, continue-t-elle en lâchant les mains de Damien et en baissant à nouveau la tête, j'ai voulu en avoir le cœur net…

— Le préservatif, articule péniblement Damien.

— Oui. Il fallait que je sache, essaie de me comprendre…

— Et ? demande Damien d'une voix blanche, les yeux rivés sur la cheminée devant lui.

— Et tu ne peux pas être le père de Capucine.

L'homme se lève soudain en étouffant un haut-le-cœur. Il se précipite hors de la pièce. Peu après, on entend le bruit d'une chasse d'eau. Annabelle est toujours prostrée au pied du fauteuil, les policiers n'ont pas bougé. Damien réapparaît en chancelant, le visage livide. Il vient s'asseoir sur la chaise qu'occupait Annabelle. Perrot décide de reprendre les rênes de la discussion :

— Vous avez donc découvert que votre mari ne pouvait avoir d'enfant. Qu'avez-vous fait à ce moment-là ?

Toujours assise par terre, Annabelle porte la main sur son ventre avec une grimace, puis après une profonde respiration, elle explique :

— Je ne pouvais pas dire ça à Damien, je savais que ça allait le dévaster. Il adore sa fille, il n'aurait rien compris. Et puis je craignais qu'il fasse des choses… qu'il regretterait ensuite…

Elle se mord la langue comme si elle cherchait à ravaler les paroles équivoques qu'elle venait de prononcer.

Lefèvre intervient :

— Comme s'en prendre à la mère de sa fille, par exemple ?

Annabelle creuse le dos sans répondre.

Perrot poursuit :

— C'est à ce moment que vous entrez en contact avec Tania Borel ?

— Oui.

— Que vous proposait-elle ?

— De procéder à… une intervention…

— De quel ordre ? interroge Perrot qui commence à entrevoir la réalité.

— M… médicale, souffle Annabelle en se tordant les mains.

— Une insémination, c'est bien ça ? l'aide le commandant.

Elle opine avant d'étouffer un sanglot de la main. En face, Damien s'est décomposé. Il dévisage sa femme avec un mélange de sidération et de dégoût. Son univers, frêle édifice bâti sur le sable, vient de s'effondrer en quelques minutes. Perrot laisse passer un instant avant de continuer :

— Qui était le donneur ?

— Ça, je n'en sais rien, fait-elle en secouant la tête. Je n'avais pas à le savoir, d'ailleurs.

— Comment les choses se sont-elles déroulées ?

— Il faut vraiment que je réponde à cette question ? murmure la jeune femme en regardant son mari dont on ne voit plus que le sommet du crâne.

— S'il vous plaît.

— Je… Madame Borel a donné rendez-vous au donneur, au moment propice de mon cycle.

— Donc vous avez rencontré cet homme.

— Non, le prélèvement a eu lieu dans l'intimité

et madame Borel me l'a remis aussitôt.

— Mais cet homme, intervient Lefèvre, il faisait ça bénévolement ?

— Je suppose, réplique Annabelle d'une voix hésitante.

— En revanche, Tania Borel se faisait payer.

— Oui.

— Où a eu lieu l'insémination ?

— Chez elle.

— Comment expliquez-vous qu'elle ait été en possession de votre échographie ?

— Je ne me l'explique pas…

— Et pourquoi ce cliché ne portait-il plus le nom de la patiente, le vôtre en l'occurrence ?

— Je n'ai pas d'explication…

— Pourriez-vous, intervient alors Lefèvre, expliquer votre présence sur les lieux du crime perpétré à l'encontre de Karen Dinio, cet après-midi ?

— Non, enfin si, j'étais venue voir Damien à son bureau.

— Pour quelle raison ?

— J'avais décidé de tout lui dire…

— Votre conscience qui vous chatouillait sans doute ?

Elle choisit d'ignorer l'ironie et répond en cherchant le regard de son mari :

— Je me sentais coupable, il fallait que ça sorte…

— Et vous êtes tombée par hasard sur Karen Dinio. C'est fou, ces coïncidences, vous ne trouvez pas ? persifle Lefèvre toujours perché sur son radiateur.

Elle hausse imperceptiblement les épaules sans quitter son époux du regard. Perrot jette un coup d'œil à son collègue qui hoche la tête. Puis il se lève en indiquant :

— Monsieur et Madame, nous allons vous demander de vous rendre au commissariat demain dès huit heures. Vous n'êtes pas en état d'arrestation, cependant, nous vous demanderons de ne pas quitter la région dans les jours à venir et de vous présenter sans faute à huit heures demain. Mais avant de vous laisser, nous allons prélever une mèche de cheveux sur chacun de vous.

Lefèvre procède au prélèvement de cheveux dans un silence de mort, puis les deux policiers s'en vont, sans que les témoins aient prononcé le moindre mot.

*

Assommé, Damien est aussi figé qu'une statue. Il n'a pas bougé de sa chaise, insensible au départ des policiers. Par respect pour son chagrin, Annabelle s'éloigne silencieusement. Elle se sent écrasée par un sentiment de culpabilité mais, paradoxalement, elle se sent également libérée. Le poids qui lui oppressait la poitrine depuis l'annonce de sa grossesse à Damien, s'est enfin levé, laissant place à une mélancolie amère. Elle se dit que dans les circonstances où la trahison qu'elle a commise a été annoncée à Damien, celui-ci sera incapable de pardonner. Humilié, outragé, le père qui n'en est plus un ne consentira plus jamais à regarder en face celle qui l'a trompée, voire à croiser son propre reflet pathétique dans le miroir. Elle gravit l'escalier et vient s'asseoir au bord du lit conjugal, comme si elle hésitait dorénavant à faire sien cet espace commun. Elle a la tête qui tourne légèrement. Elle ferme les yeux, respire profondément et rouvre les yeux. Elle regarde les murs qui dansent lentement, en un mouvement las de balancier. Quelle perspective pour eux à présent ? À quoi bon tout cela ? se dit-elle en passant une main mécanique sur son ventre qu'une légère contraction vient de bander. Elle va être poursuivie pour avoir payé une entremetteuse. Damien va la quitter pour trahison. Elle va élever seule cet enfant dont elle se demande soudain s'il ne vaudrait pas mieux qu'il succombe à quelque terrible maladie indécelable. Et puis elle va perdre aussi cette petite fille qui n'est pas la sienne mais qu'elle considère comme telle. Cette petite fille qui, aujourd'hui, vient de perdre sa mère et sa belle-mère. Une contraction plus forte la plie soudain en deux. Le souffle court, elle se tient le ventre, l'exhortant au calme. La douleur reflue, remplacée par la pensée terrible qu'au fond, si elle pouvait évacuer ce fardeau qui tout à coup l'encombre, les choses s'arrangeraient d'elles-mêmes. Mais un frôlement sous la peau tendue de son abdomen, comme le volettement d'une aile, fait vaciller son jugement. Non, elle n'a pas le droit de penser à ce bébé en ces termes, ce bébé tant attendu, tant désiré. Elle va le porter jusqu'au bout, l'élever et l'aimer pour deux. Annabelle se lève lourdement, sort sur le palier et grimpe au grenier. Dans le coin obscur du fond sont entassées les valises, les grandes, les petites, la petite rose à fleurs de Capucine. Elle ne va pas en prendre une trop grande, elle ne pourrait pas la descendre une fois remplie. Elle va plutôt attraper le sac souple de voyage, celui qu'ils avaient emporté à Venise. Elle a la main sur l'anse du sac quand, tout à coup, une immense fatigue lui tombe sur les épaules. Elle s'assoit sur la grosse valise rangée sur la tranche et enfouit son visage dans ses mains. Au dehors, on entend la pluie qui frappe impitoyablement le Vélux. Il fait froid dans ce grenier qui laisse passer les courants d'air. Elle frissonne, indécise, perdue, gelée. Finalement, elle se lève, mue par elle ne sait quel reste d'énergie, et sort du grenier, les mains vides. Elle ne va pas prendre la fuite, elle est ici chez elle. C'est sa maison, leur foyer, c'est là qu'elle doit être. D'ailleurs, où irait-elle ? Chez ses parents qui ne comprendraient rien à ce drame dont elle a été l'héroïne consentante ? Chez Vanessa, la seule qui aurait pu l'accueillir sans juger, mais qui, ce matin, lui a tourné le dos ? Elle referme la porte doucement, se retrouve sur le palier obscur quand, soudain, elle se heurte à un obstacle. Interdite, elle s'arrête. Une main l'étreint tandis qu'une autre se pose doucement sur sa bouche. Elle cède à l'étreinte des bras familiers.

*

Ébranlé par la scène tragique qui vient de se jouer sous leurs yeux, Perrot ne desserre pas les dents dans la voiture qui les ramène au service. Lefèvre est étonnamment silencieux. Il y a peu de circulation à cette heure tardive, aussi sont-ils vite arrivés à destination. Sans couper le contact, Perrot laisse son collègue descendre pour récupérer sa voiture au sous-sol et prend la direction de chez lui. Il pense à cet enfant qui s'apprête à venir au monde dans un foyer qui, fatalement, va se déchirer. « Quel vaste gâchis », songe-t-il en ralentissant pour actionner le portail en fer forgé de la propriété. L'idée de ce bébé à naître le ramène quelques années en arrière lorsque Clara est née. Il se souvient du bonheur qu'il a ressenti à cet instant, de ce sentiment de plénitude quasi mystique. Ils étaient deux à accueillir cet enfant, deux êtres unis dans la même attente et dans le même désir de fonder une famille. « Et pourtant », songe le policier en se traînant à l'intérieur du manoir plongé dans l'obscurité, « qu'en est-il aujourd'hui ? La petite a grandi, son frère est arrivé, nous nous sommes séparés et je suis incapable de prendre cinq minutes pour les appeler. Alors, un bon père, qu'est-ce que c'est au fond ? » s'interroge Perrot en se glissant misérablement dans son lit trop grand et trop froid.

SEPTIÈME JOUR

Après une nuit peuplée de fantômes armés de seringues poursuivant son ex-femme pour lui inséminer un enfant mort-né, Perrot se lève à six heures, épuisé et plein de courbatures. Il se traîne dans la douche, se force à avaler une tartine et un thé, et quitte la maison en se promettant d'appeler ses enfants dans la journée. Contrairement à lui en effet, ils vont profiter de leur week-end. En arrivant au service, il passe au bureau du commissaire pour le tenir au courant de l'avancée de l'enquête. Law semble ragaillardi en entendant les progrès réalisés par Perrot et son acolyte. Lorsqu'il ouvre la porte de son propre bureau, Lefèvre débouche au fond du couloir. Engoncé dans son blouson, il tient deux gobelets fumants à la main.

— Tiens, dit-il en posant les gobelets sur le bureau, j'ai dans l'idée que ta nuit n'a pas été réparatrice.

— Comment le sais-tu ? sourit Perrot en attrapant

son thé avec reconnaissance.

— Parce que moi-même j'étais énervé comme une puce. Impossible de trouver le sommeil. Du coup, je me suis maté *Week-end à Zuidcoote* pour la centième fois.

— Et tu as tout compris, cette fois ?

— Marre-toi, va ! Et ose me dire que tu as bien dormi !

— Pas vraiment, non, avoue Perrot dans un bâillement. Dire qu'on devrait être en train de faire la grasse mat' à cette heure-ci ! Au fait, j'ai déposé les prélèvements de cheveux du couple en arrivant. J'espère que la confrontation avec ceux trouvés sur Tania Borel sera concluante.

— Dieu t'entende… En attendant, quelle histoire merdique tout de même ! Ce pauvre type qui apprend en même temps qu'il ne peut pas être le père de sa fille et qu'en plus, sa nouvelle femme s'est fait inséminer. Je me dis que j'ai bien fait de repousser toutes ces nanas qui se sont jetées à mes pieds au fil des années, termine-t-il pince-sans-rire en sirotant son chocolat chaud.

Sans relever, Perrot allume son ordinateur et consulte les derniers mails reçus. Lefèvre l'interrompt :

— Au fait, il me semble qu'on devrait également couper une petite mèche de ce Bruno Jacq.

Perrot lève la tête en fronçant les sourcils. La fatigue accumulée lui donne la sensation que son cerveau tourne au ralenti.

— Ben oui, explique Lefèvre, n'oublie pas que le bonhomme fréquentait Tania Borel ou, du moins, qu'ils avaient des, je le cite, « rapports commerciaux ».

Cette fois, Perrot relève franchement la tête et s'exclame :

— Bon sang, tu as raison ! J'ai failli passer à côté de ça. Mais j'y pense… Mais oui ! fait-il en se levant brutalement, je crois savoir la nature de leurs « rapports commerciaux » !

Il enfile son imper et se précipite dehors. Lefèvre le regarde sans comprendre mais décide de le suivre. En passant devant l'accueil, Perrot prévient le brigadier qu'Annabelle Gandeau et son époux sont convoqués à huit heures, mais qu'une urgence appelle les deux collègues au dehors. De ce fait, les deux témoins devront patienter sous bonne garde jusqu'au retour des officiers chargés de l'enquête. Ces derniers s'engouffrent dans la voiture de service. Perrot entre une adresse dans le GPS embarqué et sort du parking en faisant ronfler le moteur. Lefèvre agrippe l'accoudoir tandis que la voiture amorce un virage un peu raide. Concentré, le conducteur garde le silence jusqu'à l'arrivée à destination, une quinzaine de kilomètres plus loin. La grande maison contemporaine devant laquelle ils se garent est allumée. Le lotissement rappelle les banlieues résidentielles américaines avec leurs façades peintes en blanc, leurs doubles garages et leurs jardins dépourvus de clôtures. Perrot sonne à la porte d'entrée. Un homme en pantalon souple et tee-shirt blanc vient ouvrir, les cheveux humides et l'œil surpris.

— SRPJ de Bordeaux, pourrions-nous entrer, s'il vous plaît ?

— Je… fait l'homme athlétique en jetant un regard vers l'intérieur, oui, je suppose, entrez.

Il les précède dans une vaste pièce d'un seul

tenant, constituée d'un salon immédiatement sur leur droite et d'un coin bureau à l'opposé. La pièce, lumineuse avec ses baies, est séparée de la cuisine par une cloison d'atelier en métal, vitrée sur sa moitié supérieure. On sent que le couple qui vit là jouit de revenus confortables et attache de l'importance à la décoration intérieure. Au même instant, une voix se fait entendre, venant de l'étage :

— C'était qui, Stéphane ?

— La police, répond l'homme en tee-shirt blanc d'une voix sourde.

Celui qui était en haut apparaît, stupéfait de reconnaître les visiteurs. Il vient lentement rejoindre le groupe.

— Monsieur Jacq, commence Perrot, désolé de vous déranger si tôt un samedi matin, mais nous avions de nouvelles questions à vous poser.

— Je vous écoute, fait Bruno en désignant le salon.

Il s'installe dans un profond canapé blanc et son compagnon s'assoit à le toucher. Tous deux se tiennent au bord, collés l'un à l'autre. Perrot s'assoit dans un fauteuil coordonné tandis que Lefèvre s'adosse au radiateur mural derrière les deux hommes.

— Et vous êtes monsieur…

— Stéphane L'Estey.

— Bien. Il y a du nouveau concernant la mort de Tania Borel.

Les deux hommes crispent imperceptiblement la mâchoire. Perrot poursuit :

— Vous êtes resté évasif hier, monsieur Jacq, quand nous avons évoqué la nature de vos relations avec la victime. Nous voudrions avoir la confirmation de nos doutes…

Le visage de Bruno se ferme davantage tandis que ses mains malmènent ses genoux étroits. Mais Stéphane respire un bon coup et se jette à l'eau :

— Ce n'est pas que Bruno, fait-il en entourant les épaules de son ami, qui était en relation avec madame Borel. Nous l'étions tous les deux…

— Soyez plus précis, je vous prie.

Bruno regarde son compagnon avec une admiration tendre tandis que l'autre poursuit :

— Nos échanges, ajoute-t-il en dessinant des guillemets dans les airs, n'étaient pas légaux, je vous l'accorde, mais nous ne sommes en aucun cas responsables de la mort de madame Borel.

Il y a un vrai accent de sincérité dans la voix de l'homme élancé au tee-shirt blanc. Mais Lefèvre refuse d'être dupe des apparences et, par l'arrière, il rétorque :

— Ce sera à la justice de trancher en temps voulu. Mais tout cela ne nous dit pas ce qui vous liait à la victime.

— À quoi bon dissimuler tout ça, prononce alors Bruno d'une voix étouffée en posant la main sur celle de son compagnon. Voilà, fait-il en relevant le menton comme en signe de défi, Tania Borel était mère porteuse.

— C'est bien ce que j'avais deviné, répond Perrot en hochant la tête. Et maintenant, question subsidiaire : que vient faire Annabelle Gandeau là-dedans ?

— Pardon ? demandent en chœur les deux hommes assis sur le canapé.

La perplexité se lit sur leur visage. La voix désincarnée de Lefèvre réitère la question. Mais à nouveau, le couple ouvre de grands yeux surpris. Perrot décide de prendre les choses dans l'autre sens.

— Admettons que ce nom ne vous dise rien. Vous pouvez tout de même nous expliquer pourquoi vous avez offert vos services à Tania Borel.

Cette fois, c'est l'incrédulité que trahit leur expression.

— Vous semblez étonnés, constate Perrot.

— Oui, évidemment.

— Pourquoi ça ? Vous n'avez pas rendu service à la victime ?

— Si, enfin non, pas vraiment, bafouille Bruno, mal à l'aise. Enfin quoi, ajoute-t-il un ton au-dessus, on n'a pas besoin de vous faire un dessin, si ! Nous voulions fonder une famille sans passer par l'adoption et en France, jusqu'à preuve du contraire, c'est interdit. Du coup, ajoute-t-il en laissant tomber ses épaules et en baissant la voix, on n'avait pas d'autre solution que de faire appel à une mère porteuse…

— Êtes-vous en train de nous dire que Tania Borel allait porter un enfant pour vous ?

— Eh bien oui… réplique Stéphane avec un air interrogateur.

Perrot est en train d'entrapercevoir une toute autre réalité.

— Revenons en arrière si vous le voulez bien, pourquoi cherchiez-vous à joindre Tania Borel, la semaine précédant son décès ?

— Et les jours suivants, corrige Bruno d'un ton monocorde.

— Soit, et les jours suivants. Alors, pourquoi ?

— Parce qu'elle ne donnait plus signe de vie, explique Stéphane en se mordant la lèvre lorsqu'il réalise comme son expression est mal choisie.

— C'est-à-dire ?

— Eh bien, nous avions un contrat, elle était censée le respecter.

— Un contrat ?

— Oui, évidemment. Nous la payions pour qu'elle porte notre enfant.

— Que s'est-il passé au juste ?

— Eh bien, elle a malheureusement perdu l'enfant, explique sombrement Bruno. C'était hélas envisageable, mais le cas échéant, il était prévu que nous retentions l'expérience quand madame Borel serait remise. Mais c'est à partir de ce moment qu'elle a cessé toute communication avec nous.

Perrot se racle la gorge puis explique d'une voix posée :

— Si je vous dis que Tania Borel n'a jamais été enceinte.

— Quoi !

— Du moins, probablement pas depuis la naissance de ses deux filles.

— Vous vous trompez, répond Bruno sur un ton catégorique, nous avons vu ses échographies.

— Vous avez vu des échographies, rétorque Lefèvre par l'arrière.

Frappés de stupeur, les deux hommes se dévisagent sans oser comprendre. Enfin, Stéphane exprime son désarroi :

— Mais alors, ces clichés…

— Appartenaient à une dénommée Annabelle Gandeau.

— Je ne comprends plus rien, soupire Bruno d'un air accablé, en serrant convulsivement la cuisse de son voisin. Quel rapport entre cette femme et Tania Borel ? À moins que… Bruno s'interrompt brutalement pour reprendre d'une voix altérée :

—… Vous êtes en train de nous dire qu'en ce moment, une femme…

— Porte votre enfant, oui, je suis désolé, acquiesce Perrot.

La couleur a subitement quitté les joues de Bruno et son compagnon n'a que le temps de tendre la main pour l'empêcher de basculer en avant. Il l'adosse au canapé et lui tapote les joues vivement. Lefèvre a filé à la cuisine et est de retour avec un verre d'eau glacée. Bruno vide le verre d'un trait et se met à répéter en boucle : « Je ne comprends pas, je ne comprends pas, je ne comprends pas ». Stéphane lui masse l'épaule en prononçant à son oreille des paroles inaudibles. Cependant, malgré l'état d'accablement dans lequel se trouvent les deux hommes, Perrot décide d'éclairer certains points d'ombre :

— Messieurs, êtes-vous l'un ou l'autre allé voir Tania Borel, le jour de sa mort ?

Bruno fait lentement un signe de dénégation, mais Stéphane ne réagit pas. Perrot insiste en regardant le sportif dans les yeux. Il répond :

— Moi, j'y suis allé. Mais elle ne m'a pas ouvert. Elle était sans doute déjà morte, conclut-il en s'étranglant.

Son voisin qui a repris quelques couleurs, passe son bras sur son épaule.

— Bien, Messieurs, nous allons nous en tenir là pour le moment. Une dernière question toutefois :

Karen Dinio, ce nom vous dit quelque chose ?

Les deux hommes échangent un regard avant de se tourner vers le commandant en secouant lentement la tête de droite à gauche.

— À fin d'analyses, nous allons devoir prélever une mèche de vos cheveux, conclut Perrot.

— Si c'est absolument nécessaire... souffle Bruno.

*

Les époux Gandeau étaient ponctuels et patientent depuis trois quarts d'heure lorsqu'entrent les deux collègues. Perrot les fait monter à son bureau et, pour se faire pardonner son retard, leur propose un café. Les témoins refusent poliment. Ils ont le teint blafard et les yeux cernés. La jeune femme enceinte a des plaques rouges malsaines sur la pointe de ses pommettes. Le couple n'échange ni regard ni contact physique. Ils sont comme deux étrangers que des circonstances fortuites auraient mis en présence. Luttant contre un sentiment de pitié pour la jeune femme aux joues trop rouges et aux doigts refermés sur son ventre saillant, Perrot pose les deux mains à plat sur son bureau.

— Madame, si nous sommes en retard au rendez-vous que nous vous avons fixé hier soir, c'est que nous avons dû aller interroger des personnes ayant gravité autour de Tania Borel. Si je vous parle de Bruno Jacq et Stéphane L'Estey...

Les témoins ne bronchent pas.

— Ça ne vous dit rien ? Madame, voulez-vous nous préciser quand et comment a eu lieu l'insémination ?

Le rouge sur le haut des pommettes de la jeune femme se met à flamber, accusant davantage la lividité de son teint. Elle coule un regard suppliant vers son interlocuteur puis vers son mari. Mais celui-ci ne fait aucun geste dans sa direction. Elle se met à regarder la pointe de ses ongles puis en prenant son temps, elle se met à murmurer :

— J'ai rencontré deux fois Tania avant l'… l'intervention. Elle m'a inspiré confiance. Elle m'a expliqué qu'elle-même avait deux petites filles et qu'elle pouvait imaginer la douleur de ne pouvoir avoir d'enfants. Elle m'a dit qu'elle se proposait d'être l'intermédiaire entre des donneurs et des femmes désireuses de tomber enceinte…

Elle s'interrompt et passe le dos de sa main sur son front humide de sueur. Elle a, depuis le début de sa grossesse, des bouffées de chaleur qui l'assaillent sans prévenir. Perrot lui propose un verre d'eau qu'elle accepte avec reconnaissance.

— Si l'on vous comprend bien, résume Perrot, Tania Borel mettait en relation des bénévoles, entre guillemets, et des femmes en mal d'enfant.

— C'est ça, approuve Annabelle en reposant délicatement le verre.

— Vous n'avez pas trouvé cela étrange ? s'étonne Lefèvre avec un soupçon d'ironie dans la voix.

— Que voulez-vous dire ?

— Eh bien, que des hommes offrent ainsi leur… semence.

— Non, pas du tout. Je pense que je serais capable de faire la même chose, même si faire un don d'ovule est bien plus pénible pour une femme.

— Mais Tania Borel n'était pas bénévole, elle, si ?

— Non, fait la jeune femme en secouant la tête. Elle se faisait payer pour ça. Elle avait perdu son emploi et devait trouver une source de revenus.

— Et comment s'est passée votre rencontre avec le donneur ? reprend Lefèvre en prêchant le faux pour savoir le vrai.

— Il n'y a jamais eu de rencontre.

— Il a bien fallu pourtant que…

— Non, l'interrompt Annabelle d'une voix sourde, le donneur devait accepter de rester anonyme, c'était la condition essentielle. Ainsi, il ne risquait pas, un jour, de réclamer des droits sur l'enfant.

— Donc l'insémination s'est faite sans contact direct entre vous et lui.

— C'est ça.

— Le donneur savait qu'il donnait une chance à une femme d'avoir un enfant ?

Elle opine, l'air grave, presque solennel.

— Quelles preuves avez-vous, cependant, que les choses se sont passées comme Tania Borel vous l'avait annoncé ?

— Eh bien, répond-elle avec un sourire triste et un regard en direction de son abdomen arrondi, la preuve est bien visible, n'est-ce pas ?

Damien ne manifeste toujours aucune émotion, comme s'il s'était dédoublé et assistait de loin à quelque pathétique mascarade.

— Vous démentez donc avoir volontairement caché la situation au donneur ?

Elle écarquille les yeux et murmure :

— Je ne comprends pas. De quoi parlez-vous ?

Perrot se retourne vers Lefèvre et le sonde du regard. Celui-ci fait une moue dubitative et hausse légèrement les épaules, en encourageant cependant d'un geste du menton son collègue à poursuivre. Avec une profonde inspiration, ce dernier explique à mots choisis :

— Il se trouve, madame Gandeau et monsieur, ajoute-t-il en plantant délibérément ses yeux dans ceux sans expression du mari, que les choses sont différentes de ce que vous croyez.

Elle fronce le sourcil en enserrant son ventre qu'une contraction désagréable vient de tendre. Elle écarte un peu plus les pieds sur le sol et se force à respirer calmement.

— Allez-y, souffle-t-elle comme si elle partait au combat.

— Eh bien, le couple que nous avons entendu, avait engagé Tania Borel pour qu'elle porte leur enfant.

— Quoi ! Mais c'est impossible, je… enfin, j'ai bien été inséminée, n'est-ce pas ?

— Oui, Madame, mais apparemment ce couple l'ignorait.

— Ce couple ?

— Oui, ils sont deux à avoir signé ce contrat avec la victime. Mais le plus surprenant, réfléchit Perrot à voix haute, c'est qu'ils n'aient jamais su que Tania Borel ne s'était pas inséminée elle-même…

— Ce n'est pas étonnant, murmure alors la jeune femme en secouant la tête de droite à gauche, à partir du moment où il fallait garder l'anonymat…

— Concrètement, comment cela s'est-il passé ?

— De manière pas très romantique, avoue Annabelle avec un rictus contraint. Le donneur, enfin, celui que je prenais pour le donneur, corriget-elle, a prélevé son sperme dans l'intimité et l'a ensuite remis à Tania. Qui me l'a à son tour donné.

— Mais où étiez-vous donc ? s'étonne Lefèvre.

— Dans la salle de bains. Je ne devais en sortir sous aucun prétexte. Tania m'avait demandé d'arriver une heure en avance et m'avait fait entrer par la porte de derrière, afin d'être certaine de ne pas tomber sur le donneur.

— Donc, si l'on vous comprend bien, madame Borel vous rejoignait dans la salle de bains en faisant semblant de s'isoler pour s'inséminer elle-même. Elle vous remettait discrètement le prélèvement que vous vous administriez, avant qu'elle réapparaisse devant le couple.

— J'imagine que c'est comme ça que les choses se sont passées, fait Annabelle en voûtant ses épaules.

C'est à ce moment que Damien, resté de marbre jusqu'alors, s'écrie, en s'étranglant presque :

— Mais alors, ces hommes vont réclamer leurs droits sur l'enfant, maintenant !

Émue, Annabelle contemple son mari, sans toutefois oser tendre la main vers lui. Cette phrase prononcée sur un ton bouleversé lui fait soudain comprendre que Damien n'a pas fait un trait sur ce bébé. Qu'il entrevoit douloureusement la possibilité que le père biologique se manifeste. Perrot acquiesce silencieusement. Annabelle glisse enfin une main vers son époux et la pose sur son avant-bras. Il ne la repousse pas. Perrot s'éclaircit la gorge.

— Nous allons revenir à présent au cas de Karen Dinio. Persistez-vous à dire que vous ne lui avez pas parlé dans les minutes qui ont précédé sa mort ?

— Oui, acquiesce le couple.

— Pourtant, elle souhaitait vous parler, monsieur Gandeau, insiste Lefèvre.

— C'est vrai, elle m'avait appelé il y a quelques jours. Elle souhaitait me parler de quelque chose de soi-disant important. Mais, comme je l'ai expliqué à Annabelle hier, j'ai pensé qu'il n'y avait aucune urgence. Karen était fragile psychologiquement, perturbée. Elle avait des idées très arrêtées sur l'éducation de notre fille, elle la poussait énormément, sans tenir compte du fait qu'elle était encore toute petite. Je me suis donc dit qu'elle voulait me parler de quelque cours censé garantir un meilleur avenir à Capucine. Du coup, je lui ai répondu qu'on parlerait lors de mon prochain droit de visite, le week-end suivant.

Perrot a cru voir un nuage voiler le regard d'Annabelle. Il se tourne vers elle.

— Et vous, vous ne l'avez pas vue non plus ?

— Pas hier, non.

Son mari la dévisage soudain et demande :

— Parce que tu as vu Karen récemment ?

— Oui, avant-hier, elle est passée au bureau. Elle m'a fait un peu peur, elle était comme… habitée. Elle m'a presque forcée à la suivre à la brasserie d'en face. Elle voulait me parler, disait-elle. C'est là qu'elle m'a dit sa surprise de me savoir enceinte et qu'elle m'a parlé de la tienne lorsque tu saurais…

Annabelle étouffe un sanglot. Damien lui serre l'épaule.

— Elle vous a fait chanter, termine Perrot.

— En quelque sorte. Elle disait que Damien ne pourrait pas rejeter Capucine, même s'il apprenait qu'il n'en était pas le père. Alors que mon bébé, termine-t-elle dans un hoquet, il le rejetterait en bloc.

— À ce moment-là, conclut Lefèvre, vous avez décidé de la supprimer.

— Pas du tout !

— Pourtant, vous étiez présente sur les lieux du drame.

— Je vous l'ai dit, je voulais être la première à avouer la vérité à Damien. Je ne voulais pas que cette folle s'en charge !

— Bien, nous avons récupéré le portable de Karen Dinio, nous allons écouter sa messagerie, espérons qu'elle confirmera vos dires.

Alors qu'il se lève pour raccompagner les témoins, Perrot fait soudain volte-face :

— Comment décririez-vous Tania Borel ?

— Comment ça ?

— Physiquement, j'entends.

Perplexe, Annabelle dévisage le plus âgé des policiers.

— C'était une jolie femme, très féminine.

— Maquillée ?

— Oui, toujours bien maquillée.

— Très bien, ce sera tout.

*

Bruno réfléchit à ce qu'il va faire pour occuper sa matinée. Il se dit qu'il va profiter de l'absence de Stéphane pour passer au supermarché. Malgré l'émotion provoquée par la révélation que viennent de leur faire les policiers, Stéphane ne peut se permettre de ne pas aller travailler ce matin. Il est prévu que leur client vienne à dix heures finaliser certains détails concernant le devis et la réalisation du chantier. En effet, même si l'agence de Stéphane ne fait que proposer plans et maquettes, ils s'engagent également à mettre leurs clients en relation avec des artisans et entreprises dans lesquels ils ont confiance. Pour l'heure, les deux hommes sont attablés devant un café dans leur cuisine, lumineuse malgré la grisaille extérieure. Ils sont aussi sonnés l'un que l'autre, partagés entre le sentiment de s'être fait avoir et celui que l'avenir s'ouvre peut-être enfin devant eux. Bruno fait tourner sa tasse vide entre ses mains et murmure :

— Ainsi donc, ce que nous espérions tant s'est réalisé.

Stéphane a un rictus amer tandis qu'il vide sa deuxième tasse de café serré.

— Malheureusement pas dans les conditions prévues. Que va-t-il se passer maintenant ? La femme qui porte notre enfant ne souhaitera jamais avoir de contact avec nous…

— Sauf que les tests génétiques prouveront notre, enfin, ma paternité.

— Et alors ? soupire Stéphane, à partir du moment où tout cela est illégal…

— Parce que c'est illégal de faire un enfant avec une femme ? ironise Bruno en reprenant de l'assurance.

Stéphane le dévisage, bouche bée. Puis il opine avec un large sourire :

— Mais oui, tu as raison, rien n'interdit à un homo d'avoir des relations sexuelles avec une femme. Même mariée…

*

Malgré la réticence de Damien et son propre épuisement, Annabelle a décidé d'aller au marché. Tout, plutôt que de rester cogiter ainsi à la maison. De toute façon, il va bien falloir qu'elle retrouve un peu d'énergie si elle veut faire face à ses nouvelles responsabilités. En effet, maintenant que Capucine n'a plus sa maman, il va bien falloir que Damien ou elle-même se libère plus tôt le soir pour s'occuper d'elle. Tandis qu'elle actionne les essuie-glaces, elle songe à cette pauvre petite dont la grand-mère maternelle s'est chargée hier soir, et qui va sans doute demander ce qui est arrivé à sa maman. Elle ne sait pas ce qui va lui être – ou qui lui a déjà été – répondu. La veille au soir, Damien n'a pas eu le temps d'aller la chercher à l'école ou chez sa grand-mère, entre les différents interrogatoires de police. Mais dès aujourd'hui, il va devoir s'y employer à plein-temps. Elle sait que, d'une certaine façon, cette idée le réjouit, même s'il va être difficile d'aider Capucine à surmonter le deuil. Cependant, il aurait sans doute aimé que les choses se passent différemment. On ne peut pas souhaiter à un enfant de perdre son parent, n'est-ce pas ? Sauf lorsque… Annabelle fait taire la pensée sordide qu'elle s'apprêtait à verbaliser. Elle ne doit en aucun cas laisser le poison du doute contaminer la relation bancale qu'ils sont en train d'essayer de restaurer. Elle tourne le volume de la radio afin d'éloigner ses idées noires et se concentre sur sa conduite. Elle se gare à proximité du marché et fait le reste du chemin à pied. Malgré la bruine glaciale qui s'insinue dans les cols, les promeneurs se massent dans les allées. En une habitude millénaire, les camelots interpellent les passants avec gouaille.

« Elle est pas belle, ma salade ? Allez, deux pour le prix d'une aujourd'hui ! » « Allez, on se fait plaisir avec des petits cannelés tout juste sortis du four ! » « Allez, ma p'tite dame, avec le couteau magique, fini la corvée d'épluchure, même Monsieur va adorer éplucher les carottes ! » Annabelle se sent un peu plus légère, gagnée par l'entrain communicatif des marchands ambulants. Elle se surprend même à sourire à leurs blagues éculées. Elle décide de s'acheter un joli bouquet coloré pour égayer la maison. Elle s'arrête chez le fleuriste quand, tout à coup, elle aperçoit une longue silhouette familière qui arrive en face. Spontanément, Annabelle s'apprête à héler la jeune femme, mais soudain, elle retient son geste. Elle ne veut pas encore se faire rabrouer. Elle croise le regard de son amie, un regard qui, ce matin, ne se détourne pas. Annabelle hésite encore, quand Vanessa s'approche à grandes enjambées. La gorge serrée, Annabelle reste immobile, son panier à bout de bras. Vanessa n'embrasse pas son amie pour la saluer mais la regarde d'un air infiniment triste. D'une voix sourde, elle prononce :

— Je sais ce qui vous arrive, désolée…

— Merci, fait Annabelle en haussant une épaule fataliste. Je suppose que c'est pour la petite et Damien que ça va être le plus difficile.

— Sans doute. D'un autre côté, termine Vanessa en tournant déjà les talons, vous voilà enfin débarrassés de Karen…

Annabelle ne trouve rien à répondre et se retourne vers la fleuriste. Le ton qu'a employé son amie l'a surprise par sa froideur, voire son cynisme. « Mais après tout, songe Annabelle en désignant un bouquet multicolore, si les circonstances n'étaient pas aussi tragiques, je serais tentée de lui donner raison… »

*

En entrant les quatre chiffres de la date de naissance de Capucine, les policiers ont aisément déverrouillé le téléphone de Karen Dinio.

— Décidément, remarque Lefèvre en attaquant son en-cas de milieu de matinée, les gens manquent singulièrement d'imagination ! Ils choisissent presque tous la date de naissance de leur conjoint, de leurs enfants ou de leurs animaux domestiques pour créer leur code d'accès téléphonique.

— L'être humain est tristement prévisible, que veux-tu !

— Bon, alors, il donne quoi, ce téléphone ? interroge Lefèvre en tirant sa chaise de l'autre côté du bureau.

— Regardons les SMS, pour commencer.

Ils font défiler l'historique de messagerie, ce qui ne leur prend que deux minutes, car Karen Dinio n'était apparemment pas du genre à archiver indéfiniment ses messages.

— Passons à la messagerie vocale, soupire Perrot en branchant le haut-parleur.

Le premier message remonte seulement à trois jours et prouve que la victime purgeait régulièrement sa boîte. On entend la directrice de l'école élémentaire de Capucine indiquer à la mère que la petite a de la température et qu'il serait bon de venir la chercher. Le suivant émane du garagiste qui précise à Madame que son véhicule est prêt. Ensuite, le plombier et le livreur de fioul annoncent le jour et l'heure de leur passage. L'avant-dernier message – précédant celui de la mère de la victime confirmant qu'elle irait chercher la petite malade à l'école – attire brutalement l'attention des deux collègues. Une voix altérée s'adresse à Karen : « Bonjour Karen, écoute, je n'arrive pas à me sortir de la tête ce que tu m'as dit tout à l'heure. J'espère que tu ne vas pas faire cette bêtise. Pense à ta fille ! Rappelle-moi, s'il te plaît. » Perplexes, ils contemplent l'objet redevenu silencieux. La personne est incontestablement une femme, mais elle n'a pas jugé utile de décliner son identité.

— On la rappelle pour savoir qui elle est ? demande Lefèvre, prêt à composer le numéro.

— Non, attends ! intervient son voisin en lui retenant la main. Je préfère y aller à l'improviste.

— C'est-à-dire ?

— On va demander à l'opérateur d'identifier ce numéro.

— OK, je m'en charge, fait le plus jeune en s'emparant du téléphone et en sortant de la pièce.

Au même instant, le téléphone se met à sonner.

— Ici le laboratoire d'analyses génétiques.

— Je vous écoute, répond fébrilement Perrot en saisissant un crayon.

— Voilà, comme il y avait urgence, nous avons passé la nuit sur le premier échantillon que vous nous avez remis…

— Et ? demande Perrot en dissimulant mal son impatience.

— Et l'échantillon prélevé sur la dénommée Annabelle correspond à celui trouvé sur la victime prénommée Tania Borel.

Abasourdi, Perrot repose le combiné. Il réalise qu'au fond de lui, il refusait l'évidence, comme s'il lui paraissait inconcevable qu'une femme qui va donner la vie puisse être capable de telles abominations. Il s'adosse à son fauteuil et ferme les yeux. À moins, se dit-il, que précisément, les femmes enceintes soient prêtes à tout, comme des louves protégeant leur portée. Il en est là de ses réflexions quand Lefèvre arrive en trombe, levant haut le portable de la victime.

— Je le savais ! s'exclame-t-il. Il faut toujours se méfier de l'eau qui dort ! Tu ne devineras jamais qui a passé ce coup de fil !

— Je le sais déjà, répond sombrement le commandant.

Annabelle s'est vue signifier sa garde à vue à douze heures zéro sept. Les deux policiers sont allés la chercher et elle n'a opposé aucune résistance. Sans doute qu'en les suivant de son plein gré, elle espérait partir discrètement et différer d'autant l'annonce de son mauvais sort à ses collègues. Elle est assise dans une salle d'interrogatoire dépourvue de fenêtres. Ses droits lui ont été rappelés, ainsi que la présence obligatoire d'un avocat dès sa première heure de garde à vue. Perrot est assis en face d'elle, Lefèvre est debout derrière, adossé au mur. L'avocat, un homme mince au cheveu rare, se tient à droite d'Annabelle, légèrement en retrait.

— Madame, commence Perrot en posant ses coudes sur la table, vous avez été incapable de nous fournir une explication cohérente à votre présence auprès de Karen Dinio.

— Je vous ai pourtant tout dit, murmure la femme enceinte en écarquillant les yeux.

— Admettons. Mais pour le reste, vous ne nous avez pas tout dit.

— Le reste ?

— Madame Gandeau, les fibres retrouvées sur Tania Borel indiquent, sans erreur possible, qu'elles appartiennent à un de vos vêtements. Devons-nous aller perquisitionner à votre domicile pour nous en assurer ?

La jeune femme a blêmi et son avocat intervient aussitôt :

— Madame Gandeau, vous avez le droit de garder le silence. Ne parlez surtout pas sous le coup de l'émotion.

Perrot fusille l'homme de loi du regard mais ne dit mot. Annabelle a soudain l'air complètement désemparé. D'une main craintive, elle enserre son ventre et fronce les sourcils. En essayant de garder toute empathie à distance, Perrot répète calmement sa question. Contre toute attente, elle répond sans attendre :

— C'est vrai, je suis allée chez Tania, le jour de son décès…

— Arrêtez tout de suite, l'interrompt l'avocat en plaçant une main ferme sur l'avant-bras de la jeune femme.

Celle-ci le regarde avec lassitude et retire son bras. Puis elle se tourne vers le commandant et réplique :

— Je suis allée voir Tania parce que j'avais besoin de lui parler.

— De quoi ?

— De Damien, de nous. Je craignais qu'en apprenant ma grossesse, Karen aille trouver Damien et trahisse mon secret.

— Qu'est-ce que Tania Borel y pouvait ?

— Je ne sais pas trop bien ce que j'attendais, avoue Annabelle en baissant la tête vers son ventre. Un conseil, sans doute. Après tout, pour moi, Tania était un peu comme une bonne fée, celle qui m'avait donné un enfant, alors je devais imaginer qu'elle avait le pouvoir de le protéger. C'est idiot…

— Que vous a-t-elle répondu ?

— Eh bien, elle a eu un peu peur. Elle s'est dit que Karen, si elle remontait jusqu'à elle, risquait de la dénoncer, elle aussi.

— Alors, elle a décidé d'aller voir Karen ?

— Non, pas que je sache. Et puis, répond la jeune femme, non sans logique et au risque d'appeler l'attention sur sa potentielle culpabilité, Tania a été tuée avant Karen, n'est-ce pas ?

— Absolument, acquiesce Perrot, elle ne peut en aucun cas être responsable de la mort de l'ex-femme de votre compagnon.

— Mais l'inverse est peut-être vrai, calcule soudain Annabelle.

— Sauf, corrige Lefèvre, tapi dans l'ombre derrière elle, que ce sont vos traces qui ont été relevées sur le corps de Tania Borel.

Elle se voûte davantage et se met à serrer nerveusement ses mains.

— Il va donc falloir tout nous dire, à présent, reprend Lefèvre.

— Je vous ai tout dit, murmure Annabelle dans un souffle.

— Et ce coup de fil, insiste Lefèvre dont on ne distingue que la maigre silhouette en contre-jour, pourquoi l'avoir passé à Karen Dinio le jour de sa mort, si ce n'est pour lui tendre un guet-apens dans cette ruelle où elle est morte ?

Elle sursaute et fronce à nouveau les sourcils.

— Je n'ai pas téléphoné à Karen. C'est elle qui est venue me voir à l'improviste lorsqu'elle a su par Capucine que j'étais enceinte…

— Cessez de mentir ! la coupe brutalement Lefèvre. Nous avons la preuve qu'un coup de téléphone a été passé de l'immeuble où vous travaillez.

— Mais pas de mon bureau, se défend Annabelle dans un dernier sursaut d'énergie.

— Vous pouvez préciser ?

— Pour toutes nos communications, nous utilisons la même ligne.

— Je ne comprends pas, intervient Perrot.

— Eh bien, jusqu'à l'an dernier, nous avions tous une ligne privée mais la direction s'est rendu compte que certains abusaient. Ils passaient leurs coups de téléphone privés et restaient des heures en ligne. Depuis janvier, nous devons passer par le standard pour passer nos coups de fil, comme ça, il n'y a plus de problème.

— Vous voulez donc dire que vous avez désormais tous le même numéro de téléphone ?

— C'est ça. Si quelqu'un cherche à vous joindre, c'est la même chose, il doit d'abord passer par le standard.

Perplexe, Perrot laisse passer quelques secondes avant de reprendre :

— Si ce n'est vous qui avez passé ce coup de fil, alors qui ?

— Je n'en sais rien, avoue-t-elle. Mais ce n'est pas moi, croyez-moi.

— Nous ne demandons qu'à vous croire, répond placidement Perrot mais, en l'absence de preuve à décharge, nous allons devoir vous placer en garde à vue.

— Vous ne pouvez pas ! s'emporte alors l'avocat en se jetant sur ses pieds. Ma cliente est enceinte, j'exige sa libération.

— Vous n'avez rien à exiger, rétorque Perrot, que le système de la présence d'un avocat dès la première heure de garde à vue, ulcère autant que tout le reste de la profession. Madame Gandeau va voir un médecin dans les prochaines minutes et seul lui sera habilité à juger de la compatibilité d'un maintien en garde à vue avec son état.

Avec un soupir excédé, l'avocat tend la main à Annabelle, l'assure de son soutien et tourne les talons, au moment où le médecin est annoncé. Les deux collègues s'éclipsent, laissant la prévenue aux bons soins du praticien et sous la surveillance d'un gardien posté derrière la porte close. Après un bref passage chez Law afin de le tenir au courant des derniers rebondissements, les deux hommes s'engouffrent dans le véhicule de service. Dans un crissement de freins, ils se garent un quart d'heure plus tard, devant un grand bâtiment vitré. En montrant sa plaque, Perrot se présente à l'accueil qui les dirige vers une petite pièce située au bout d'un long couloir. Une femme est assise à sa table, à moitié dissimulée derrière un écran d'ordinateur aux dimensions impressionnantes. Âgée d'une bonne cinquantaine d'années, la femme, très corpulente, aux cheveux gris, leur sourit d'un air avenant.

— Bonjour Messieurs, fait-elle avant d'esquisser

un mouvement de recul en apercevant la plaque de police que lui tend Perrot.

— Rassurez-vous, nous voudrions simplement que vous nous indiquiez de quel bureau ce coup de fil a été passé. Voici le numéro, fait-il en collant un post-it jaune fluo sur le bureau.

— Ah ! fait la femme avec un soulagement mêlé de curiosité.

Elle reste immobile, les yeux fixés sur les visiteurs, comme si elle attendait quelque chose.

— S'il vous plaît, insiste Perrot en désignant l'ordinateur du menton.

— Ah oui… Je vous en prie, asseyez-vous en attendant.

Ils prennent place tandis qu'elle se met à consulter son écran tout en pianotant sur son clavier avec une vélocité que ses doigts boudinés ne laissaient pas présager. Au bout de plusieurs minutes, elle arrache une petite feuille de son bloc-notes, griffonne quelques mots dessus et le leur tend.

— Deuxième étage, leur précise-t-elle laconiquement.

*

Annabelle a fini par s'allonger sur le méchant lit recouvert d'une couverture rugueuse. Après le départ du médecin, elle a senti une intense lassitude s'emparer d'elle. L'homme a considéré que sa grossesse pouvait supporter une garde à vue. Elle n'a même pas essayé de l'amadouer. De toute manière, elle a l'impression que cela ne sert plus à rien de se battre. En retrouvant des fibres de ses vêtements sur la première victime, puis en la découvrant auprès de la deuxième, les policiers ont signé son arrêt de mort. La mort. Voici à quoi elle aspire à présent. À quoi bon se battre puisque tout concourt à faire d'elle une coupable. Même Damien va finir par la croire maudite, elle qui a bâti sa maternité sur du mensonge, avant d'entraîner vers la mort deux femmes l'une après l'autre. Elle regarde cette couverture rêche qui lui irrite la base du cou. Pourrait-elle s'en servir pour… ? Soudain, un sanglot l'étrangle tandis qu'elle songe à Capucine, cette petite orpheline de mère, qui va perdre en plus cette belle-mère qu'elle aimait tant. A-t-elle le droit d'oublier ainsi cette jeune innocente ? Non, elle se doit de se battre pour elle et pour son petit à venir. Même si Damien choisit finalement de ne plus lui faire confiance. Mais, raisonne-t-elle avec une lucidité terriblement douloureuse, si Damien renonce à elle, elle perd du même coup la petite Capucine. Avec un nouveau sanglot, elle sent que la décision qu'elle est en train de prendre est sans doute la meilleure qu'elle puisse prendre quand, tout à coup, une contraction la rappelle à l'ordre. Comme si ce petit être niché en elle demandait la trêve. Elle pose les mains sur son ventre et se met à pleurer de plus belle, jusqu'à tomber d'épuisement. Elle sombre immédiatement dans un sommeil agité, entrecoupé de gémissements. Elle ne dort que quelques instants, pour se réveiller encore plus lasse. Pendant ce somme trop court, des images violentes se sont succédé sur l'écran de son cerveau fatigué. Des images incompréhensibles de personnes familières se comportant de façon étrange. Elle se met en chien de fusil et tente d'évacuer ces visions pénibles. Mais elle sent que son inconscient est en train d'essayer de lui dire quelque chose. Elle entrevoit une silhouette vaguement familière mais qui se dérobe sans cesse. Et une voix aussi. Une voix comme déformée, comme portée par un écho. Et soudain, elle entend les mots, identifie le lieu et l'heure où elle les a entendus, reconnaît la personne. Avec un gémissement douloureux, elle cache son visage dans ses mains et se met à répéter : « Non, oh non, non… ». Elle sombre à nouveau, évanouie cette fois.

*

Lorsqu'ils parviennent au bureau qui leur a été indiqué, ils ont la déception de trouver porte close. La personne qui travaille là, leur dit la voisine de palier, s'est trouvée mal et est rentrée plus tôt chez elle. Elle leur conseille d'aller demander à l'accueil les coordonnées précises de sa collègue. Dissimulant mal leur frustration, les policiers repartent en sens inverse et vont se renseigner sur l'adresse du domicile de la malade. À nouveau, ils reprennent leur véhicule et s'engagent dans la direction qui leur a été indiquée. La personne qu'ils recherchent habite dans un immeuble moderne haut d'une douzaine d'étages et accessible par un digicode. Perrot appuie sur la sonnette de l'appartement mais il doit vite se rendre à l'évidence : ou elle est là et a décidé de ne pas se montrer, ou elle est purement et simplement absente de son domicile. Ne sachant que faire, les deux hommes jettent un regard alentour. L'immeuble, comme les trois autres voisins, fait partie d'un ensemble neuf construit autour d'un espace paysager. On a su tirer au maximum parti du peu de terrain gazonné disponible pour y intégrer une allée en bois circulant parmi des pas japonais et autres fantaisies en cailloux blancs. Alors que Lefèvre s'apprête à donner le signal du départ, il aperçoit une vieille dame qui remonte le passage en remorquant son caddie de courses. Aussitôt, il est près d'elle.

— Bonjour Madame, vous êtes de l'immeuble ?

— Oui, fait la vieille dame en hochant aimablement la tête.

— Connaissez-vous une certaine Vanessa Ferret ?

— Non, ça ne me dit rien, mais demandez donc à madame Robert, au rez-de-chaussée, appartement A2. Elle n'est pas la gardienne – nous n'en avons malheureusement pas, il paraît que ça coûte trop cher, figurez-vous ! – mais elle est là depuis toujours. Enfin, pas dans l'immeuble qui n'a que quatre ans, mais dans le quartier. Elle met un point d'honneur à connaître tous ses voisins. Elle dit qu'on ne peut pas vivre les uns près des autres en s'ignorant. Elle a raison, qu'en pensez-vous, vous les jeunes ?

Les jeunes étouffent un sourire avant de répondre courtoisement :

— Vous avez bien raison, Madame, ce sont sans doute les liens sociaux qui vous maintiennent en si bonne forme.

— Certainement, acquiesce laconiquement la vieille dame.

Puis, sans crier gare, elle se remet en route. Les OPJ lui emboîtent le pas et lui demandent de bien vouloir les laisser pénétrer dans l'immeuble. Étonnamment peu méfiante pour une personne de cet âge, elle accepte aussitôt. Elle compose le code de l'interphone, se glisse à l'intérieur et leur montre sur sa gauche l'appartement de celle qui fait office de gardienne. Ils remercient et décident d'aller d'abord frapper à la porte de Vanessa Ferret. Mais personne ne répond à leur coup de sonnette. Ils redescendent chez la concierge de substitution. Madame Robert ouvre la porte en intimant à son petit chien de ne pas en profiter pour s'échapper. Aussi peu farouche que la vieille dame au caddie, elle leur propose d'entrer.

— Ce ne sera pas long, indique Perrot en se faufilant dans l'entrée surchargée de meubles imposants.

— Mais entrez donc, insiste la vieille dame dont les épaules disparaissent sous un châle en tricot vieux rose.

— En fait, explique Perrot sans avancer davantage dans le corridor encombré, nous voulions juste savoir si vous avez vu Vanessa Ferret aujourd'hui.

La vieille dame aux boucles blanches prend quelques secondes pour réfléchir, les bras croisés sur la poitrine. Derrière lui, Perrot sent les efforts désespérés de son collègue pour se débarrasser du teckel qui s'est étrangement pris d'affection pour lui.

— Vanessa, vous dites, c'est bien la grande jeune femme du cinquième, toujours vêtue d'une cape et avec de longs cheveux bruns ?

— Nous n'en savons rien, en réalité.

— Ah bon ? Vous ne la connaissez pas ? mais alors qu'est-ce que vous…

— Rassurez-vous, fait Perrot en tendant sa carte tricolore.

— Ah ! J'aime mieux ça, prononce la vieille dame en portant la main à son cœur. J'ai cru un instant que vous étiez animés de mauvaises pensées. Pourtant, ce n'est pas mon genre, croyez-moi. Je refuse de devenir paranoïaque et voir le mal partout, comme tous ces gens que l'on entend à la télévision. Mes enfants me reprochent d'ailleurs d'être trop confiante…

— Restez comme vous êtes, réplique le commandant avec un sourire, tandis que Lefèvre continue à se débattre silencieusement contre le chien. Et pour en revenir à Vanessa Ferret ?

— Eh bien, je ne l'ai pas vue aujourd'hui. Il est encore tôt, remarquez, pour qu'elle soit déjà rentrée du travail. Je la croise souvent le soir vers dix-neuf heures quand je sors Hercule. Elle revient de la salle de sports au même moment.

— Seule ?

— Ma foi, oui, seule. Je ne l'ai jamais vue accompagnée d'un homme. Ni d'une femme d'ailleurs. Elle doit être assez solitaire.

— Elle ne reçoit jamais de visite ?

— Rarement, il me semble. Je l'ai déjà vue avec une jeune femme, une amie, sans doute. D'ailleurs, la dernière fois que j'ai croisé cette jeune femme, je crois bien qu'elle attendait un heureux événement, ajoute-t-elle avec un air réjoui.

— Serait-ce cette femme ? fait Perrot en montrant une photo sur son téléphone mobile.

— C'est bien elle. Une jolie jeune femme.

— Cela remonte à quand selon vous ?

— Eh bien, je dirais une quinzaine de jours.

— Bien, Madame, merci pour toutes ces informations, termine Perrot. Si un détail vous revenait, n'hésitez pas à nous contacter à ce numéro.

Visiblement déçue de les voir repartir déjà, la

vieille dame les raccompagne jusqu'à la porte de l'immeuble. Une fois dans le jardin, Lefèvre laisse échapper son exaspération :

— Elle aurait pu le faire castrer, son clebs ! Il n'a pas cessé de s'envoyer en l'air sur mon mollet !

— Eh ben, tu vois, que tu plais… lance Perrot en accélérant le pas pour esquiver la bourrade de son collègue.

Une fois dans la voiture, les policiers font le point. Vanessa Ferret, n'étant pas chez elle alors qu'elle a quitté le bureau en prétendant être souffrante, deux hypothèses sont possibles : ou bien elle se trouve en ce moment en rendez-vous chez son médecin, ou bien elle a choisi de ne pas rentrer chez elle pour éviter d'être interpellée par la police. Incapables de trancher, ils décident de retourner au service. Mais sur le chemin, tandis qu'ils se faufilent entre les files de voitures que la pluie qui a repris de plus belle ne semble pas inciter pas à la prudence, la sonnerie du portable de Perrot retentit. Il tend le combiné à son voisin, qui fronce les sourcils en écoutant son interlocuteur. Lefèvre fait signe au chauffeur de se garer au plus vite. À la première aire de service, Perrot freine brutalement et immobilise la voiture. Lefèvre branche le haut-parleur et demande à leur interlocuteur de répéter :

— J'ai vu les informations régionales, prononce une voix désagréable

— Oui, vous êtes ?

— Madame Cenon.

— C'est-à-dire ?

— La voisine de madame Borel. Celle de derrière, indique la voix aigre.

Tout à coup, la femme leur revient en mémoire. Une personne rêche et cassante, qui ne leur a accordé que quelques maigres instants d'entretien, le jour où ils sont allés faire l'enquête de voisinage.

— Oui, madame Cenon, s'empresse de répondre Perrot d'un ton aimable, qu'avez-vous à nous dire ?

— J'ai vu le journal, répète la femme sur un ton légèrement impatient.

— Accouche ! murmure Lefèvre, excédé, tandis que Perrot lui intime le silence de la main et poursuit poliment :

— Oui Madame, et alors ?

— Eh bien, je veux pas être indiscrète, mais je suppose qu'il faut faire son travail de citoyen. Même si je suis pas sûre que ça nous mène quelque part, tout ça…

— Vous avez une information à nous communiquer, Madame ? insiste Perrot en agrippant son volant pour s'empêcher de s'énerver contre son interlocutrice.

— Oui.

— Allez-y, nous vous écoutons.

— Le jour où elle est morte, un homme est passé par le jardin de derrière.

— Comment ? Vous en êtes certaine ?

— Oui, réplique la femme sur un ton légèrement offensé.

— Et vous sauriez le décrire ?

— Mieux que ça, je sais qui c'est…

— Et de qui s'agit-il, Madame ?

— Je ne sais pas si je dois… fait mine d'hésiter la dénommée madame Cenon.

— C'est votre devoir de citoyenne, réplique

patiemment Perrot en reprenant à dessein les mots de la femme.

— Eh bien, il s'agit de Pierre Cérin.

— Qui est ?

— Le voisin qui habite devant chez les Borel.

Les deux policiers se rappellent vaguement un individu qu'ils ont rapidement interrogé. Mais l'homme ne les a pas vraiment marqués.

— Vous souvenez-vous à quelle heure il est allé chez elle ?

— Vous m'en demandez trop là ! Je ne suis pas concierge !

— Vous pouvez peut-être tout de même nous indiquer ce que vous avez vu précisément ? Ce qu'il a fait…

— Je l'ai juste vu se faufiler dans le jardin.

— Ça ne vous a pas intriguée ?

— Non. Après tout, je ne connaissais pas les coutumes de cette… femme…

Madame Cenon n'est pas présente devant eux mais c'est comme si elle l'était, tant son ton est expressif. On imagine parfaitement la bouche se déformer en un rictus désapprobateur et les poings se planter sur les hanches.

— Et ensuite, avez-vous vu ce qu'il a fait ?

— Je suppose qu'il est entré dans la maison.

— Vous supposez ?

— Oui.

— L'avez-vous vu ressortir ?

— Je ne suis pas une espionne, rétorque la voisine, et puis mon feuilleton allait commencer.

— Bien, madame Cenon, il faudrait que vous veniez faire votre déposition au commissariat.

— En plus !

— Si cela vous arrange, nous enverrons quelqu'un, fait Perrot sur un mode conciliant.

— Je préfère.

— Merci Madame.

Perrot raccroche et garde les yeux dans le vague, quelques secondes. Puis il se tourne vers Lefèvre que l'adrénaline n'empêche pas de manger, comme en témoigne la barre chocolatée dans laquelle il vient de croquer.

— Tu penses qu'on peut apporter du crédit à ce qu'elle vient de dire ?

— C'est une vieille bique frustrée, mais on ne peut pas se permettre de ne pas tenir compte de cette information.

— Tu as raison. Allons voir le bonhomme…

*

Avec des bourdonnements dans les oreilles, Annabelle revient lentement à elle. Elle a la nuque raide et la bouche sèche. Elle se demande combien de temps on va la laisser là. Elle a soif et, malgré les circonstances, la faim commence à la tenailler. Elle se dit qu'on va peut-être l'oublier là et que finalement, ce serait peut-être mieux ainsi. Elle mourra de faim silencieusement, dans l'indifférence la plus totale. On dira ensuite qu'elle a succombé à un malaise fatal, inexplicable. On conclura qu'elle ne pouvait supporter ce trop-plein d'émotions. Mais tandis qu'elle se laisse peu à peu envahir par une douce torpeur morbide, un ultime élan la retient au bord du précipice. Elle retient son souffle, prise de vertige.

Sa tête lui fait mal, comme si on tentait de lui ouvrir le crâne. Elle comprend que c'est une idée qui essaie de se frayer un chemin ou du moins une sensation confuse que son cerveau essaie d'analyser malgré son état de grande faiblesse. Elle ferme les yeux, serre fort les paupières et essaie de se rappeler cette impression qui la fuit. Pourquoi tant de solitude soudain ? Pourquoi la jeune femme aimable et aimée qu'elle était est-elle devenue en si peu de temps cette paria qui appelle la mort sur ce lit trop raide ? Elle n'a même pas demandé à joindre Damien ou ses parents. Elle est certaine qu'il ne pourra plus croire en elle, à présent que tous les soupçons se portent sur elle et que toutes les preuves l'accablent. Et elle n'a pas non plus envie d'appeler ses parents. Son beau-père qui l'a élevée se bat contre le cancer depuis de nombreuses années maintenant et sa mère lui consacre toute son énergie. Elle ne peut leur imposer cette souffrance supplémentaire. Il lui resterait bien Vanessa, mais cette dernière lui a clairement signifié son refus de lui parler en ce moment. Pourquoi ? Vanessa. Son amie drôle et fidèle. Son amie qui… Soudain, sa gorge se serre. Jusqu'à l'étouffer. Le souvenir lui est revenu. Le fantôme méconnaissable de Vanessa tel qu'il lui est apparu pendant son court sommeil. Et ces mots qu'elle lui a dits la dernière fois qu'elles se sont vues, juste après la découverte du corps de Karen.

« D'un autre côté, vous voilà enfin débarrassés de Karen ». Pourquoi a-t-elle dit cela ? De quoi voulait-elle parler ? Annabelle secoue la tête sans comprendre. La gardée à vue n'a pas dit à son amie que Karen l'avait menacée de tout révéler à Damien, alors pourquoi Vanessa a-t-elle dit ça ? Elle remue sur sa paillasse, en proie à un malaise diffus. Elle se redresse lentement et, malgré les murs qui se sont remis à danser autour d'elle, elle se met sur son séant. Puis à pas prudents, elle se lève et se traîne jusqu'à la porte de sa cellule. Là, elle se met à frapper contre la porte en criant qu'elle doit parler aux policiers.

*

Perrot et Lefèvre décident d'aller interroger le fameux voisin dont a parlé la femme revêche au téléphone. Dans la maison aux stores baissés à chaque fenêtre, une lumière luit au rez-de-chaussée. L'homme répond au premier coup de sonnette. S'il reconnaît les visiteurs, rien ne l'indique sur son visage immobile. Il a les cheveux taillés très court et une silhouette mince. Il est habillé d'un pantalon noir et d'un pull-over assorti à encolure en v, qui laisse dépasser le col d'une chemise gris foncé. Comme la fois précédente, il n'invite pas les visiteurs à entrer. Mais Perrot force doucement le passage et les trois hommes se retrouvent assis dans un salon austère. Un canapé marron et deux fauteuils coordonnés entourent un grand écran plat fixé au mur. Aucune décoration sur les murs, à l'exception d'une représentation de l'Angélus de Millet et d'une autre de la chambre de Van Gogh. Sur la table basse au plateau vitrifié, les télécommandes sont parfaitement alignées. Pierre Cérin s'assoit au fond du canapé, croise les jambes et les bras en signe d'attente.

— Monsieur Cérin, commence Lefèvre adossé au radiateur, vous nous avez dit la première fois que nous vous avons interrogé que, le jour de la mort de

Tania Borel, vous étiez allé faire des courses.

— Exact.

— Tout l'après-midi.

— Toujours exact.

À cet instant, mû par une intuition soudaine, Perrot intervient :

— Comment décririez-vous Tania Borel ?

— Pardon ?

— Vous avez entendu ma question, monsieur Cérin.

— Eh bien, je n'en sais rien, moi.

— On la remarquait ?

L'homme semble tout à coup mal à l'aise.

— Comment ça ?

— Eh bien, était-elle coquette, soignée de sa personne ?

— Je suppose qu'on peut dire ça, répond le témoin avec un léger rictus.

— Vous pouvez préciser ?

— C'est pourtant clair, non, elle était très fardée, les cheveux décolorés, des vêtements voyants.

— Merci, répond Perrot en faisant signe à son collègue qu'il peut poursuivre.

— Donc, reprend Perrot, vous avez passé l'après-midi du 25 à faire des courses.

— Exact.

— Bien que vous viviez seul, insiste Lefèvre.

— Je prends mon temps puisque j'en ai, explique l'homme d'un ton placide.

— Le problème, c'est que nous n'avons aucune preuve de votre présence au centre commercial, à l'heure du décès de madame Borel. À moins que vous ayez un ticket de caisse ?

L'homme réfléchit quelques secondes avant de secouer lentement la tête.

— Non, explique-t-il sur un ton toujours aussi posé, je ne garde les tickets que lorsque j'achète beaucoup de choses. Or, ce jour-là, j'ai simplement acheté quelques produits frais. J'ai donc jeté le ticket, une fois que j'avais consommé ces produits.

— C'est embêtant, fait Perrot. Un ticket de carte bleue, alors ?

— Je paie en liquide, je ne vois pas l'intérêt d'une carte, à part à vous entraîner à faire des dépenses inconsidérées.

— C'est très embêtant.

— Mais j'ai mon ticket de stationnement, rétorque soudain Pierre Cérin.

— Ah ? fait Perrot en dissimulant mal sa déception.

— Je dois l'avoir quelque part, fait l'homme en se levant tranquillement.

Il passe dans la pièce voisine où on l'entend ouvrir un placard avant de revenir, un ticket blanc à la main.

— Le voici, fait-il en le tendant lentement à Perrot.

Le commandant déchiffre le petit bout de papier : aucun doute, le véhicule était bien stationné sur le parking du centre commercial entre quatorze heures et dix-sept heures vingt-six. À regret, Perrot empoche le ticket et fait signe à Lefèvre, installé contre le radiateur derrière l'homme, qu'il n'y a plus qu'à repartir. En remerciant Pierre Cérin, Perrot croit voir une petite lueur de triomphe dans son regard autrement impassible.

— J'aurais pourtant bien voulu que ce soit lui, marmonne Lefèvre en étouffant un bâillement d'épuisement.

— Je crois surtout que la vieille revêche de derrière chez les Borel avait envie de se moquer de nous.

— Ou d'incriminer ce pauvre type. Je suis sûre qu'elle en pince pour lui et qu'il n'en a rien à cirer.

— Mouais, répond Perrot sans conviction tandis qu'il démarre le moteur.

*

— Mais je ne vois pas qui avait intérêt à supprimer Tania, répète Bruno en remuant son café.

— Peut-être son mari s'il a découvert ce qu'elle manigançait derrière son dos…

— Tu penses bien que c'est le premier que les policiers ont dû entendre, répond Stéphane avec lassitude.

— Ou alors cette femme qui porte en ce moment notre enfant…

— Mais pourquoi aurait-elle fait ça ?

— Parce qu'elle a découvert que Tania lui avait menti.

— Peut-être… répond Stéphane en haussant les épaules. De toute manière, est-ce si important ? Nous savons que notre enfant pousse en ce moment dans un ventre, alors le reste…

— Tu as sans doute raison, cela est sans importance à présent. Qu'est-ce que tu préférerais ? Garçon ou fille ?

— Fille ! répond ironiquement son compagnon, comme ça, on ira s'acheter nos tenues ensemble.

— Arrête, Stéphane! je n'aime pas quand tu joues le jeu de tous ces cons homophobes, même pour en rire. Les imiter, c'est déjà leur apporter trop de crédit.

— Désolé, répond aussitôt Stéphane qui sait comme son compagnon a pu souffrir de moqueries cruelles.

En effet, contrairement à lui-même qui a une allure sportive et indéniablement virile, Bruno a toujours été un petit gabarit. Il a donc été la proie facile de jeunes crétins homophobes ou simplement stupides.

— C'est bon. Alors, quel sexe?

— Franchement, ça m'est un peu égal, même si j'aurais une petite préférence pour une fille.

— Moi aussi, je crois. Mais je ne sais pas si ce serait idéal pour une fillette de grandir entre deux pères, réfléchit Bruno en fronçant les sourcils.

— Et c'est toi qui me parles de clichés! se récrie Stéphane, mais tu es pareil, ma parole!

— C'est peut-être vrai, avoue Bruno en se voûtant. Des années d'idées toutes faites, ça marque, que veux-tu…

— C'est certain que tes parents ne sont pas les plus ouverts sur le sujet, le taquine Stéphane en croquant un biscuit.

— En tout cas, dès que la situation se sera éclaircie, nous demanderons à faire reconnaître notre paternité.

— Et si c'est la mère la coupable, c'est nous qui aurons la garde exclusive, conclut Stéphane avec un sourire de triomphe.

Bruno le dévisage avec stupeur. Est-ce bien son compagnon qui prétendait une totale indifférence il y a cinq minutes, qui vient de prononcer ces paroles machiavéliques ?

*

— S'il vous plaît, je dois parler au commandant Perrot ! Je vous en prie, c'est important !

— Du calme, ma p'tite dame, fait un gardien en ouvrant le judas, qu'est-ce qui vous arrive ? Vous vous sentez mal ?

— Non, je dois parler au commandant ! je vous en prie, c'est important !

— Je vais voir ce que je peux faire, fait l'homme conciliant, mais je vous promets rien. Il est peut-être pas au service en ce moment.

— S'il vous plaît, murmure Annabelle avec une voix brisée par l'émotion.

Elle laisse son dos s'appuyer à la porte dont le gardien vient de refermer le judas. Elle sent que ses forces commencent à nouveau à faiblir. Elle se mord la lèvre pour se ressaisir. Elle sent un goût de fer dans sa bouche. Elle porte un doigt à ses lèvres, regarde le sang le rougir. Elle se laisse glisser sur le sol et s'assoit en tailleur, seule position confortable avec son ventre proéminent. Elle regarde les craquelures sur le mur qui s'écaille, essaie d'y lire quelque chose. Un message. D'espoir ? Elle songe à nouveau à Capucine qui va désormais vivre avec Damien. Damien qui avait toujours espéré qu'un jour, Karen accepterait la garde partagée. Mais qui avait dû se rendre à l'évidence : son ex-femme ne céderait jamais et il devrait se contenter de quelques moments volés avec sa fille, toutes les deux semaines. « Il va sans doute être heureux de ne plus avoir à la partager », réfléchit Annabelle avant de retirer aussi vite ses paroles silencieuses. Comment peut-elle penser ainsi ? Comment peut-elle avoir de telles idées en un tel moment ? Mais si, pourtant, elle avait raison de penser en ces termes, cela pourrait signifier que Damien… Non, elle refuse d'imaginer son compagnon dans ce rôle d'assassin. Damien, le plus doux des hommes, le plus gentil. Oui, mais le plus prêt à tout aussi pour garder le contact avec Capucine. « Mon Dieu, se dit-elle en laissant retomber sa tête lourdement sur le montant de la porte, jusqu'où aurait-il pu aller ? »

*

Perrot et Lefèvre sont rentrés au service avec l'impression pénible d'avancer à reculons. Dès qu'ils croient avoir mis le doigt sur quelque chose, la piste se délite aussitôt, comme dans ces jeux d'enfants où l'on demande à son camarade si on chauffe ou si on refroidit pour savoir si l'on est proche de l'objet dissimulé. Parvenus à leur étage, les deux officiers regagnent leurs bureaux respectifs afin de rédiger des rapports en souffrance. Perrot est en train de consigner les faits des dernières heures lorsqu'un gardien vient l'interrompre en frappant à la porte entrouverte. Essoufflé, il explique :

— Commandant, la gardée à vue demande après vous, elle dit que c'est urgent !

— Bien, merci, j'arrive. Juste le temps de prévenir son avocat et Lefèvre.

Perrot abandonne ses papiers et appelle l'avocat commis d'office. Mais l'homme de loi répond qu'il ne pourra se libérer avant trois heures, au bas mot, car il est auprès d'un autre client à l'autre bout de la ville. Perrot lui explique que le temps leur est compté et qu'ils ne peuvent patienter autant. Mais l'avocat reste campé sur ses positions et met un terme à la conversation. Indécis, Perrot regarde le combiné qu'il vient de raccrocher. Puis il décide de suivre son collègue dans le couloir. Au passage, il avise Lefèvre qui décide, séance tenante, de se joindre aux deux hommes.

— La gardée à vue, explique le gardien en appuyant sur le bouton du rez-de-chaussée, a commencé à tambouriner à la porte en criant. J'ai pensé qu'elle avait besoin d'un médecin, vu son état, mais elle m'a dit que non, c'est après vous qu'elle en avait.

Perrot opine tandis que s'ouvre la porte de l'ascenseur. Ils empruntent le couloir desservant les cellules à barreaux. Dans une geôle de dégrisement, un homme entre deux âges profère des menaces molles en pointant l'index vers quelque cible visible de lui seul. Plus loin, deux femmes se tiennent aux deux extrémités de leur geôle. L'une a la tête penchée, découvrant les racines blanches d'une teinture passée ; l'autre, plus jeune, habillée de vêtements moulants, regarde les arrivants sans les voir. La cellule suivante est occupée par un jeune homme occupé à faire des pompes sur le sol de béton. Les officiers se dirigent vers l'avant-dernière cellule, celle où la jeune femme est confinée. Si cette dernière s'est manifestée bruyamment il y a quelques minutes, plus aucun bruit ne provient à présent de la pièce sans fenêtre. Pourtant, en approchant, les deux officiers croient percevoir un gémissement assourdi.

Pris d'une inquiétude soudaine, Perrot demande au gardien de déverrouiller la porte. Mais celle-ci refuse de s'ouvrir complètement. Surpris, Perrot appelle :

— Madame Gandeau, c'est vous qui bloquez la porte ?

Aucune réponse ne leur parvient, mais la résistance disparaît comme par enchantement. Les deux hommes se coulent à l'intérieur. Ils comprennent que la jeune femme était adossée à la porte et que c'était son poids qui empêchait l'ouverture de la cellule. En reconnaissant les arrivants, Annabelle se met sur ses jambes tremblantes et les regarde avec un nouvel éclat dans le regard.

— Madame, vous avez demandé à nous parler. Nous avons donc fait appeler votre avocat. Mais celui-ci ne pourra être là avant trois heures, au mieux…

— Ce n'est pas la peine qu'il se déplace, réplique Annabelle d'une voix faible. J'avais quelque chose d'important à vous dire.

— C'est hélas la procédure, fait Perrot en ouvrant deux mains navrées.

Il jette un œil derrière l'épaule de la jeune femme et consulte Lefèvre du regard. Ce dernier hausse les épaules pour signifier qu'ils peuvent exceptionnellement s'affranchir de cette lourdeur administrative. Perrot reporte les yeux sur la prévenue et précise :

— Dans la mesure où nous avons deux victimes et que le temps presse, nous allons écouter ce que vous avez à nous dire. Cependant, nous allons enregistrer votre conversation. Et nous vous demanderons de répéter vos propos intégralement, en présence de votre avocat.

Elle opine en silence. Il la fait passer dans le bureau adjacent et la fait asseoir sur une chaise. Lui prend place de l'autre côté de la table, tandis que Lefèvre va s'appuyer au mur derrière la prévenue. Annabelle attend impatiemment que l'appareil d'enregistrement soit branché puis, dès que la lumière verte apparaît, elle plante son regard dans celui de Perrot et explique fiévreusement :

— Eh bien, voilà, tout à l'heure, dans la… pièce où je me trouvais, je me suis endormie. Ou bien j'ai perdu connaissance, je ne sais pas trop. Et c'est pendant ce sommeil, ajoute-t-elle en dessinant des guillemets dans l'air, que m'est revenu quelque chose…

— Soyez plus précise, l'enjoint Perrot.

— Ce matin, reprend Annabelle d'une voix pâteuse, je suis allée au marché. J'étais perturbée mais je ne me voyais pas rester chez moi à ressasser. Alors je me suis traînée dehors, contre l'avis de mon mari…

— Continuez, l'encourage Perrot avec la crainte soudaine de s'être déplacé pour rien.

— C'est là que j'ai croisé ma collègue Vanessa…

À cet instant, l'intérêt de Perrot renaît. Les avant-bras posés sur la table, il penche le buste en avant.

— Vanessa Ferret, vous voulez dire ?

— Oui, acquiesce Annabelle sans manifester de surprise. Elle m'avait tourné le dos hier, si bien que je pensais qu'elle avait quelque chose à me reprocher. Je comptais donc l'ignorer, mais bizarrement, elle a fait le premier pas. Elle m'a saluée… sans m'embrasser. Et c'est là qu'elle m'a dit cette phrase bizarre…

— Laquelle ?

— « D'un autre côté, vous voilà enfin débarrassés de Karen ».

— Qu'y a-t-il d'étrange là-dedans ? s'étonne Lefèvre derrière elle. Après tout, c'est vrai que l'ex-femme de votre compagnon était un peu particulière…

— Ce n'est pas ça, explique confusément Annabelle. C'est le ton sur lequel elle a prononcé ces mots qui m'a fait réagir. Comme si elle savait que j'avais personnellement eu des problèmes avec Karen.

— Ce qui était bien le cas, rétorque Lefèvre.

— Oui, insiste Annabelle en se tournant franchement vers Lefèvre de manière à lui parler en face, sauf que Vanessa n'était pas censée le savoir.

— Ce qui signifie…

La jeune femme se retourne vers la table et prend soudain une voix plus hésitante pour répondre :

— Eh bien, que Vanessa a peut-être quelque chose à voir avec tout ça… conclut-elle en laissant tomber ses épaules.

— Peut-être… répond prudemment Perrot, mais pour en avoir le cœur net, il faudrait pouvoir l'entendre.

— J'ai ses coordonnées, propose Annabelle sur un ton secourable.

— Nous aussi, merci. Mais votre collègue n'était pas chez elle lorsque nous y sommes passés. Vous avez une idée d'où elle pourrait se trouver ?

Annabelle fronce les sourcils en un effort intense de réflexion. Puis elle secoue la tête en signe d'ignorance.

— Revenons-en à ce que vous venez de nous dire. Dans l'hypothèse où Vanessa Ferret aurait quelque chose à voir avec la mort de Karen, comment seraient-elles entrées en contact ?

— Rien de plus simple, elles étaient étudiantes ensemble. Et sans être amies, elles ne s'étaient pas complètement perdues de vue.

— Vous dites qu'elles se connaissaient ?

— Oui.

— Étaient-elles en contact récemment ?

— Ça, je n'en sais rien.

— Se pourraient-ils qu'elles se soient rencontrées ces jours derniers ?

— Je suppose que c'est possible, même si cela m'étonnerait.

— Pourquoi ?

— Parce que Vanessa n'a jamais apprécié Karen. Elle la trouvait un peu spéciale, comme nous tous d'ailleurs.

— Spéciale comment ?

— Ultra-perfectionniste, ultra-exigeante avec les autres et elle-même. Ça la rendait cassante et antipathique. Et puis elle avait une relation étrange avec sa fille.

— Étrange comment ?

— Fusionnelle, enfin pire que fusionnelle. Lorsqu'elle a accouché de Capucine, Damien m'a raconté qu'elle ne laissait personne – y compris son mari – approcher la petite. Voyant comment les choses évoluaient, Damien a demandé le divorce, quelques mois plus tard. Bizarrement, Karen a accepté sans protester, elle qui, pourtant, ne pouvait supporter l'échec. Mais Damien a vite compris que sa femme y voyait la garantie d'avoir la petite pour elle toute seule. Le problème, poursuit Annabelle d'une voix sourde, c'est que Karen n'a jamais supporté de devoir laisser la petite à Damien – et moi-même ensuite – un week-end sur deux et la moitié des vacances scolaires. Elle ne supportait pas d'être éloignée de sa fille. Du coup, après le divorce, le week-end où on avait Capucine, Karen partait systématiquement à l'hôtel, toujours le même. Et elle passait deux jours à se faire masser pour oublier son chagrin.

Perrot ouvre des yeux étonnés. Il sait comme on peut avoir du mal à se séparer de ses enfants mais de là à devoir aller se faire dorloter pendant deux jours à l'hôtel pour supporter sa solitude ! Soudain, une idée traverse l'esprit du commandant :

— Vous dites que c'était toujours le même hôtel ?

— Oui, les Thermes de Caudalie à Léognan.

— Comment était-elle certaine d'y avoir toujours une chambre ?

— C'était réservé et payé au mois de septembre pour toute l'année. Elle avait fourni un RIB si bien que l'hôtel n'avait qu'à débiter toutes les deux semaines le prix des deux nuitées.

— Et si elle décidait de ne pas y aller ?

— C'était rare, mais dans ces cas-là, cela ne changeait rien. La chambre payée restait inoccupée. Ou bien Karen en faisait profiter un parent ou un ami.

— Bien, autre chose ?

— Non, mais vous allez vous intéresser à ce que je vous ai dit, n'est-ce pas ?

— Nous allons faire notre travail, répond laconiquement Perrot en se levant pour aller raccompagner la jeune femme en cellule.

*

En dépit de la nuit qui est déjà tombée et de la fatigue qui pèse de plus en plus sur leurs épaules, les deux OPJ décident de se fier à l'instinct qui leur dit qu'ils tiennent peut-être quelque chose.

— On peut pas aller manger un truc avant d'y aller ? rouspète Lefèvre en verrouillant sa ceinture de sécurité.

— La garde à vue n'est pas à durée indéterminée, réplique Perrot en passant la cinquième tandis qu'il accélère sur la rocade. Mais si tu es sage, je m'arrête dans une station-service.

— Ok, fait Lefèvre en se serrant dans son fauteuil.

Dix minutes plus tard, Perrot prend la sortie et s'arrête devant une station-essence. Lefèvre se jette dehors et réapparaît, deux minutes plus tard, un sac à la main. Il tend un sandwich au conducteur et croque dans le sien à belles dents. Il avale sans parler, en essuyant la mayonnaise qui s'attarde sur son menton et en descendant une canette de jus d'orange. Lorsqu'ils arrivent à destination, il a terminé son repas et range soigneusement ses emballages dans le sac plastique. Perrot lui tend le sandwich qu'il a à peine entamé. Ils regardent la grande allée qui se déploie devant eux et qui disparaît dans les vignes. L'allée gravillonnée est éclairée sur toute sa longueur et les mène devant l'entrée principale du domaine hôtelier. De longs bâtiments s'étalent devant eux en arc de cercle. Des éclairages invisibles ponctuent l'obscurité de lueurs accueillantes. Perrot et Lefèvre se dirigent vers l'entrée principale et se présentent à la charmante jeune femme qui tient l'accueil.

— Commandant Perrot et Capitaine Lefèvre, se présentent-ils en montrant leurs cartes.

— Bienvenue Messieurs, répond la jeune femme sur le ton uni de ceux à qui on a appris à ne jamais s'étonner de rien – et surtout pas des caprices des clients.

— Nous voudrions savoir si la chambre de Karen Dinio est actuellement occupée.

— Oui, madame X, une de nos fidèles clientes, répond l'hôtesse avec un sourire. Permettez que je vérifie si elle est là en ce moment. Je ne crois pas l'avoir vue, cependant.

Les deux hommes se gardent bien de lui indiquer que Karen Dinio ne peut, sauf réincarnation, se trouver dans leurs murs en ce moment. La jeune femme aux cheveux ramassés, relève la tête de son écran et secoue la tête :

— Non, elle n'est pas là ce soir.

— A-t-elle sa clé personnelle ?

— Effectivement, madame Dinio a sa propre clé, comme tous nos clients à l'année.

— Elle n'a donc pas besoin de prévenir lorsqu'elle vient passer une nuit ?

— Si, bien sûr, ne serait-ce que pour s'assurer que sa chambre est prête et pour réserver son petit-déjeuner et ses soins du lendemain.

— Quel est l'intérêt d'avoir une clé, dans ce cas ? s'étonne Lefèvre.

— Certaines personnes se sentent rassurées de la garder. Elles ont l'impression d'être toujours un peu chez nous…

— Quel est le numéro de la chambre de Karen Dinio ?

— La cent deux.

— La clé, s'il vous plaît.

— Mais puisque je vous dis que…

— Merci Mademoiselle, fait Perrot en attrapant la clé que lui tend à contrecœur la jeune femme.

Ils grimpent quatre à quatre l'escalier jusqu'au premier étage. Ils repèrent la chambre de Karen. Ils décident de ne pas frapper et, doucement, entrent la clé dans la serrure. Perrot tourne la clé sans un bruit puis pousse la porte. Mais celle-ci offre une résistance. Perrot insiste puis donne un coup d'épaule sur la porte qui finit par céder. De l'autre côté gît la chaise renversée qui avait été glissée sous la poignée pour la bloquer. Les deux hommes pénètrent dans la suite constituée de deux pièces spacieuses et d'une salle de bains d'une élégante sobriété. Personne. Les deux hommes inspectent sous les lits et dans les penderies. En vain. Tout à coup, une bourrasque fait sursauter Lefèvre. D'un bond, il est dans le salon dont la baie vitrée est entrouverte. Il l'ouvre complètement et saute sur le balcon. Trop tard pour retenir la personne qui vient de sauter et se relève déjà sur la pelouse en contrebas. Lefèvre évalue la hauteur et n'hésite qu'une fraction de seconde, avant d'escalader la rambarde. Il se reçoit en douceur malgré une légère douleur dans ses genoux qui ont amorti le choc. Il aperçoit une longue silhouette qui fend la pelouse en slalomant à travers bosquets et massifs. Il s'élance à sa suite en la sommant de s'arrêter. La femme a de longues jambes et une condition physique exemplaire. Mais Lefèvre a pour lui la hargne de celui qui refuse de lâcher sa proie. La course se poursuit à travers les vignes dont les plants rabougris tendent leurs bras noircis vers le ciel. Le temps est sec ce soir-là, mais les nuages jouent sans cesse avec la lune, se faisant les complices involontaires de la fugitive. Lefèvre hâte le pas en veillant à ne pas trébucher sur les racines noueuses des plants de vigne qui affleurent à peine. Il entend que Perrot est derrière lui. Soudain, un cri. L'ombre s'est pliée. Gémit à nouveau. Se tasse davantage, puis se relève. Mais Lefèvre est déjà là. Perrot arrive à son tour en haletant. Il projette la lumière de son portable en direction de la fuyarde que Lefèvre maintient au sol. La femme essaie de se débattre, mais l'officier lui a enserré les poings dans le dos. Perrot lui glisse les menottes qu'il avait dans la poche de son imperméable. Puis ils ramènent la femme dans le véhicule de service. Installée sur la banquette arrière auprès de Lefèvre, la femme à la longue chevelure noire, ne desserre pas les dents sur le chemin qui les ramène au commissariat.

*

Stéphane et Bruno peinent à trouver le sommeil. Ils ont éteint puis rallumé la lumière pour lire quelques chapitres de leurs romans respectifs. Plus tard, ils ont à nouveau décidé d'essayer de s'endormir. Le souffle de Bruno est à présent plus régulier, plus paisible. Sans doute a-t-il réussi à s'endormir. Stéphane se met sur le flanc en veillant à ne pas tirer la couette et risquer de réveiller son voisin. Il pense aux dernières heures écoulées, au drôle de tournant que la vie vient de prendre. Ironique, celle-ci les a manipulés, torturés presque, avant de répandre son baume en leur donnant finalement un enfant. C'est un cadeau du ciel qui leur arrive. Mais comment les choses vont-elles se dérouler à présent ? La mère criminelle aura-t-elle le droit de garder son enfant auprès d'elle, le temps de son incarcération ? Non ! se défend Stéphane, ce serait injuste ! Pour l'enfant et pour le père. « Pour nous », songe-t-il en glissant la main pour effleurer l'épaule dénudée de Bruno. « Nous ferons appel à un avocat, décide-t-il, au meilleur s'il le faut. Et si nous ne sommes pas entendus, j'en ferai état dans la presse, je ferai un scandale ! se promet-il en serrant les poings rageusement. Mon enfant, notre enfant ne grandira pas auprès d'une criminelle ! » Stéphane essaie d'imaginer les derniers instants de Tania, lorsqu'elle a compris que celle qu'elle avait trahie avait décidé de la supprimer. Il repense aussi au malheureux concours de circonstances qui a fait qu'il est passé chez Tania Borel alors qu'elle était déjà morte. S'il était venu plus tôt, songe-t-il avec amertume, il aurait peut-être pu empêcher ce meurtre. Peut-être même que s'il avait insisté à la porte, la meurtrière aurait pris peur et aurait pris la fuite. Car après tout, elle était peut-être encore dans les murs lorsqu'il est allé chez Tania pour lui demander pourquoi elle ne donnait plus signe de vie. Stéphane revoit en pensée, comme dans le flashback d'un film au ralenti, son passage éclair chez Tania. Son hésitation avant d'y aller. Un pas en avant, deux pas en arrière. La boule au ventre. L'envie de respecter la promesse faite à Tania de ne pas venir chez elle sans rendez-vous. Un pas en avant, deux pas en arrière. Et puis ce type bizarre qui est arrivé, ce type au regard un peu fixe. Qui lui a annoncé froidement que Tania était morte. Et qui lui a demandé… Quoi au juste ? Il ne s'en souvient pas. Il se retourne sur le dos et fixe le plafond en fronçant les sourcils dans un effort de concentration. Ça lui revient : l'homme lui a demandé s'il était un client de Tania. Stéphane a répondu oui, ou non, il ne s'en souvient plus très bien. Car il n'a pas su ce qu'il devait répondre. Ce à quoi l'homme pouvait bien faire allusion. Car Tania travaillait clandestinement, n'est-ce pas ? Ce voisin devait ignorer tout de ses activités. Alors ? Soudain, le cœur de Stéphane s'accélère. Il ne sait pas trop ce qui se passe mais il a le sentiment qu'il vient de mettre le doigt sur quelque chose. Il se lève rapidement et descend dans le salon. Il attrape son téléphone portable et compose le numéro de Perrot qu'il a enregistré dans ses contacts.

*

— Pourquoi avez-vous téléphoné à Karen Dinio dans les heures précédant son décès ?

— Je ne vois pas de quoi vous parlez.

La grande femme élancée aux cheveux longs et bruns regarde placidement son interlocuteur. Un léger sourire en coin étire à peine ses lèvres minces. Les yeux brûlants de fatigue, Perrot s'exhorte silencieusement au calme.

— Vous connaissez Karen Dinio ?

— Qui ?

— Karen Dinio, l'ex-femme de Damien Gandeau.

— Ça ne me dit rien. Karen comment, dites-vous ?

— Karen Dinio, l'ex-femme de Damien Gandeau, répète lentement Perrot.

— Je ne vois pas, fait la femme en rejetant ses longs cheveux derrière son épaule.

Le sang de Lefèvre ne fait qu'un tour. En une enjambée, il est au-dessus de la prévenue et se met à hurler :

— Maintenant, tu vas nous écouter : on a la preuve que tu as passé un coup de téléphone à la victime, quelques heures avant sa mort ! Alors tu nous expliques vite fait la suite des événements !

— Je ne vous permets pas de vous adresser ainsi à ma cliente ! proteste l'avocat bedonnant commis d'office.

Mais Vanessa Ferret ne laisse pas à Lefèvre le temps de répondre :

— Je ne vois pas à quoi vous faites référence, réplique la femme que le brusque tutoiement du policier ne semble pas affecter.

Lefèvre se recule pour laisser son collègue prendre la main.

— En ce moment, reprend calmement Perrot, une femme, enceinte de surcroît, et qui croyait être votre amie, est incarcérée. Sans doute à tort. Ça vous parle ?

L'allusion à Annabelle fait légèrement ciller le témoin, mais son visage est par ailleurs impassible. Le commandant reprend, toujours sur le même ton égal :

— Annabelle Gandeau, vous connaissez au moins ?

— Elle, oui, c'est une collègue.

— Juste une collègue ?

— Oui, réplique la femme avec une légère hésitation dans la voix.

— Vous savez qu'elle est en ce moment en garde à vue chez nous, dans le cadre du meurtre de Karen Dinio ?

— Je l'ignorais.

— Comment est-ce possible ? C'est votre amie, n'est-ce pas ?

— Oui, mais figurez-vous qu'elle ne m'a pas passé de coup de fil pour me dire : « Coucou Vanessa ! Devine où je suis en ce moment ? Tu ne devineras jamais : au commissariat ! »

Malgré sa fatigue et son agacement, Perrot ne peut s'empêcher d'éprouver une certaine admiration pour le culot de la jeune femme assise de l'autre côté de la table. On sent que c'est une femme de caractère, de celles qui ne plient pas facilement. Lefèvre, de son côté, est moins sensible à la personnalité forte de la jeune femme. Revenu près d'elle, il la domine de sa hauteur, lui qui, au moment de son arrestation, devait lever la tête pour accrocher son regard. En se plaçant légèrement derrière elle, il la contraint à se placer dans une position un peu inconfortable si elle veut voir son interlocuteur. Lefèvre aime ce petit jeu de domination qui ne manque jamais de déstabiliser les témoins. D'une voix claire, il reprend :

— Donc, pour résumer, vous ne connaissez pas Karen Dinio à qui, soit dit en passant, vous avez téléphoné le jour de sa mort. Par ailleurs, le nom d'Annabelle vous est familier mais, contrairement aux informations en notre possession, vous n'êtes que simples collègues. Vous confirmez ?

Même imperceptible rictus tandis qu'elle opine en silence.

— Alors vous allez nous expliquer ce que vous faisiez dans la chambre d'hôtel de Karen, ce soir.

— Ma cliente n'est pas obligée de répondre, proteste faiblement l'avocat bien nourri.

— Oh que si, Maître, votre cliente a intérêt à répondre. Et plus vite que ça! s'emporte Lefèvre en tapant du poing sur la table.

L'avocat sursaute mais ne réplique pas. Vanessa n'a pas bronché lorsque le policier a frappé sur la table. Lefèvre réitère sa question d'une voix dangereusement lente. Cette fois, le témoin s'apprête à répondre, lorsque Perrot lève la main pour l'arrêter. Son téléphone est en train de vibrer tandis qu'un nom familier apparaît sur l'écran. Il sort de la pièce et referme la porte derrière lui.

— Perrot, j'écoute.

— Bonsoir, Stéphane L'Estey à l'appareil, je sais qu'il est plus de deux heures du matin mais…

— Je vous écoute, l'interrompt Perrot.

— Voilà, vous nous aviez dit de vous appeler si un souvenir nous revenait. Eh bien, c'est le cas.

Perrot sent la montée d'adrénaline qu'il connaît si bien et qui lui permet d'analyser rapidement les informations qui lui parviennent. Stéphane continue:

— Quand je suis allé voir Tania, le jour de sa mort, j'ai croisé le voisin d'en face. Un type bizarre. Il m'a annoncé le décès de Tania très froidement. Mais surtout, il m'a demandé si j'étais un de ses clients. Sous le coup de l'émotion, je ne sais pas ce que je lui ai répondu. Sa question m'a semblé un peu étrange puisque, théoriquement, nos affaires avec Tania étaient totalement privées. Mais tout ça m'est sorti de la tête jusqu'à ce que je repense à ma visite chez Tania. Cet homme, Commandant, ne pouvait en aucun cas savoir que nous payions Tania pour qu'elle porte notre enfant. Alors je me demande ce qu'il faut en conclure…

— Merci infiniment, monsieur L'Estey. Au fait, se reprend Perrot avant de raccrocher, connaissez-vous Vanessa Ferret ?

— Non.

— Et votre compagnon ?

— Il vient de descendre, je lui demande. Bruno, tu connais une Vanessa Ferret ? Non, ça ne lui dit rien. Pourquoi ?

— Dernière question, ajoute Perrot sans répondre à celle de son interlocuteur, pensez-vous que Tania Borel faisait travailler, entre guillemets, d'autres femmes comme elle ?

— Une mère maquerelle en somme ! Vous plaisantez ! réplique Stéphane avec un rire amer. Ne nous dites pas en plus qu'elle était mouillée dans une affaire de proxénétisme à la mode GPA !

— Je ne dis rien, répond Perrot avant d'éteindre son portable.

Il reste immobile dans le couloir, les yeux fixés sur les lézardes qui courent sur le mur beige. On entend alentour les cris des ivrognes qui demandent à être libérés ainsi que les plaintes de ceux qui se prétendent innocents. Mais aucun bruit ne filtre du bureau où il a laissé Lefèvre, Vanessa Ferret et son avocat. Il ouvre la porte et fait signe à Lefèvre de sortir. Tout en gardant un œil sur la prévenue, Perrot résume l'appel téléphonique à son collègue. Celui-ci hoche la tête silencieusement avant de demander :

— On fait quoi ?

— On se le laisse sous le coude et on continue avec le témoin. Elle finira bien par cracher le morceau.

— Pas si sûr. C'est une dure à cuire. Je serais

d'avis de la laisser macérer quelques heures et de la réentendre demain matin.

— D'accord. De toute manière, je n'ai plus les yeux en face des trous à cette heure-ci. Il faut que je dorme un peu.

Les deux collègues retournent dans le bureau et indiquent à la prévenue qu'elle est placée en garde à vue, à partir de cet instant. Cette fois, l'homme de loi qui n'essaie même plus de dissimuler sa fatigue, ne cherche pas à démonter l'irrecevabilité de la décision. Il quitte les lieux d'un pas lourd tandis que Vanessa est replacée en geôle. Le témoin ne fait pas entendre la moindre protestation.

*

Contrairement à ce qu'il escomptait, Perrot a sombré dans un profond sommeil sitôt qu'il a posé la tête sur l'oreiller. Il a vaguement pensé avaler un morceau en pénétrant dans le manoir, mais dès qu'il a posé le pied sur le carrelage de l'entrée, il a senti une fatigue extrême s'abattre sur lui. Il a grimpé lentement l'escalier menant à sa chambre, a ôté ses chaussures d'un coup de talon et s'est affalé tout habillé sur son lit. À cinq heures, il a émergé d'un sommeil plus proche du coma que d'une sieste réparatrice. Sa tasse de thé à la main, il regarde au dehors les arbres nus qui se tordent dans le cruel vent d'hiver. La pluie a repris de plus belle tandis qu'il faisait route vers chez lui, au milieu de la nuit. Il se rend soudain compte que les événements se sont tellement précipités qu'il a à nouveau oublié d'appeler ses enfants au téléphone. Il imagine la colère bruyante de Clara et la frustration rentrée de Simon. Ses deux enfants, si différents l'un de l'autre, qu'il aime pourtant du même amour. Les aimerait-il autant, se demande-t-il soudain, s'ils étaient nés d'un autre ventre que celui de son ex-femme ? Aurait-il pu faire appel à une mère porteuse ? Il regarde la pluie qui bat le carreau sans trouver de réponse définitive. Et que penser de Tania Borel ? Escroc ou chômeuse opportuniste ? Le coup de téléphone de Stéphane lui revient en mémoire. Il faut décidément qu'ils retournent voir ce type.

Les yeux encore embrumés, Perrot attrape les clés de sa voiture et se précipite dehors en évitant les gouttes. Il appelle Lefèvre et lui dit qu'il passe le prendre. Quelques minutes plus tard, le plus jeune émerge de sa maisonnette au jardin parfaitement entretenu. Comme il l'a un jour expliqué à son collègue qui admirait la propreté de son jardin, Lefèvre n'a aucune appétence pour le jardinage. Il trouve ça tout bonnement stupide de perdre du temps à arracher des mauvaises herbes qui, de toute manière, reprendront leur droit, les jours suivants. Mais s'il déteste le jardinage, il exècre encore plus le laisser-aller et le désordre. Alors, il passe ses dimanches à remuer la terre…

— On va où, de si bon matin ? ronchonne Lefèvre en terminant sa tartine beurrée.

— Chez le voisin de Tania Borel, répond laconiquement Perrot.

Ils roulent en écoutant le journal sur France Info en sourdine. Lefèvre regarde la ville endormie à travers les bourrasques qui balaient le pare-brise. Quelques rares lumières brillent aux fenêtres des immeubles. Elles éclairent la cuisine de l'ouvrier qui avale un dernier café avant d'attraper le bus de cinq heures trente. Ou bien la salle d'accouchement où un bébé vient de pousser son premier cri. Ou le bureau de l'étudiant qui révise. Ou la chambre du jeune qui vient de rentrer de boîte de nuit. Ou la chambre de la vieille dame qui vient de rendre son dernier souffle. Des vies inconnues, insaisissables. Un brouillard d'existences entrevues. Perrot s'engage dans le lotissement où habitent les Borel et Pierre Cérin. Celle de ce dernier est plongée dans le noir. Ils remontent leur col pour affronter le froid humide et vont frapper à la porte du témoin. L'homme met quelques minutes à venir ouvrir. Il a le visage ensommeillé au-dessus de son peignoir gris à la ceinture bien serrée. Perrot entre sans y être invité. Lefèvre referme la porte d'entrée.

— Mais qu'est-ce que vous faites chez moi ? proteste l'individu dont le bas du visage se hérisse de picots noirs.

— Nous avons quelques points à éclaircir, fait Perrot en le poussant vers le salon.

— Ça ne pouvait pas attendre une heure décente ?

— Faut croire que non, rétorque Lefèvre en venant se placer debout à côté du témoin assis en face de Perrot. Nous savons de source sûre que vous vous êtes introduit chez la victime Tania Borel, peu avant sa mort…

— Qu'est-ce que vous racontez ? fait l'homme en cillant légèrement. Je n'ai jamais mis le pied chez les voisins !

— La voisine de derrière a attesté du contraire.

— Cette vieille pie, siffle le témoin avec une moue dégoûtée.

— Elle n'est pas à votre goût ? insinue Lefèvre en se mettant soudain à tourner autour du suspect comme un vautour autour de sa proie.

Cérin ne répond rien. On sent que l'homme s'irrite des mouvements circulaires du capitaine. Il se mord la lèvre, se met à se tortiller sur sa chaise.

— Donc, insiste Lefèvre sans cesser son manège hypnotique, vous n'aviez pas envie de vous faire la voisine de derrière. Remarquez, fait-il en s'immobilisant brutalement, je vous comprends, Tania Borel était autrement plus sexy…

Le cou du prévenu s'empourpre soudain. Il se met à gratter la peau enflammée.

— N'est-ce pas qu'elle était attirante, la petite voisine ?

Toujours pas de réponse. L'homme a cessé de se gratter, comme s'il s'était rendu compte de ce que son geste pouvait trahir d'embarras. Lefèvre reprend sa marche, les bras dans le dos.

— Vous vivez seul, monsieur Cérin ?

— Oui.

Cérin se tortille à nouveau sur sa chaise, les yeux baissés. Perrot demande :

— Avez-vous fait des avances à Tania Borel ?

— Non.

— Pourquoi l'avez-vous tuée ? Parce qu'elle se refusait à vous ?

— …

— Un homme est passé, le jour de la mort de Tania Borel, un homme à qui vous avez parlé. Vous vous souvenez ?

— …

— Je vais vous rafraîchir la mémoire : vous lui

avez appris la mort de votre voisine. Et vous lui avez posé une question…

Cérin garde la tête baissée. Sa bouche n'est plus qu'une lame acérée.

— Vous lui avez demandé s'il était un de ses « clients ». Qu'avez-vous voulu dire par ces mots ?

— Je ne vois pas de quoi vous voulez parler. Je n'ai jamais parlé à ce type…

— Et cette femme, fait Perrot dans une intuition, en montrant une photo de Karen Dinio, vous la connaissez ?

— Non.

— Où étiez-vous hier après-midi entre treize heures et seize heures ?

— Au travail. Je n'ai pas quitté l'imprimerie de la journée.

— Nous allons vérifier.

Perrot consulte son collègue du regard avant de conclure :

— Pour l'heure, nous vous demandons de ne pas quitter la région et de vous tenir à la disposition de la justice.

L'homme s'empresse de refermer la porte d'entrée derrière les deux visiteurs. Au loin, les chiens se répondent toujours tandis que les premières maisons s'éclairent dans l'humidité de l'aube naissante.

*

Une nuit en geôle a légèrement entamé la confiance de Vanessa Ferret, mais elle a encore la tête droite et le regard acéré. On ne lui a offert qu'un café noir et la faim commence à la tenailler.

— Reprenons, commence Perrot comme s'ils venaient de se quitter, vous nous avez dit avoir de simples relations de travail avec Annabelle Gandeau…

Elle hoche la tête.

— Pourtant, vous la receviez chez vous, madame Robert qui habite au rez-de-chaussée de votre immeuble est formelle sur ce point.

— Si elle le dit, fait Vanessa en haussant les épaules avant de rejeter d'une main ses longs cheveux derrière l'épaule.

— Étonnant pour une simple collègue…

— …

— Annabelle Gandeau affirme que votre attitude à son égard a changé récemment. Vous ne lui adressiez plus la parole. Pourquoi ?

— …

— Vous aviez des raisons de lui en vouloir ?

— …

— Pourquoi avez-vous téléphoné à Karen Dinio, le jour de sa mort ?

— …

— Vous êtes-vous absentée du travail, le jour de sa mort ?

— …

— Vous vous êtes absentée du travail, le jour de sa mort ! intervient une voix venant de derrière.

La jeune femme a sursauté, mais ne se retourne pas vers Lefèvre. Celui-ci s'est approché sans bruit et, brutalement, avance son visage sous celui de la prévenue.

— Les caméras de surveillance en attestent, se met à bluffer le capitaine.

Cette fois, elle vacille franchement. Son avocat

ouvre alors la bouche :

— Vous n'avez pas le droit de brutaliser ainsi ma cliente. Madame n'est entendue ici qu'à titre de témoin.

— Ben voyons, ironise Lefèvre, et ma mère est reine d'Angleterre !

L'avocat se rencogne sur sa chaise et croise les bras sur son ventre proéminent. Lefèvre reprend :

— Où êtes-vous allée entre treize heures et seize heures ?

— …

— Annabelle Gandeau, intervient alors Perrot d'un ton uni, est incarcérée en ce moment pour les meurtres de Tania Borel et Karen Dinio. Cela signifie qu'elle accouchera en prison et que son enfant grandira sans mère.

Il s'interrompt pour laisser la prévenue s'imprégner de ses mots. On n'entend que les soupirs excédés de l'avocat et le brouhaha de la ruche du commissariat.

— Vous avez des enfants vous-même, madame Ferret ?

— Non.

— Vous n'aimez peut-être pas les enfants ?

— Si.

— Mais vous n'avez pas trouvé la bonne personne avec qui en faire…

Elle hausse les épaules sans répondre. Une petite moue ironique lui tord la bouche. Parce qu'elle a l'estomac vide depuis plusieurs heures, un léger voile de transpiration apparaît sur son front.

— Karen Dinio aussi avait un enfant, une fille, Capucine. Vous la connaissez ?

— Vaguement.

— Cette petite va grandir sans mère.

— …

— Comme l'enfant d'Annabelle Gandeau.

— …

— Et Capucine, par voie de conséquence, va aussi grandir sans belle-mère. Dur, n'est-ce pas ?

— …

— Remarquez, il lui reste son père. Qui s'occupera aussi de son nouveau-né.

Vanessa Ferret ne peut retenir une petite grimace. Elle passe le revers de la main sur son front et se force à respirer calmement. Elle est habituée à manger copieusement le matin et ce jeûne imposé commence à lui tourner la tête. Perrot a identifié le symptôme mais se garde bien de proposer une collation à la suspecte.

— Pourquoi cette grimace lorsque je parle du père du nouveau-né ?

— Ce n'est pas le père.

— Ah ? feint de ne pas comprendre Perrot.

— Et il n'est pas non plus le père de Capucine.

— Tiens donc !

Elle s'essuie le front tandis qu'une nouvelle sueur froide lui inonde le dos. Elle sent la nausée qui afflue. Elle rêve d'un quignon de pain, mais sa fierté l'empêche de quémander. Son avocat ne semble pas remarquer son état de faiblesse grandissant.

— Annabelle l'a trompé.

— Avec qui ?

— Je ne sais pas.

— Comment le savez-vous ?

Cette fois, la nausée est bien là. En vacillant, la prévenue se lève et murmure :

— Je peux aller aux toilettes ?

Perrot l'accompagne en lui tenant le bras. Il lui demande de ne pas verrouiller la porte et reste derrière. Il l'entend qui se vide. Un gémissement. Puis un bruit de chasse d'eau, et elle ressort. Elle est livide mais a retrouvé son port de tête altier.

— Je peux ? fait-elle en désignant les lavabos.

— Allez-y.

Il la laisse se rafraîchir avant de la ramener dans la salle d'interrogatoire. Lefèvre a profité de la pause pour aller s'acheter un chocolat chaud au distributeur ainsi qu'une barre de céréales. Il est assis à la place de son collègue et mange en ignorant volontairement la présence de l'avocat. Perrot revient, tenant la suspecte par le coude. Elle jette un œil envieux vers la collation de Lefèvre.

— Vous avez fait un malaise hypoglycémique, fait Perrot, mais si vous voulez manger quelque chose, il va falloir vous montrer coopérante…

L'avocat s'est déjà dressé sur ses ergots, mais Lefèvre le fusille du regard. L'homme de loi se recule sur sa chaise et se met à triturer le dossier posé sur ses genoux. Vanessa Ferret ne réagit pas à la provocation et se tient sur le bord de sa chaise, les mains fermement posées sur le haut de ses cuisses. Perrot reprend l'interrogatoire au point où il l'avait laissé au moment du malaise de la prévenue.

— Comment savez-vous qu'Annabelle Gandeau trompait son mari ?

— Vous ne comprenez pas… Damien est stérile…

— Et comment le savez-vous ?

— …

— Comment le savez-vous ?

— Karen me l'a dit, articule-t-elle tandis qu'elle sent à nouveau la sueur inonder son dos.

— Quand ?

— La semaine dernière.

— Pourquoi se serait-elle adressée à vous ?

— Je n'en sais rien. Sans doute parce qu'elle savait que je travaillais avec Annabelle et qu'on… était amies, termine-t-elle d'une voix sourde.

Elle respire à pleins poumons avant de demander d'une voix presque suppliante :

— Je vais encore me trouver mal, je peux avoir quelque chose à manger ?

— Messieurs, réagit alors l'avocat, j'exige que ma cliente voie un médecin de toute urgence !

Mais Vanessa a posé une main lasse sur l'avant-bras de l'homme de loi et lui fait un signe de dénégation. Perrot fait un geste à Lefèvre qui quitte le bureau. Il revient aussitôt avec un grand café sucré et deux viennoiseries sous cellophane. Vanessa se saisit avec reconnaissance des pains au chocolat et se met à mâcher lentement pour ne pas brusquer son estomac malmené. Elle avale le premier puis une moitié du second, avant de repousser le reste sur la table. Puis elle boit son café d'une traite. Les couleurs sont revenues sur son visage.

— Ça va mieux ?

Elle acquiesce d'un hochement de tête.

— Reprenons. La deuxième victime serait passée vous voir pour vous dire qu'Annabelle avait trompé son mari ?

— Oui.

— C'est ce qu'elle pensait ?

— Que penser d'autre ?

Perrot croise les yeux de son collègue appuyé au mur derrière le témoin et son avocat. Les choses sont en train de prendre une tournure inattendue. Ainsi Karen pensait qu'Annabelle était coupable d'adultère. Comme elle-même l'avait été, d'ailleurs.

— Et ça la choquait ?

— Oui, apparemment.

— Et vous ?

— Moi aussi. Je pensais à Damien.

— C'est un ami

— Si on veut. Disons que j'ai de l'estime pour lui.

— Et pour Annabelle ?

— J'en avais aussi. Avant…

— Avant que vous appreniez son infidélité ?

— C'est ça.

— Vous dites que Karen Dinio était choquée par l'infidélité de la nouvelle femme de son ex-mari.

— Oui.

— Elle s'était pourtant montrée coupable du même acte.

— C'est vrai, fait la prévenue en avançant une moue pensive.

— Alors ?

— Je n'en sais rien. Je suppose qu'elle n'aimait pas l'idée que Capucine puisse vivre avec une femme malhonnête… et bientôt avec un frère ou une sœur qui ne pouvait pas être de son sang…

— De là à tuer…

— Je n'ai pas dit ça !

— Où êtes-vous allée vendredi 29 après-midi ?

— …

— Je répète : où êtes-vous allée vendredi 29 après-midi ?

— Je suis sortie, j'avais besoin de prendre l'air.

— Prendre l'air ?

— Réfléchir.

— Quelques précisions s'imposent, ironise alors Lefèvre.

— Je me sentais un peu patraque, alors j'ai préféré sortir.

— Vous avez vu un médecin ?

— Non, je n'en avais pas besoin.

— Et votre chef vous laisse ainsi partir sans justificatif médical ?

— Puisque je vous dis que c'était un malaise passager ! Comme celui de tout à l'heure. Je n'avais pas besoin de consulter un médecin pour si peu. Je refuse de creuser davantage le trou de la Sécurité Sociale…

— Ce sens de l'économie collective vous honore, persifle Lefèvre avec un rire sec.

Elle hausse les sourcils avec mépris et redresse le buste. Lefèvre continue en se mettant à marcher de long en large :

— Annabelle Gandeau, celle qui se croyait votre amie, ajoute-t-il en appuyant sur les deux derniers termes, nous a rapporté une de vos phrases…

Elle tressaille tandis qu'un silence lourd s'installe. Dans les pièces voisines, on entend les tiroirs qu'on repousse, les portes qui claquent et les vannes que s'envoient les policiers fatigués. Des rires gras fusent, mêlés aux protestations de la victime des quolibets. Soudain, l'atmosphère redevient électrique avec l'arrivée d'un suspect menotté, qui clame son innocence et insulte conjointement les flics, la justice et ce pays de merde. Lefèvre insiste :

— Selon elle, vous auriez dit : « D'un autre côté,

vous voilà enfin débarrassés de Karen. » Vous reconnaissez avoir prononcé ces mots ?

— Oui, et alors ? Je ne faisais qu'enfoncer une porte ouverte.

— Parce qu'Annabelle Gandeau s'était ouvertement plainte de Karen devant vous ?

— Oui.

— En quels termes ?

— Eh bien, elle me racontait comme Karen avait du mal à laisser Capucine, ses étranges manières éducatives…

— À votre avis, souhaitait-elle que Karen Dinio disparaisse ?

— Je suppose, oui. Elle n'avait pas une position confortable en tant que belle-mère de Capucine.

— Elle a donc été tentée de régler le problème une bonne fois pour toutes, conclut Lefèvre froidement.

Elle choisit de ne pas réagir à la provocation. Ses traits restent de marbre, mais deux taches rouges viennent tout à coup marbrer ses pommettes saillantes. Perrot prend la main de sa voix placide :

— Annabelle Gandeau avait de bonnes raisons de vouloir supprimer l'ex-femme de son compagnon. Nous en venons donc à la conclusion qui s'impose : Annabelle Gandeau a tué Karen Dinio. Et elle a tué Tania Borel. Double homicide, elle en a au moins pour vingt-cinq ans derrière les barreaux, conclut Perrot en s'appuyant au dossier de son fauteuil et en croisant les mains sur le bureau.

Puis, affichant l'air satisfait de celui qui a accompli sa mission, il fait mine de commencer à ranger ses papiers sur son bureau, sous l'œil perplexe de la prévenue. Comprenant la tactique de son collègue,

Lefèvre signale à son tour la fin de l'entretien en se dirigeant vers le couloir. La femme a blêmi en entendant énoncer l'inévitable verdict, mais les deux officiers ne semblent pas s'en apercevoir. Elle voit le plus jeune se détacher de son mur et se diriger tranquillement vers la sortie. Ainsi donc, tout est joué ? se dit-elle avec une incrédulité mêlée de culpabilité. Mais soudain, alors qu'il a la main sur la poignée, Lefèvre fait volte-face et demande benoîtement :

— Mais au fait, et vous, que venez-vous faire dans ce tableau ?

Elle regarde l'OPJ avec suspicion. La soudaine amabilité de celui-ci la perturbe davantage que ses emportements sarcastiques. À quoi est-il en train de jouer ? Lefèvre répète sur le même ton uni :

— Si Annabelle Gandeau a tué ces deux femmes, comment expliquer votre fuite devant les forces de l'ordre hier soir ?

— …

— À moins, fait-il en se frappant la tête pour singer celui qui vient de faire une découverte d'importance, à moins que nous nous trompions depuis le début. Qu'en penses-tu, Jean-Louis ?

— C'est une possibilité, opine Perrot, l'air exagérément grave.

— Et si nous nous trompons, continue Lefèvre en se mettant à passer d'un pied sur l'autre comme le boxeur sur le ring, c'est parce que nous avons négligé un détail…

Ne sachant quel crédit apporter aux paroles de l'individu qui s'agite près d'elle, Vanessa consulte Perrot du regard. Mais le visage de ce dernier reste indéchiffrable. Il attend que son collègue poursuive, les mains croisées sur son bureau en signe de concentration.

— … Vous étiez amoureuse de Damien Gandeau… Je me trompe ?

— …

— Vous étiez amoureuse de lui et vous ne supportiez pas l'idée qu'il puisse apprendre sa propre stérilité. Alors, il fallait éliminer toutes les femmes qui savaient : Tania Borel, Karen Dinio. Et bientôt, Annabelle Gandeau ?

— Arrêtez ! se défend soudain Vanessa Ferret en redressant le buste. Vous dites n'importe quoi ! Tout ça est complètement tiré par les cheveux !

— Vous n'êtes pas amoureuse de Damien Gandeau ?

— Bien sûr que non ! Je n'ai jamais été attirée par Damien. C'est un type honnête mais sans éclat.

— Un type sans éclat qui va se retrouver à élever seul une enfant qui, de surcroît, n'est même pas de lui… Triste destin, vous ne trouvez pas ?

Elle hausse les épaules avec fatalisme et avance une moue pensive. Perrot insiste :

— Admettons que vous n'ayez pas de sentiment pour monsieur Gandeau et que vous n'ayez donc eu aucun intérêt à vous débarrasser de ces deux femmes. Cela ne nous dit pourtant pas ce que vous faisiez dans la chambre d'hôtel de Karen Dinio, hier soir… Pourquoi vous cacher là ?

— …

— Pourquoi, madame Ferret ? répète Perrot d'une voix soudain plus forte. Vous n'avez pas d'alibi solide pour l'après-midi où Karen Dinio a été tuée. Vous étiez cachée dans sa chambre d'hôtel. Vous avez proféré des paroles ambiguës devant témoin, après son décès. Alors maintenant, il va falloir s'expliquer!

Le changement de ton chez l'officier resté flegmatique jusque-là perturbe visiblement leur interlocutrice. Sa longue jambe repliée sur l'autre s'est mise à battre la mesure sur un rythme saccadé. Le rouge de se ses pommettes a viré au cramoisi, lui donnant l'air fiévreux.

— Il est temps de passer à table, madame Ferret. À moins que vous ne teniez absolument à voir votre amie finir ses jours en prison…

Comme douée de sa propre autonomie, la paupière supérieure droite de Vanessa se met à palpiter. Ce mouvement involontaire et trop visible commence à la déstabiliser. Elle décroise les jambes, les croise à nouveau, comme si elle voulait détourner l'attention de cette trahison de son propre corps. Mais soudain, elle sent son esprit qui se distancie. Son enveloppe charnelle devient plus légère, avant de devenir insensible. Des images se mettent à défiler sur l'écran de son cerveau à toute vitesse, comme lorsque la dernière heure est arrivée. Elle voit Annabelle qui lui sourit, attablée avec elle à la brasserie. Annabelle qui lui raconte qu'elle est tombée amoureuse. Annabelle encore, tenant Capucine à la main. Annabelle enfin, lui annonçant sa grossesse avec une joie grave. Puis elle entend une voix qui répète son nom. Ce n'est pas la voix d'Annabelle. C'est une voix d'homme, une voix qu'elle connaît. Puis elle sent un mouvement devant ses yeux. Elle fronce les sourcils, accommode. C'est une main qui s'agite devant ses yeux. Qui s'assure qu'elle est toujours parmi eux. Alors son subconscient l'autorise à reprendre pied dans la réalité. Dans un souffle, elle se met à parler. Sa voix est monocorde comme si elle parlait d'une autre :

— Karen est venue me voir au bureau à l'heure du déjeuner. J'étais surprise car nous ne nous fréquentions pas. Elle était très insistante, alors j'ai accepté d'aller manger un morceau avec elle. Elle était très énervée. Elle m'a dit qu'elle était ulcérée par la grossesse d'Annabelle. Je ne comprenais pas pourquoi. Je lui ai dit que c'était sans doute normal d'être un peu jalouse mais qu'elle avait tourné la page et que Damien avait à présent une autre femme. Mais elle parlait de façon incohérente, en faisant beaucoup de gestes. Les gens autour la regardaient bizarrement, mais elle n'avait pas l'air de s'en rendre compte. C'est là qu'elle m'a expliqué que Damien était stérile. Sur le coup, j'ai eu du mal à la croire, continue Vanessa, en ouvrant ses longues mains fines en signe d'incrédulité, mais elle m'a montré des analyses médicales faites à l'insu de Damien et qui ne laissaient aucune place au doute. C'est à cet instant que j'ai compris qu'Annabelle ne pouvait pas attendre de bébé de Damien.

Elle s'interrompt en secouant la tête pour chasser ce souvenir pénible. Elle reprend avec la même voix sourde :

— Ça m'a fait l'effet d'un cataclysme : quoi ? Annabelle était capable d'un tel mensonge ! Non seulement, elle trahissait la confiance de son mari mais aussi la mienne, et celle de tout son entourage !

Sa voix s'étrangle soudain tandis que deux larmes descendent lentement le long de ses joues. Elle ne les essuie pas et continue :

— J'étais à la fois folle de rage et de déception. Comment avait-elle osé se moquer ainsi de tout le monde ? Alors, quand Karen m'a dit qu'elle allait en parler à Damien, j'ai trouvé ça légitime. Nous nous sommes quittées à ce moment-là.

— Et ensuite ?

— Ensuite, je suis rentrée au bureau. J'avais un goût amer dans la bouche. Je ne voulais plus avoir affaire à Annabelle. Imaginer qu'elle avait pu coucher avec un autre homme et faire croire à Damien qu'il allait être père ! Mais peu à peu, quand la colère a commencé à s'émousser, j'ai commencé à réfléchir. C'est là que je me suis rendu compte qu'au fond, Karen avait été aussi fourbe qu'Annabelle. Elle aussi avait fait croire à Damien qu'il était le père de Capucine. Qui était-elle pour vouloir jouer les justicières comme ça ? termine-t-elle en prenant les officiers à témoin.

Perrot opine pour l'encourager à poursuivre :

— Qu'avez-vous fait ensuite ?

— J'ai décidé qu'il fallait empêcher Karen d'aller parler à Damien. Ce n'était pas notre problème, en réalité.

— Vous lui avez donné rendez-vous ?

— J'ai essayé, mais elle ne répondait pas au téléphone. Alors j'ai quitté le bureau peu après, en me faisant porter pâle, et je suis allée jusqu'au bureau de Karen. Sa secrétaire m'a appris qu'elle venait de sortir sans préciser où elle allait ni quand elle comptait rentrer. Je ne savais plus quoi faire. J'ai compris qu'elle était en route pour le bureau de Damien. J'y suis allée à mon tour, en roulant très vite pour avoir une chance d'arriver avant elle. Je me suis garée et j'ai attendu. Elle est arrivée deux minutes plus tard. Je l'ai vue se garer, alors je suis allée frapper à sa vitre. Elle n'a pas eu l'air très surprise de me trouver là. Elle avait ce drôle de sourire un peu cynique, triomphant. Je lui ai dit qu'elle devait renoncer à son projet, que ça ne lui apporterait rien, qu'en détruisant Damien, elle détruirait sa fille en même temps.

Elle s'arrête pour déglutir et demande un verre d'eau pour adoucir sa gorge sèche. Puis elle soupire et reprend :

— Je l'ai suivie pour l'empêcher de poursuivre son projet et d'aller voir Damien. Mais on aurait dit une folle, elle marchait de plus en plus en vite, en riant très fort.

Elle ferme les yeux comme pour évacuer ce souvenir pénible.

— C'est à ce moment que vous l'avez frappée ? demande Perrot d'une voix unie.

Très lentement, elle secoue la tête, les yeux toujours clos. Elle articule péniblement :

— Je n'ai jamais frappé Karen.

— Elle a pourtant succombé à un coup sur la tête.

— Qu'elle s'est fait elle-même.

— Pardon ?

— Elle ne voulait pas entendre raison, explique la prévenue de la même voix sourde. À un moment, elle a voulu m'échapper en tournant à droite dans une ruelle. Mais en même temps, elle me regardait comme si elle me mettait au défi de l'attraper. Alors je l'ai suivie. Je ne sais pas bien pourquoi, tout s'est passé tellement vite… C'est comme si je craignais qu'elle s'en prenne à quelqu'un dans cette ruelle. Elle était dans un tel état d'excitation ! Peut-être même y connaissait-elle du monde ? Après tout, je n'étais jamais venue dans les parages… Peut-être même y avait-elle donné rendez-vous à Damien…

Elle secoue la tête.

—… Je sais, tout ça peut paraître confus, mais Karen n'était pas dans son état normal et elle me faisait peur. Je la sentais prête à tout. Au bout de quelques mètres, elle s'est arrêtée et elle m'a regardé avec ce regard fou. Et c'est là que…

Elle s'interrompt avec un frisson rétrospectif, puis continue :

— C'est là qu'elle a levé le bras sur moi. J'ai arrêté son geste, mais elle était très agitée. Elle m'a finalement attrapé le bras, l'a serré très fort. J'avais du mal à la contenir. Tout à coup, j'ai réussi à me dégager car elle était juchée sur de très hauts talons sur lesquels elle manquait d'équilibre. Et je suis partie en courant.

— Et elle ?

— Je ne me suis pas retournée. Elle criait comme une démente.

— Vous ne l'avez pas vue tomber ?

— Non.

— Elle a pourtant dû appeler à l'aide en chutant.

— Elle hurlait déjà, alors je n'ai pas fait la distinction entre un cri de douleur et un cri de folie.

— Avez-vous croisé Annabelle Gandeau, à ce moment-là ?

— Non.

— Pourtant, elle est arrivée dans les minutes suivantes.

— C'est possible.

— Si ce n'est vous, c'est donc elle qui a dû porter

le coup qui a fait chuter Karen Dinio.

— C'est une plaisanterie! Annabelle enceinte jusqu'aux yeux aurait frappé Karen jusqu'à la faire tomber? Sérieusement, Commandant, vous pensez ce que vous dites? Même si je voulais la croire coupable, je ne pourrais pas, termine le témoin avec une voix où se mêlent l'acceptation et la frustration.

— Qu'avez-vous fait ensuite?

— Je me suis dépêchée de rentrer, je ne voulais plus jamais avoir affaire à elle.

— Comment avez-vous appris son décès?

— Le lendemain dans le journal.

— Pourquoi ne pas être venue témoigner au commissariat à ce moment-là?

— Parce que j'ai paniqué. Je m'étais trouvée au mauvais endroit au mauvais moment. Comment expliquer l'inexplicable?

— Vous vous doutiez bien pourtant que l'on remonterait jusqu'à vous, argue Lefèvre adossé au mur et les bras croisés sous la poitrine.

— J'étais perdue…

— Vous avez alors décidé de ne pas rentrer chez vous.

— Oui, j'avais besoin de temps pour réfléchir. Je savais que, tôt ou tard, les soupçons allaient se porter sur moi. Je me sentais acculée.

— Et vous avez eu l'idée de vous cacher dans la chambre d'hôtel de Karen Dinio. Drôle d'idée, non?

— Sur le coup, se défend Vanessa Ferret, ça m'a paru une idée aussi bonne qu'une autre. Je me suis dit que personne n'irait dans cette chambre avant quelque temps, puisqu'elle était réservée pour Karen, le week-end.

— Et pour la clé ?

— Je l'avais.

— Comment ça ?

— Quand Karen était passée me voir au bureau, elle m'avait parlé de cette chambre où elle se réfugiait, les week-ends où elle n'avait pas Capucine. Elle m'a alors proposé de me la prêter le week-end suivant puisqu'exceptionnellement, elle ne pouvait pas y aller.

— Vous nous avez pourtant dit que vous n'étiez pas amies, s'étonne Lefèvre. Et pourtant, elle vous prêtait sa chambre d'hôtel ?

— Karen s'enflammait facilement, et ce jour-là, elle était particulièrement excessive. Voyant que je partageais son point de vue sur le comportement malhonnête d'Annabelle, elle m'a sans doute prise pour sa nouvelle alliée. Elle n'avait pas beaucoup d'amis, vous savez. Et sur le coup, je dois avouer que j'ai trouvé tentant d'aller passer une nuit dans un Relais et Châteaux. Ce n'est pas avec mon salaire que je peux me payer ça…

— Et si l'on vous dit qu'Annabelle Gandeau n'a pas trompé son mari…

La stupeur se lit sur le visage de la jeune femme élancée aux longs cheveux noirs.

— Karen aurait menti ?

— Non, elle s'est juste trompée.

— Comment ça ?

— Annabelle Gandeau a eu recours à l'insémination artificielle.

— Elle n'avait donc pas d'amant ?

— Non, pour autant qu'on le sache…

Soudain, Vanessa devient dangereusement livide

et son avocat n'a que le temps de la rattraper avant qu'elle s'écroule sur le carrelage.

*

Annabelle est allongée sur le lit, à même la couverture rêche, et regarde une mouche courir sur le plafond de couleur crème. L'insecte s'envole tout à coup et se met à tourbillonner en vrombissant. Puis la mouche s'approche de l'ampoule brûlante avant de s'en écarter aussi vite. La prévenue se sent aussi déboussolée que cet insecte prisonnier malgré lui, qui tourne et tourne dans cette pièce sans air. Elle pose les deux mains en coupe sur son ventre, en guettant les mouvements du bébé. Elle sent un mouvement un peu désagréable, à fleur de peau. Elle se dit qu'il prend beaucoup de place déjà et que, bientôt, il l'empêchera de dormir la nuit. « Mais de toute manière, songe-t-elle avec amertume, j'aurai bien d'autres motifs pour ne pas dormir… Moi qui ai tout perdu, juste parce que je voulais ménager Damien. Parce que je refusais qu'il apprenne qu'il n'était pas le papa de Capucine. J'aurais dû faire les choses autrement, se maudit-elle intérieurement. S'il avait appris la supercherie de Karen, il lui en aurait terriblement voulu, mais il n'en aurait pas moins aimé Capucine, j'en suis certaine. Alors qu'à présent, je suis bien sûre qu'il ne pourra jamais rien éprouver pour mon petit. À part du dégoût. » Elle étouffe un sanglot quand, soudain, elle entend la clé tourner dans la serrure. Le commandant Perrot est là qui lui demande de l'accompagner dans son bureau. Elle a envie de refuser. Qu'on lui fiche la paix, par pitié, maintenant qu'elle a tout perdu ! Mais le commandant a une voix douce et, comme dans un état second, elle accepte de le suivre dans son bureau.

— Madame Gandeau, Vanessa Ferret vient de passer aux aveux pour l'homicide perpétré à l'encontre de Karen Dinio…

La jeune femme ouvre la bouche, mais aucun son n'en sort. Elle se laisse aller contre le dossier de sa chaise et pose les mains sur le haut de ses cuisses.

— Vanessa ? C'était donc elle ?

Perrot choisit de ne pas donner de précisions sur les circonstances de la mort de Karen Dinio. Il continue sur le même ton uni :

— Vous êtes allée voir Tania Borel, le jour de sa mort, n'est-ce pas ?

— Oui, je vous l'ai déjà dit, répond doucement la jeune femme aux traits de plus en plus tirés au fur et à mesure que passent les heures.

— Et vous continuez à prétendre que vous ne l'avez pas tuée ?

— Oui. Je savais que Karen allait chercher à savoir comment j'avais réussi à tomber enceinte et je craignais qu'elle remonte jusqu'à Tania. J'ai préféré prendre les devants et aller avouer à Tania que Damien n'était pas au courant pour l'insémination. Je voulais simplement lui demander de me promettre de ne pas chercher à rencontrer Damien.

— Mais comment Karen Dinio aurait-elle fait pour remonter jusqu'à Tania Borel ?

— Je n'en sais trop rien, à vrai dire. Je pense que je prêtais à Karen plus de pouvoir qu'elle n'en avait. Il faut dire qu'elle avait beaucoup d'argent et beaucoup de relations. C'était plus facile pour elle que pour d'autres de trouver des informations…

— Qu'a répondu Tania Borel ?

— Elle s'est montrée compréhensive. Après tout, elle avait eu son argent, alors… termine Annabelle avec amertume.

— Vous pensiez donc que Karen Dinio savait que vous aviez eu recours à une insémination ?

— Oui, évidemment.

— Et si je vous dis le contraire ?

— Comment ça ? C'est impossible, puisqu'elle est venue elle-même me dire que Damien était stérile.

— Oui, mais elle pensait simplement que vous aviez pris un amant.

— Quoi ? Mais alors… et Vanessa ?

— … en a logiquement tiré les mêmes conclusions…

Annabelle laisse retomber ses épaules et contemple ses mains impuissantes. Ainsi donc, elle n'a rien compris depuis le début… Elle relève la tête :

— C'est donc ça que Vanessa voulait empêcher Karen de dire à Damien…

— Oui.

— C'est pour ça qu'elle l'a tuée ? Pour me protéger ?

— Il semblerait, répond prudemment Perrot, sauf qu'à première vue, la victime aurait causé sa propre chute.

— Ses talons trop hauts… murmure Annabelle en secouant lentement la tête.

Mais une nouvelle idée lui traverse soudain l'esprit. Elle se redresse vivement et demande :

— Mais au fait, pourquoi Vanessa s'en serait-elle prise à Tania ?

— Ce n'est pas l'hypothèse actuellement retenue, réplique laconiquement le commandant en appuyant ses avant-bras sur la table.

Lefèvre, quant à lui, est allé s'asseoir au chaud sur le radiateur en fonte. Il sent l'épuisement le gagner. Une fatigue malsaine due au manque d'exercice et au confinement dans des locaux mal ventilés. Perrot poursuit :

— Nous avons trouvé des traces de votre présence sur le corps de Tania Borel.

— Je n'ai jamais nié y être allée, réplique doucement la jeune femme.

— Mais vous niez toujours l'avoir tuée.

— Oui.

Perrot regarde le visage blafard de la jeune femme où subsiste au coin de l'œil une petite coulure de mascara. Et tout à coup, un détail lui revient en mémoire.

— Excusez-moi une minute, fait-il en attrapant son portable et en sortant dans le couloir. Allô, monsieur Borel, Commandant Perrot à l'appareil. Juste une question.

— Oui, répond une voix rauque.

— Votre femme se maquillait-elle tous les jours ?

— Oui, elle ne supportait pas de se montrer sans maquillage. Elle disait que sinon, elle se sentait nue.

— Merci monsieur Borel.

Perrot réfléchit à cette confirmation que vient de lui faire le mari de la victime. Que conclure de cet élément ? Il décide de reprendre l'interrogatoire d'Annabelle Gandeau. Vous souvenez-vous par hasard de quelque chose de particulier lors de votre visite ?

Elle réfléchit quelques instants en silence, les sourcils froncés.

— J'étais venue en bus, explique-t-elle d'une voix sourde, parce que ma voiture était au garage pour la journée. Il n'y avait pratiquement personne dedans. Quelques collégiens qui avaient fini leurs cours et qui chahutaient. Une ou deux vieilles dames qui papotaient. Ah oui, et le voisin d'en face, un type que j'avais croisé une fois et qui m'avait fixée bizarrement.

Fébrilement, Perrot attrape son calepin et demande :

— Vous pourriez nous le décrire ?

— Un type quelconque, une petite cinquantaine. Cheveux courts, habillé tout en noir ou en gris, enfin une couleur neutre.

— Vous pourriez le reconnaître ?

— Je pense.

Perrot se tourne vers Lefèvre et lui indique la sortie d'un geste du menton. Lefèvre a compris. Il sort et revient quelques minutes plus tard, un classeur à la main. Il ouvre le classeur sur le bureau et indique :

— Prenez le temps de feuilleter cet album. Si vous pensez avoir identifié l'homme en question, dites-le-nous.

Elle écoute les consignes et opine gravement. Puis elle commence à tourner les pages sur lesquelles sont fixées les photos d'hommes de tous âges et de toutes origines ethniques. Elle a compris que le capitaine venait probablement d'y rajouter celle du suspect. Elle observe lentement les faciès variés, sans expression. Tout à coup, elle immobilise son index. On dirait que c'est lui. Mais non, elle se trompe, il lui ressemble un peu, mais ce n'est pas le voisin. Elle tourne à nouveau les pages, s'immobilise. Cette fois, c'est bien lui. Elle pointe l'homme sans un mot. Lefèvre s'approche, acquiesce en silence. Perrot opine à son tour et s'adresse à la prévenue :

— Madame Gandeau, nous allons lever la garde à vue pour le moment. Vous allez pouvoir appeler votre mari pour qu'il vienne vous chercher.

— Mon mari… souffle-t-elle avec amertume.

— Oui, votre mari. Cela fait des heures qu'il attend en bas qu'on l'autorise à vous voir.

Une incrédulité mêlée d'espoir se lit sur le visage d'Annabelle tandis qu'elle se lève péniblement.

*

Perrot s'étire en levant les bras au-dessus de sa tête. Il sent sa nuque raide et son dos courbaturé. Il se dit qu'il va être temps qu'il prenne un peu soin de son corps. Il a une silhouette naturellement svelte et porte bien le vêtement, mais cela ne suffit pas. Le commandant sait que son corps finira par le lâcher s'il ne le ménage pas. Il faut qu'il fasse de l'exercice pour renforcer son dos et probablement aussi pour se sentir mieux. Contrairement à Sofia, il n'a jamais adhéré au concept du club de remise en forme. Il ne comprend pas quel plaisir elle avait – et a encore – à aller se dépenser en salle de sport. Mais son ex-femme lui a expliqué que sans l'effet stimulant d'un groupe, jamais elle ne trouverait le courage de s'astreindre à ces monotones séries d'abdominaux et d'exercices pour les fessiers. Et c'est vrai qu'à la voir aujourd'hui, Perrot doit avouer que ces années d'entretien physique ont porté leurs fruits. Sofia a le corps tonique et de l'énergie à revendre tandis que lui sent parfois le poids des ans peser sur ses épaules. « Et pourtant, nous avons le même âge, songe Perrot en massant ses cervicales douloureuses. Et elle s'occupe seule des enfants. Seule, vraiment ? » Il chasse une idée qui voudrait s'insinuer dans son cerveau et se concentre sur la résistance physique de son ex-femme. « C'est vrai qu'elle travaille beaucoup et gère les enfants, mais elle sait trouver du temps pour elle, c'est ce qui fait la différence entre nous. Alors que, de mon côté, chaque affaire pompe toute mon énergie comme si ma vie en dépendait. » Il secoue la tête. « Qui a raison, au fond ? Elle, de profiter de la vie, ou moi, de tout sacrifier à mon travail ? » Lâchement, il préfère éviter de formuler la réponse. Il se tourne vers Lefèvre qui regarde les toits disparaître derrière un paravent de pluie. Avec un soupir, il constate que l'anticyclone est encore loin. Il se rend compte qu'il a oublié de le tenir au courant du coup de fil qu'il a passé tout à l'heure à Jérémy Borel.

— Quand tu revois le cadavre de Tania Borel, est-ce qu'un détail te frappe ?

— Comment ça ?

— Je ne sais pas, essaie de réfléchir.

— Elle était allongée, il y avait une flaque de sang sous sa tête. Elle était en tenue de sport, même si ses filles disaient qu'elle n'en faisait pas…

— Oui, autre chose ?

— Ah si ! Elle avait une trace de mascara au coin de l'œil.

— Exact. Or, elle n'était pas du tout maquillée.

— Et alors ?

— Et alors, ça signifie qu'elle venait de se démaquiller.

Lefèvre dévisage son voisin sans comprendre.

— Je ne vois pas où tu veux en venir !

— Eh bien, Jérémy Borel m'a confirmé que sa femme ne se montrait jamais sans maquillage.

— Et tu en déduis quoi ?

— Je ne sais pas trop, mais je pense que ça signifie quelque chose.

— Peut-être. En attendant, je suis crevé, pas toi ?

— Si, complètement. J'en ai marre de ces crapules. On va manger un morceau ?

— Allons-y.

Perrot attrape son imperméable et son parapluie, et devance Lefèvre dans le couloir. Le commissariat est plus calme à l'heure du déjeuner, sauf dans l'entrée où patiente l'habituelle cohorte de plaignants. Sur les marches extérieures, on croise les personnes lasses d'attendre qu'on les appelle pour déposer leur main courante. Elles grillent une cigarette ou passent un coup de fil en jetant régulièrement un œil à travers les vitres pour voir si un nouveau plaignant est appelé au guichet. « Si ces gens savaient, se dit Perrot en observant ce manège familier, que la plupart de leurs plaintes seront classées sans suite… Qui peut encore croire qu'on va déployer du personnel pour aller attraper le voleur de bicyclette ou le tagueur incivil ? » Lorsque les deux collègues descendent le perron, la pluie tombe toujours, mais bizarrement, cela ne les affecte pas vraiment. Ils sont, au contraire, presque heureux de sentir sur leur visage la claque humide des bourrasques. Provisoirement au moins, ils ont quitté le huis clos du commissariat et la tension nerveuse qui entoure chaque interrogatoire. Ils sont comme des acteurs fatigués d'avoir rejoué la scène pour la centième fois. Où est l'adrénaline de la première, lorsqu'on guette la réaction du public, le commentaire de la critique ? Peu à peu s'installe une routine, confortable certes, mais ankylosante aussi. « Pourtant, songe Perrot en évitant une flaque, j'ai encore le cœur qui s'accélère quand je sens que j'ai ferré le poisson. Ça veut sans doute dire que j'ai encore la foi… »

— Dis-moi, je t'ai rarement vu si loquace, fait-il à l'adresse de Lefèvre.

— J'suis fatigué et j'ai faim, réplique ce dernier en enfonçant les mains dans les poches de son blouson trop serré.

— T'as toujours faim, ce n'est pas une nouveauté. Il y a autre chose…

— Je me dis juste, fait Lefèvre en poussant la porte de la brasserie, que les gens ont vraiment du mal à être heureux.

— Te voilà philosophe ! s'amuse Perrot en ôtant son imperméable pour l'accrocher au perroquet de bois.

— Tu crois qu'un célibataire finit forcément comme ce Cérin ? demande Lefèvre en s'asseyant et en attrapant l'ardoise annonçant le menu du jour.

Perrot dévisage son ami avec surprise. C'est bien la première fois que cet adepte du second degré parle avec autant de gravité. Et de sa situation personnelle, de surcroît. Mais déjà Lefèvre élude tout commentaire en décrétant :

— Oublie ce sentimentalisme, je suis juste en hypoglycémie !

Perrot n'insiste pas. Il regarde autour de lui les gens attablés, surtout des salariés en pause déjeuner. Il se laisse aller contre la banquette avec une sensation de bien-être. Il fait une chaleur agréable dans ce restaurant seulement ouvert le midi et il goûte l'effet apaisant du brouhaha ambiant. Il aurait pu essayer de sonder l'âme de son ami mais il n'en a pas le courage en ce moment. Il préfère se dire que Lefèvre a un simple coup de fatigue, plutôt que chercher à savoir s'il est vraiment mal. « Après tout, pense-t-il pour excuser sa lâcheté, nous devons garder la tête froide si nous voulons tirer au clair ces affaires criminelles. » Il voit une petite fille attablée avec son papa au fond du restaurant. L'enfant est manifestement ravie de déjeuner en tête à tête avec son père. « Peut-être, se dit Perrot en sentant sa gorge se serrer, s'agit-il d'un père divorcé ? Peut-être fait-il parfois la surprise à sa fille d'aller la chercher à l'école ? » Il a un pincement au cœur en pensant à Clara qu'il ne pourra jamais plus aller chercher ainsi à l'improviste à l'école. Tant de kilomètres les séparent. L'envie de serrer ses enfants dans ses bras devient soudain urgente, douloureuse. Il fait un signe à Lefèvre, sort sur le seuil du restaurant et attrape son portable. Simon répond. Il est surpris d'entendre son père à cette heure. Presque intimidé même. Ou bien fâché contre son père trop peu présent ? Mais le petit garçon se radoucit aussitôt et, prévenant comme à son habitude, demande à Perrot comment il va.

— Bien, mon chéri, mais vous me manquez. J'avais envie d'entendre votre voix.

— Toi aussi, papa, tu me manques. Tu sais où je vais cet après-midi ?

— Non, vas-y, raconte.
— À l'exposition Harry Potter, j'ai trop hâte !
— Tu en as de la chance ! Clara t'accompagne ?
— Non, elle est partie chez Cécile. Elles doivent faire un exposé ensemble.
— Ah ? Bien. Maman est là ?
— Non, c'est Mélusine qui me garde, maman avait un rendez-vous.
— Ah ?
— Oui, fait le petit garçon en étouffant un rire avant de se ressaisir. Je ne sais pas bien où elle allait.
— Tant pis, mon bonhomme, ça ne fait rien, j'ai été content de te parler.
— Moi aussi, papa. Je t'embrasse et… arrête plein de méchants !
— Compte sur moi !

Perrot sourit encore en rentrant dans la brasserie. Il constate que les assiettes de potée au chou ont été déposées sur leur table et que Lefèvre a déjà attaqué. Il est heureux d'avoir parlé à son petit garçon mais il s'est bien rendu compte que l'enfant avait ravalé de justesse l'allusion qu'il s'apprêtait à faire. Contrairement à son aînée plus frondeuse, Simon est un enfant sensible, soucieux de ne blesser personne. Et c'est pour éviter de le faire qu'il a empêché sa langue de fourcher et de révéler en compagnie de qui sa mère se trouvait. Ou bien, se dit Perrot en piquant sa fourchette dans un morceau de jarret fumant, je me fais des idées parce que je suis surmené. Par facilité, il s'empresse de choisir cette option quand, soudain, un souvenir lui revient :

— Dis-moi, ce n'est pas ces jours-ci que ta mère devait consulter son cardiologue ?

Surpris, Lefèvre repose sa fourchette.

— C'était hier.

— Et alors ?

— Pontage dans un mois.

— Merde !

— Tu l'as dit, merde. Ceci étant, le médecin s'est montré rassurant. Il paraît que c'est assez banal. Il faudra juste qu'elle surveille son alimentation…

Perrot fait une grimace navrée. Lefèvre répond :

— Je sais, ça, c'est pas gagné…

Le commandant connaît la mère de Lefèvre, une femme démonstrative et généreuse, aussi corpulente que son fils est fluet. Perrot sait comme son ami est proche de sa mère aujourd'hui veuve et il comprend mieux, à la lumière de cette nouvelle, les états d'âme de son collègue pendant qu'ils marchaient jusqu'au restaurant. Ils terminent leur repas en silence, chacun perdu dans ses pensées.

*

Stéphane se surprend à regarder le matériel de puériculture sur Internet. Il compare les poussettes à trois roues géantes avec les modèles traditionnels, plus jolis mais moins fonctionnels. Il se sent un peu ridicule mais il ne peut s'empêcher de vouloir donner forme à ce bébé en gestation. Après tout, Bruno et lui vont bientôt avoir un enfant, n'est-ce pas ? Malheureusement pas dans les circonstances imaginées, c'est vrai, mais au moins, ils sont en train de réaliser leur rêve le plus cher. Cependant, que va-t-il advenir de la mère, cette criminelle ? Aura-t-elle le droit de voir son enfant régulièrement lorsqu'elle sera incarcérée ? Il l'ignore. Il suppose qu'elle aura un droit de visite. L'enfant triste se forcera à aller au parloir chaque mois, pour parler à une inconnue au regard vide qui lui dira qu'elle est sa mère et qu'elle souffre de ne pas pouvoir vivre avec lui. Elle essuiera une larme et se forcera à sourire pour ne pas traumatiser l'enfant. Et vite, trop vite, le gardien annoncera que c'est la fin des visites. Et l'enfant, partagé entre culpabilité et soulagement, franchira la porte avec un geste d'adieu en direction de sa mère. Stéphane chasse cette image et clique sur un modèle de lit à barreaux. Mais il repense au sort de cette femme qui porte leur enfant. Et aussi au coup de fil qu'il a passé au commandant, dans lequel il lui parlait de ce voisin bizarre qui lui avait demandé s'il était un client de Tania. Il espère que le commandant Perrot se sera intéressé au bonhomme. Soudain, la porte d'entrée claque. Stéphane n'a que le temps de quitter la page consacrée au matériel de puériculture avant de se tourner vers Bruno qui arrive, cheveux trempés et carton de pizza à la main.

*

Annabelle chipote dans son assiette. Elle était si heureuse que Damien vienne la chercher ! Mais les retrouvailles n'ont pas été aussi chaleureuses qu'elle l'espérait. Damien s'est montré prévenant, il lui a demandé si elle n'était pas trop fatiguée, si elle avait réussi à fermer l'œil dans sa cellule. Mais à part cela, ils n'ont pas échangé plus de deux mots. Il a préparé un repas rapide pendant qu'elle allait prendre une douche et se changer. Et lorsqu'elle est redescendue, il était déjà assis à table et l'attendait pour commencer. Depuis, ils mangent en silence, en écoutant la radio que Damien a allumée, probablement pour éviter de parler. Elle voudrait briser la glace mais s'en sent incapable. Elle ne supporterait pas une rebuffade après les dernières vingt-quatre heures qu'elle vient de passer. Alors elle préfère se taire et faire semblant de manger. Au bout d'un moment, elle se force à bâiller et se lève en murmurant :

— Je vais faire une sieste.

— D'accord.

Il ne la retient pas.

*

Avant de retourner au service, les deux collègues décident de s'intéresser au cas de Cérin. Ce dernier assure qu'il n'a pas quitté son travail à l'imprimerie, l'après-midi où Karen Dinio a été tuée. Des vérifications s'imposent. Il y a enfin une accalmie dans le ciel d'hiver tandis qu'ils attachent leur ceinture de sécurité. La pluie a déclaré forfait et un arc-en-ciel fait le paon à l'horizon. Mais les cieux sont encore bien sombres et on sent que l'averse ne devrait pas tarder à recommencer. L'imprimerie est installée à Bègles dans un local déjà ancien, un peu retiré par rapport aux constructions très récentes de l'immense centre commercial de Rives d'Arcins. L'imprimerie est située non loin du port où sont amarrés les Zodiacs des bourgeois des environs. Le bâtiment se compose de trois parties. Au centre se trouvent les bureaux de la direction et du secrétariat ainsi que le vestiaire des ouvriers et leur salle de repos. Pas de réfectoire à l'horizon, les ouvriers imprimeurs apportent leur casse-croûte ou vont s'approvisionner au centre commercial. Le bâtiment de gauche abrite le matériel en tout genre et celui de droit, les machines proprement dites. Un homme bedonnant est adossé contre le mur en tôle ondulé du bâtiment central. Il tire sur une cigarette pendant qu'il parle dans son téléphone mobile. Il rit de ce que son interlocuteur lui raconte. Avisant les visiteurs, il termine sa conversation et avance vers eux en tendant la main.

— Hercule Poirot, je peux vous aider ?

Les policiers échangent un regard amusé quand le dénommé Poirot explique :

— Mes parents – Dieu ait leur âme – avaient un sens de l'humour particulier.

Perrot opine en souriant avant d'expliquer la raison de leur visite.

— Ce sera facile à vérifier, suivez-moi, fait-il en les précédant dans son bureau où flotte une odeur de tabac froid. Sur le rebord de la fenêtre entrouverte est posé un cendrier rempli. Poirot intercepte le regard de Lefèvre et explique avec un haussement d'épaules :

— J'ai un peu de mal à me plier à cette loi… J'espère que vous ne me chercherez pas d'ennuis, termine-t-il avec un sourire confiant.

Lefèvre le rassure d'un signe de tête et lui montre son bureau du menton. Le patron consulte un agenda épais et le tourne vers les visiteurs.

— Non, non, Cérin n'était pas absent ce jour-là. De toute manière, je m'en serais souvenu, il n'est jamais malade.

— Quelque chose à nous signaler le concernant ?

Poirot gratte son front très dégagé avant de répondre :

— Ma foi, je ne vois pas ce qu'on peut bien dire de Cérin. Consciencieux, travailleur.

— Des amis ?

— Euh, des collègues plutôt. Il ne se mêle pas trop à la vie des employés. Il déjeune seul en général.

— Chez lui ?

— Ça, je n'en sais rien. Il aurait le temps de rentrer s'il le souhaitait.

— Rien d'autre ?

— Comme ça, je ne vois pas, non…

— Bien, nous n'allons pas vous retenir davantage.

— À votre service, mais pourquoi ces questions ?

Les policiers ont déjà tourné les talons en direction de leur voiture. Perplexe, Poirot les suit du regard et allume une nouvelle cigarette.

— Tu crois qu'on peut faire confiance à ce Sherlock Holmes ? demande Lefèvre en inclinant son siège.

Perrot laisse échapper un rire.

— Quand tu penses que des parents appellent leur gamin comme ça !

— J'ai vu mieux, rétorque Lefèvre avec un rictus : des jumeaux Tom et Jerry, des Mégane Renault, et j'en passe…

— Pauvres gosses, ça devrait être interdit…

— Remarque, il y a pire, poursuit Lefèvre en regardant par la fenêtre les lumières du centre commercial, pense à l'enfant d'Annabelle Gandeau. Quand on va lui expliquer que son père n'est pas son père mais une seringue vendue à sa mère par une femme tuée peu après… Il ou elle va être bon pour des années de psychothérapie…

Perrot ne répond pas. C'est vrai que cet imbroglio laissera forcément des traces d'un côté comme de l'autre, « mais ça, songe-t-il en se faufilant à travers les files de voitures sur la rocade, ce ne sera plus de notre ressort. » Lefèvre reprend :

— En tout cas, Cérin a dit la vérité. Il était à l'imprimerie au moment de la mort de Karen Dinio.

— De toute manière, je ne vois pas pourquoi il s'en serait pris à elle. Et autre petit détail que tu sembles oublier, il a aussi un alibi pour la mort de Tania Borel.

— Il avait un alibi, le contredit son voisin en redressant brutalement son siège. Tu oublies qu'Annabelle Gandeau prétend l'avoir vu dans le bus au moment où elle allait chez Tania Borel.

— Mais il était au centre commercial cet après-midi-là ! Il nous a montré son ticket de stationnement.

— Zut, j'avais oublié.

— À moins que…

Sans une explication, Perrot prend la première sortie sur sa droite dans un crissement de freins.

— Mets le gyro !

Lefèvre s'exécute et bientôt, les voitures s'écartent docilement pour les laisser passer. Ils roulent une dizaine de kilomètres avant de piler devant le dépôt de bus de l'agglomération bordelaise. Les véhicules blancs à motifs orange s'alignent sur le parking du dépôt. Des ouvriers de maintenance s'affairent autour des engins, soulevant les capots et vérifiant la pression des pneus. Perrot demande au premier ouvrier qu'il croise où il peut trouver le responsable du site. L'homme en bleu de travail lui indique d'un geste du bras un bâtiment sur l'arrière. Devant les bureaux, deux hommes et une femme sont en train de boire un café en fumant leur cigarette.

— Bonjour, SRPJ de Bordeaux, où pourrions-nous trouver le responsable du site, s'il vous plaît ?

— La responsable, corrige la femme en écrasant sa cigarette sous le haut talon de sa bottine. En l'occurrence, c'est moi, ajoute-t-elle avec un sourire. Sylvie Bon.

— Vous pouvez nous accorder quelques instants ?

— Je vous en prie.

La femme en jupe crayon et blouson bordé de fausse fourrure ouvre la porte vitrée et s'engage dans l'escalier métallique situé à droite de l'entrée. Son bureau est immédiatement sur la gauche en arrivant sur le palier. Elle leur indique deux chaises, se débarrasse de sa veste et s'assied à son bureau. L'endroit est étonnamment accueillant avec ses plantes vertes et ses affiches de destinations ensoleillées punaisées au mur. Un diffuseur de parfum est branché au mur et laisse échapper une odeur de tiaré. La responsable du site est très bronzée, mais on devine que son hâle trop orange doit davantage aux cosmétiques qu'à un voyage récent aux Maldives.

— Café ?

— Non, merci, ne vous dérangez pas. Nous sommes ici dans le cadre d'une enquête criminelle.

— Ah ? fait la responsable sans s'émouvoir, et vous pensez que nous avons quelque chose à voir avec ça ?

— Pas vous ou vos équipes personnellement, rassurez-vous. En fait, nous voudrions savoir si une personne a bien pris le bus comme elle le prétend. Pour cela, il faudrait que nous parlions au chauffeur concerné.

— Quelle ligne ?

— Celle qui dessert Latresne.

— C'est donc le 501. Vous pouvez me préciser le jour ?

— Lundi 28 janvier.

La femme allume son ordinateur, fait pivoter l'écran vers les policiers et presse quelques touches. Des rangées de lignes remplies de chiffres s'alignent sur la page. À y regarder de plus près, on comprend que ce sont les noms des stations et leurs différents horaires de passage. Au bout de quelques secondes, Sylvie Bon fait glisser son ongle long laqué de rose sur une ligne et indique :

— Il s'agit de Robert Paul. Et à cette heure-ci, attendez voir… Vous avez de la chance, il est en pause. Il est peut-être en salle de repos. Je vous accompagne.

Elle se lève, enfile son blouson et ils redescendent l'escalier métallique en direction d'un bâtiment voisin, plus petit. Provenant de l'intérieur, on entend de la musique. La responsable ouvre la porte et penche le buste à l'intérieur.

— Je cherche Robert, il est là ?

— Non, répond une voix, il a profité de sa pause pour aller faire quelques courses.

— Zut ! Tant pis, merci Adrien.

Elle se retourne vers les deux policiers.

— Désolée, il n'est pas là en ce moment.

— Vous n'avez donc aucun moyen de savoir qui est présent dans vos bus ?

— Non, à quoi cela nous servirait-il ? Nous ne menons pas d'enquête, nous ! termine-t-elle dans un clin d'œil.

Elle s'apprête à regagner son bureau lorsque, soudain, elle fait volte-face :

— Mais au fait, j'y pense, on a peut-être une petite chance. Suivez-moi.

D'un pas vif elle les ramène vers le bâtiment principal mais, cette fois, elle les conduit tout au fond du rez-de-chaussée. Elle frappe à une porte et entre. Un homme est assis à un bureau dans une salle peu éclairée. Sur les murs sont fixés des écrans allumés sur lesquels défilent des images fixes ou en mouvement.

— Je vous présente Étienne, notre responsable informatique. Étienne, ces Messieurs sont de la police et voudraient vérifier que leur… suspect, c'est bien comme ça qu'on dit ? ajoute-t-elle avec un sourire de connivence, était bien dans un bus au moment qu'il le prétend.

Le dénommé Étienne bougonne quelques paroles incompréhensibles en s'adossant à son fauteuil tandis que sa responsable s'éclipse en saluant les policiers. Puis l'homme précise d'une voix à peine plus claire :

— Ici, sur ces écrans, on contrôle à la fois la fluidité du trafic et la ponctualité de nos bus.

— Comment faites-vous ? demande Lefèvre en s'approchant des écrans.

— Nos véhicules sont équipés de puces et, chaque fois qu'ils passent devant un arrêt, ils sont automatiquement identifiés.

— Vous pouvez donc vérifier qu'ils sont à l'heure, mais qu'en est-il de la surveillance à l'intérieur des bus ? insiste Lefèvre.

— Ah ça… C'est le boulot des chauffeurs…

Dépités, les deux policiers se demandent pourquoi la responsable du site leur a conseillé de rencontrer cet homme peu coopérant. Ils s'apprêtent à tourner les talons lorsque l'homme les retient.

— Ceci dit, il y aurait peut-être une solution, prononce-t-il sur le ton supérieur de celui qui se sait soudain indispensable.

— C'est-à-dire ?

— Eh bien, depuis un mois, nous avons des caméras embarquées à l'essai sur le réseau. Si ça se trouve, le bus emprunté par votre type était équipé d'une caméra.

— Vous pourriez le vérifier rapidement ? ordonne Lefèvre plus qu'il ne le demande.

L'homme croise le regard de Lefèvre et comprend qu'il a intérêt à obtempérer au plus vite. En marmonnant quelques paroles incompréhensibles, il se tourne vers son ordinateur. Puis il dit :

— Le 408 et le 501 ont testé l'équipement la semaine dernière. L'un d'eux vous intéresse ?

— Le 501, répond fébrilement Perrot en venant, ainsi que Lefèvre, se poster derrière l'homme pour avoir vue sur son écran.

— Le 501, le 501, ça y est, j'ai les enregistrements ici. Le 28 janvier. J'appuie sur lecture et hop, à vous maintenant, fait l'homme en laissant sa place au commandant et se retirant au fond de la salle obscure.

Perrot s'assoit tandis que Lefèvre rapproche une chaise. Ils froncent les sourcils avec attention pour scruter les images de surveillance. Ils voient le va-et-vient des lycéens et travailleurs qui se pressent dès sept heures du matin pour rejoindre leur destination.

Plus tard dans la matinée, ce sont les personnes âgées ou sans emploi qui empruntent les transports en commun. Au bout de quelques minutes, Lefèvre se redresse et demande au technicien occupé à visionner les écrans sur le mur du fond :

— Ça serait possible d'avancer la lecture parce que la tranche horaire qui nous intéresse ne couvre qu'une heure, entre quatorze et quinze heures.

— Bougez pas, fait l'homme en pianotant sur son clavier à toute vitesse. On y est, fait-il en s'éloignant à nouveau vers le fond de la pièce.

Les enquêteurs reprennent leur examen attentif, quand soudain, Lefèvre sursaute :

— Là ! C'est Annabelle Gandeau !

— Exact, fait Perrot en se penchant davantage vers les images.

On voit la jeune femme enceinte monter à bord du bus en se dandinant légèrement. Elle sourit timidement au chauffeur avant de jeter un œil circulaire à la recherche d'une place assise. Elle se résout à rester debout quand un collégien assis sur une banquette donne un coup de coude à son camarade du même âge et lui murmure quelque chose d'inaudible. Puis avec un sourire un peu fat, il s'approche d'Annabelle et lui propose de s'asseoir. Cette dernière accepte avec un sourire tandis que le jeune garçon lance un regard suffisant à son ami.

— Qui ose dire que les jeunes ne sont pas polis ! murmure Perrot, amusé par le manège des deux copains.

Ils poursuivent leur examen visuel en se demandant si, au bout du compte, Annabelle Gandeau ne les a pas menés en bateau. Mais soudain, alors qu'ils sont à deux doigts de s'avouer vaincus, Perrot tend le doigt vers un homme en train de monter à bord. Il a la tête penchée, mais son allure pourrait correspondre à celle de Cérin. Ils attendent que l'individu veuille bien se redresser, mais l'homme a visiblement décidé de ne pas se faire remarquer. Mais c'était sans compter sur un coup de frein intempestif qui le fait se saisir de la barre verticale. C'est alors qu'il relève le menton et que sa face apparaît sur l'écran de contrôle.

— C'est lui !

Les policiers gardent les yeux rivés sur l'écran jusqu'à ce qu'ils voient le bus s'immobiliser. Trois jeunes descendent avec leur sac sur le dos et leur casque sur les oreilles. Une vieille dame les suit à pas prudents, escortée d'une amie aux cheveux aussi blancs que les siens. Enfin, c'est au tour d'Annabelle qui descend avec peine de sa banquette un peu trop haute. Puis c'est Cérin qui avance, la tête obstinément baissée.

— Ils sont bien descendus au même arrêt ! s'exclame Perrot en reculant vivement son fauteuil. Et à l'heure dite ! Monsieur, vous pourriez nous faire une copie de l'enregistrement, s'il vous plaît ?

— Je m'en occupe, fait l'homme en revenant près du bureau.

Les officiers laissent la place au spécialiste et attendent en dissimulant mal leur impatience.

*

La circulation est très fluide à cette heure matinale. Hormis les poids lourds qui échangent des appels de phares amicaux avec leurs collègues, il y a peu de voitures à oser affronter la chaussée glissante et les coups de vent traîtres. Quand ils arrivent à La Seleyre, les réverbères éclairent encore le lotissement. Quelques maisons sont déjà éclairées, mais une majorité est encore plongée dans l'obscurité. À leur surprise, ils voient que la lumière luit au premier chez les Borel. Ainsi donc, le mari de la victime a décidé de retourner vivre chez lui avec ses filles. « C'est sans doute mieux ainsi », se dit pensivement Perrot. De l'autre côté de la rue, la maison de Pierre Cérin est encore dans le noir.

— Étrange, songe Perrot à voix haute, c'est éteint chez Cérin.

— Ouais, ça ne cadre pas avec le côté militaire du bonhomme. Je l'aurais plutôt imaginé casser la glace au puits dès cinq heures du matin, pour une toilette fortifiante…

Perrot sourit à l'image et sort de voiture. Ils traversent le jardin impeccable et sonnent à la porte. Mais aujourd'hui personne ne semble vouloir répondre.

— Où peut-il bien être ? s'impatiente Perrot en toquant à nouveau.

— Bouge pas, je fais le tour.

Mais Lefèvre revient peu après, bredouille.

— Il n'a pas l'air d'être là.

— Merde !

— Il faut s'en assurer. Viens par-derrière, on peut casser un carreau et entrer.

— On n'a pas de mandat, proteste Perrot pour la forme.

— Pas le temps pour ça. Appelle Law, au moins, il sera au courant.

Perrot suit le conseil de son collègue et avise le commissaire par téléphone. Ce dernier, encore ensommeillé, autorise à contrecœur ses officiers à pénétrer dans le domicile du suspect.

Déjà armé d'une pierre, Lefèvre s'est attaqué à la petite fenêtre située au-dessus de ce qui doit être les toilettes. Puis il demande à Perrot de lui faire la courte échelle. Sa silhouette menue lui permet de se glisser par l'étroite fenêtre. Il atterrit effectivement sur le rebord des WC dont l'abattant de la cuvette est rabattu. Il descend, glisse la main dans sa poche, pour en sortir son arme de service, et entreprend de sortir de la pièce. Il n'entend aucun bruit autour de lui. Si Cérin est présent, il a décidé de ne pas se manifester. Pointant son arme devant lui, Lefèvre se glisse jusqu'à la porte du jardin qu'il déverrouille pour laisser entrer Perrot. Le doigt sur les lèvres, Lefèvre lui fait signe de faire le tour du rez-de-chaussée tandis qu'il inspectera l'étage. À tâtons, seulement éclairés par la lumière de leur téléphone dirigé vers le sol, ils se lancent à la recherche du suspect. Mais quelques minutes plus tard, toujours dans l'obscurité pour ne pas attirer l'attention de Cérin s'il se trouvait à proximité de chez lui, les deux hommes doivent reconnaître leur échec.

— Et merde ! Mais il est où dans ce cas ?

— Je n'en sais rien, avoue Perrot, mais regarde ce que je viens de trouver !

Lefèvre plisse les yeux pour déchiffrer les caractères écrits sur le flacon que lui tend Perrot.

— Du démaquillant ! Me dis pas en plus qu'il se maquille, ce type !

— Oh que non ! Il a ça en horreur !

Lefèvre dévisage son collègue sans comprendre.

Perrot explique :

— Essaie de te souvenir de la réaction des filles Borel et de leur père en découvrant la victime.

— Ils étaient effondrés...

— Bien sûr, mais une phrase revenait en boucle dans leur bouche : « Elle était si blanche, si pâle... » Ce qu'ils nous disaient inconsciemment c'est que quelque chose avait changé chez Tania Borel. La femme pimpante et maquillée d'ordinaire avait le visage totalement nu, ce qui ne cadrait pas avec sa personnalité. Mais je n'ai fait le lien que bien plus tard...

Perrot fronce les sourcils en un effort de réflexion. Où Cérin peut-il bien se planquer ? Pensif, il regarde à travers la fenêtre la maison d'en face. Soudain, une idée lui traverse la tête, stupide sans doute, mais il doit en avoir le cœur net. Il compose le numéro de Jérémy Borel qui répond aussitôt.

— Commandant Perrot, bonjour. Une question : êtes-vous en ce moment chez vous ?

— Non, je n'ai pas encore trouvé le courage d'y retourner, pourquoi ?

— Y êtes-vous passé hier et auriez-vous oublié la lumière ?

— J'y suis passé hier, oui, mais je n'ai pas eu besoin d'allumer, il faisait grand jour. Mais pourquoi ces questions ?

Sans prendre la peine de répondre, Perrot ouvre la porte d'entrée et se jette dehors, suivi de Lefèvre qui vient de comprendre ce que son collègue est en train d'imaginer. Ils traversent la rue en deux enjambées et pénètrent dans le jardin où s'ennuie une balançoire abandonnée. Perrot décide de ne pas procéder comme chez le voisin, de crainte d'alerter celui ou celle qui se terre à l'intérieur. Il se rappelle soudain que la voisine qui a dénoncé Pierre Cérin leur a dit qu'il était passé par l'arrière du jardin. On peut donc imaginer qu'il lui était relativement facile de pénétrer dans la maison par la porte de derrière. Les deux hommes décident de contourner la maison et se retrouvent dans le jardin de derrière où se trouvent un fil à linge tendu entre deux poteaux et un petit potager. Ils remarquent que c'est allumé chez la voisine acariâtre. Ils ne seraient pas surpris que celle-ci soit en train de guetter par sa fenêtre. « Pourvu, se dit Perrot, qu'il ne lui prenne pas l'idée d'appeler la police pour signaler la présence de rôdeurs ! » Les deux hommes se rendent rapidement compte que la porte donnant sur l'arrière est légèrement dégondée. Est-ce dû à une bourrade que Cérin aurait donnée pour l'ouvrir ou à un défaut d'installation ? Ils l'ignorent, mais ce défaut sert incontestablement leur dessein. Il suffit à Perrot de glisser une carte bleue entre le pêne et la porte pour que celle-ci s'ouvre sans un bruit. Ils se glissent à l'intérieur, arme au poing. Ils fouillent silencieusement l'arrière-cuisine et la buanderie. En vain. Puis ils se faufilent à l'intérieur de la maison à proprement parler. À nouveau, ils se partagent l'inspection. À Perrot le rez-de-chaussée, à Lefèvre l'étage. À pas prudents, le plus léger monte l'escalier en veillant à ne faire craquer aucune marche. Première porte sur la gauche. Il l'ouvre doucement, glisse le buste et son bras gauche qui tient le portable en position lampe torche. C'est un cagibi qui ne renferme que valises et produits d'entretien. Lefèvre fait de même à la première porte sur sa droite. C'est la chambre des fillettes, trop bien rangée, comme si ses occupantes avaient définitivement disparu de la surface de la terre. Dernière porte. Cette fois, il pousse plus doucement la porte, et reste en retrait, le bras tendu. Un parfum capiteux lui effleure les narines. Un parfum de tubéreuse. C'est alors qu'il sent un mouvement sur sa droite. Puis soudain, il bascule, perd l'équilibre et se retrouve à genoux. Il n'a que le temps de tendre la jambe pour faire un croche-pied au fuyard. Avec un juron, celui-ci s'étale de tout son long sur le plancher. Perrot est déjà là.

— Ça va ? demande Perrot.

— Ça va, répond Lefèvre qui s'est mis à califourchon sur le suspect.

Perrot passe rapidement les menottes à l'homme qui tente de se débattre.

Un quart d'heure plus tard, ils sont dans le bureau de Perrot. Cérin est entravé à une chaise. Il laisse dans son sillage un parfum très fort.

— Vous sentez quoi ? demande Lefèvre en fronçant le nez. Un parfum de femme, non ?

L'homme ne répond pas. Vêtu d'un pantalon gris et d'un pull-over de même couleur sur une chemise un ton plus foncée, il regarde droit devant lui.

— Vous faisiez quoi chez Tania Borel ?

Pas de réponse. Cérin regarde toujours le mur au-dessus du commandant.

— Tu vas répondre, oui ? s'emporte Lefèvre. Tu faisais quoi là-dedans ? T'es un fétichiste, c'est ça ? Un nécrophile ?

L'homme s'est raidi sous l'insulte. Il serre la mâchoire, mais aucun son ne franchit la ligne dure que forment ses lèvres.

— Ça te plaît de fouiller chez les morts ? Ça te donne des sensations ? Et tu mets leur parfum en plus ! C'est dégueulasse ! Alors quoi, c'est ça ? T'as su que la voisine était morte et t'as eu envie de voir comment c'était chez elle ?

Cette fois, l'homme hausse les épaules avec mépris. Perrot fait un signe discret à son collègue et prend le relais :

— Que faisiez-vous chez Tania Borel à l'aube ? Vous avez passé la nuit là ?

— Oui.

— Pour quoi faire ?

— …

— Pour quoi faire ?

— Pour être là, c'est tout.

— Mais encore ?

— Je ne sais pas, une forme d'hommage.

— Pourtant, rétorque Perrot en consultant les notes qu'il a prises dans son petit carnet rouge lors des auditions précédentes de Cérin, vous avez prétendu ne pas connaître votre voisine la plus proche.

— C'est vrai.

— Alors, je répète : que faisiez-vous chez elle cette nuit ?

— Je vous l'ai dit, c'était comme pour partager la peine de ses proches…

Lefèvre ne peut s'empêcher de réagir. D'un bond, il s'est approché de l'homme et, le visage à dix centimètres du sien, il aboie :

— Tu te fous de notre gueule ! Tu ne fréquentais pas cette famille !

— Disons qu'aujourd'hui, à la lumière de ce drame, je le regrette, répond-il d'un ton solennel.

— Reprenons, intervient Perrot. Vous êtes entré par effraction chez les Borel pour, selon vos termes, « leur rendre hommage ».

— C'est ça.

— Mais dans ce cas, on peut imaginer que ce n'est pas la première fois que vous pénétrez chez eux.

— Si.

— La voisine de derrière vous y a pourtant aperçu, le jour du meurtre.

— Elle ment.

Lefèvre intervient sur un ton redevenu calme :

— Vous vivez seul, monsieur Cérin ?

— Oui.

— C'est un choix ?

— Oui.

— Ou une frustration ?

— …

— Répondez, Cérin !

— C'est comme ça, c'est tout, fait l'homme en haussant les épaules.

— Une petite amie, des aventures ?

— Non.

— Pourquoi ça ?

— Mais je n'en sais rien ! s'exclame le suspect en se mettant à agacer les rougeurs subitement apparues sur son cou.

— Donc vous êtes un gars frustré, conclut Lefèvre en plantant son visage à toucher celui du suspect. Et qui dit gars frustré dit gars prêt à tout pour attraper une fille. Y compris la voisine, termine-t-il en tapant du poing sur la table.

Puis il va s'appuyer sur le mur derrière le prévenu et fait signe à Perrot de continuer.

Celui-ci se racle la gorge et laisse volontairement le silence s'éterniser.

Cérin se tortille sur sa chaise, les yeux baissés.

Perrot demande :

— Avez-vous fait des avances à Tania Borel ?

— Non.

— Pourquoi l'avez-vous tuée ?

— …

— Parce qu'elle se refusait à vous ?

— …

— À l'homme qui est passé le jour de la mort de Tania Borel, vous avez demandé s'il était un de ses « clients ». Qu'avez-vous voulu dire par ces mots ?

— …

— Tu vas répondre, oui ! hurle Lefèvre en se plantant à nouveau devant le suspect. Ou on te colle au trou sans date de sortie !

— Je… elle recevait des gens chez elle…

— Hommes ? Femmes ?

— Les deux.

— Souvent ?

— Non, mais c'est arrivé.

— Et alors, c'est interdit ça ?

— Elle profitait de l'absence de son mari…

— Et alors, s'il s'agissait d'amis ?

— Ce n'étaient pas des amis.

— Comment le savez-vous ?

— Ils n'avaient pas l'air à l'aise quand ils venaient, ils regardaient à droite et à gauche, comme pour s'assurer que personne ne les suivait.

— Vous pourriez les décrire ?

— Mieux que ça, fait l'homme avec un air triomphant, j'ai leurs photos…

— Où ?
— Portable.
Lefèvre s'est déjà saisi du téléphone posé sur le bureau et le tend au prévenu :
— Montrez !
L'homme ne se fait pas prier et leur montre des clichés un peu flous mais sur lesquels on reconnaît parfaitement Bruno, Stéphane et Annabelle.
— Pourquoi les avoir pris en photo ?
— Parce que j'ai trouvé leur attitude bizarre. Je me suis dit que je n'aimerais pas que ma femme se comporte comme ça en mon absence.
— Donc vous comptiez les montrer au mari à son retour ? Un acte de bon citoyen, ironise Lefèvre. À moins, se reprend-il que vous les ayez déjà montrées ?
— Non, j'en ai pas eu l'occasion.
— Et pourquoi ça ?
— Parce qu'il n'est pas rentré de voyage à temps.
— Et que pensiez-vous que Tania Borel faisait avec ces personnes ?
— C'est évident, enfin ! affirme l'homme en redressant le buste. Elle se livrait à des parties de jambes en l'air ! Peut-être même qu'elle se faisait payer pour ça !
— Et vous trouviez ça immoral…
— Évidemment !
— C'est pour ça que vous l'avez tuée ?
— Non !
— Possédez-vous un pull-over en laine noire, monsieur Cérin ?
— Oui, comme beaucoup de monde…
— Nos collègues sont en ce moment en train de le chercher parmi vos affaires, indique Lefèvre en

bluffant. Histoire de comparer ses fibres avec celles trouvées sur la victime. Une réaction ?

— …

— Bien. Et ceci que nous venons de trouver chez vous, vous pouvez nous expliquer ?

Le suspect pâlit en reconnaissant le flacon. Perrot insiste :

— Pourquoi y avait-il un flacon de démaquillant chez vous ?

— …

— Vous vous travestissez, monsieur Cérin ?

— Non ! se défend le prévenu avec un haut-le-cœur.

— Eh bien alors ?

— …

— Je vais vous le dire, moi : vous détestez les femmes trop voyantes ! Je me trompe ? Elles vous dégoûtent.

Cérin hausse les épaules en détournant le regard.

— Seulement, vous n'êtes pas très doué avec l'art du démaquillage. Il restait du mascara au coin de l'œil de Tania Borel.

— …

— Bien, passons à Annabelle, la femme sur la photo. Que savez-vous d'elle ?

— Rien.

— Vous l'avez revue après sa visite chez Tania Borel ?

— Oui.

— Pourquoi cette grimace ?

— Elle était enceinte…

— Et alors, vous avez quelque chose contre les enfants ?

— Mais enfin ! Elle est tombée enceinte après ces rencontres à quatre ! C'est ignoble !

Peu à peu, la personnalité du suspect se dessine dans l'esprit de Perrot. Calmement, il reprend :

— Et cette femme, fait-il en montrant une photo de Karen Dinio, faisait-elle partie de ce groupe qui se réunissait chez Tania Borel ?

— Jamais vue.

— Pourtant vous l'avez tuée…

— Je n'ai pas tué cette femme !

— Et Tania Borel ?

— …

— Pourquoi portez-vous le parfum de cette femme si elle vous dégoûtait ? intervient alors Lefèvre.

— …

— Vous aviez l'impression de pouvoir enfin l'approcher, c'est ça ?

— …

— Vous êtes impuissant, monsieur Cérin ?

Une veine se met à palpiter sur la tempe du suspect dont la mâchoire s'est à nouveau serrée.

— Du coup, ça vous faisait envie, ces parties fines chez la voisine…

— …

— Alors vous l'avez tuée…

L'homme se redresse soudain et croise les bras sur sa poitrine étroite.

— Vous n'avez rien contre moi, j'ai un alibi pour ces deux meurtres et vous le savez très bien.

— Zut, c'est vrai, fait Lefèvre en se tapant théâtralement la tête du plat de la paume. Sauf que, ajoute-t-il d'un ton dangereusement calme, sauf que…

Il sort lentement de sa poche les captures d'écran qu'il a faites au dépôt de bus, et en effleure le nez du suspect.

— Tu sens l'odeur du mensonge ? L'odeur du soufre, des cendres ?

Cérin commence à pâlir tandis qu'un voile de sueur recouvre lentement son front. Il ignore ce que contiennent ces photos que le policier sadique promène sous son nez. Alors, d'un geste rageur, comme s'il chassait une mouche importune, il s'empare des clichés. Lefèvre laisse faire, un sourire mauvais sur les lèvres. Cérin regarde son visage fermé pris en gros plan dans ce bus de malheur. Il laisse tomber les photos sur le sol, pendant que son dos se voûte.

— C'est drôle, susurre alors Lefèvre, vous devez avoir le don d'ubiquité…

Si le prévenu avait eu des revolvers à la place des yeux, Lefèvre ne serait plus qu'un tas de chair sans vie.

*

Jérémy Borel digère la nouvelle avec peine. Il repense à la première information qu'on lui avait communiquée, selon laquelle Tania avait été surprise par son patron, figée devant le tiroir-caisse ouvert. Il savait au fond de lui que Tania n'était pas une voleuse, qu'elle ne se serait certainement jamais servie dans la caisse de quiconque. Mais ce qu'il apprend aujourd'hui est sans doute pire : elle a sciemment exploité le malheur de personnes en mal d'enfant. Pourquoi a-t-elle agi ainsi ? se demande-t-il encore et encore en regardant ses filles jouer sur le tapis du salon. Pourquoi ne pas m'avoir parlé de son licenciement ? On aurait trouvé une solution ensemble. Une solution légale. Alors une idée douloureuse lui vient : la certitude soudain que si Tania ne lui a rien dit, c'est qu'elle craignait sa réaction. Pire, qu'elle le craignait, lui. L'homme essaie de comprendre en quoi il est peut-être responsable de ce vaste gâchis. Quelles erreurs a-t-il commises ? A-t-il été sourd aux appels muets qu'elle lui lançait ? A-t-elle cherché de l'aide en vain auprès de lui ? Il secoue la tête lentement. Qui lui donnera un jour la réponse ? Son regard se pose sur les deux nuques penchées sur la maison de poupée. Que leur dira-t-il le jour où elles poseront des questions trop précises ? La vérité, se promet-il. Fini les mensonges et les non-dits. Il se lève et leur dit :

— Les filles, je me disais…

— Oui, quoi, papa ? demande la cadette sans lever les yeux de son jeu.

— Eh bien… Je me disais que peut-être… Voilà, se lance-t-il enfin, j'ai appris qu'il y a des terrains à vendre à Bouliac… Ça vous dirait d'avoir chacune votre chambre ?

— Ouais ! s'exclament-elles en claquant des mains. Quand ? Quand ?

— Eh là, un peu de patience ! Il va d'abord falloir faire construire la nouvelle maison. On fera les plans ensemble si vous voulez.

— Et est-ce qu'on pourra avoir un chaton, papa ? ajoute la plus jeune d'une petite voix suppliante.

— Ma foi, sourit Jérémy Borel, si tu t'en occupes aussi bien que de Moustache, alors pourquoi pas…

— Merci papa ! fait Sandra en sautant au cou de son père. Comme ça, on sera de nouveau cinq à la maison…

Le veuf ravale un sanglot et sourit en regardant la petite se pencher sur ses figurines. Le courage dont font preuve ses fillettes, leur amour de la vie lui donnent soudain une force nouvelle. Il a l'impression que le rideau de nuages commence enfin à se déchirer. Karine Plassard qui a proposé de les héberger le temps que la maison sorte de terre, pose son fer à repasser et approuve d'un hochement de tête.

*

Sur l'écran se dessine une forme lovée. Des orteils minuscules qui s'agitent. Un pouce déjà dans la bouche. Moment de grâce dans la petite salle impersonnelle. Recueillement. Une voix d'homme :

— Je pensais à « Alice », qu'en dites-vous ?

— « Alice » ? Oui, c'est joli. Ça me plaît bien, et toi Damien ?

Il opine en souriant, une main sur l'épaule d'Annabelle allongée.

— Ça me plaît également. Mais c'est à vous de choisir, cette fois. Pour ma première, c'est moi qui avais trouvé « Capucine ».

Et il attrape sa fille de son autre bras et la serre contre lui. Bruno et Stéphane les regardent en souriant. Alice ne va pas naître dans une famille conventionnelle, mais une chose est sûre, elle ne manquera pas d'amour…

*

— Allô, Jean-Louis, c'est Sofia.

Comme s'il ne reconnaissait pas sa voix entre toutes…

— Bonjour Sofia, ça va ?

— Bien et toi ?

— On était sur une grosse affaire, mais ça y est, on voit le bout.

— Oui, je suis au courant, la presse en a parlé. Tu as eu Simon au bout du fil ?

Le ton de Sofia est légèrement hésitant.

— Oui, mais tu étais… absente.

— Je… oui. Au fait, tu sais, à propos des prochaines vacances…

— Oui ?

— Eh bien, finalement, on renonce à ce projet de voyage pour le moment.

— Ah ?

— Tu dois être content.

— Tu as fait ça pour moi ?

Il n'a pu empêcher de se montrer un peu cassant. Elle poursuit sans répondre à sa question.

— Les enfants ont besoin de te voir, alors on fait comme d'habitude, tu les prends la première semaine ?

Il ne répond pas.

— Jean-Louis, tu es toujours là ?

Il a envie de crier que oui, il est toujours là, qu'il n'attend que ça, de passer quelques jours avec ses enfants. Une question lui brûle la langue, qu'il ne posera pas. Avec qui déjeunait-elle le jour où il a téléphoné à Simon ? Et cette personne inconnue, faisait-elle partie du voyage dans les îles ?

— Oui, je t'écoute.

— Alors c'est bon ? Je les emmène le vendredi ?

— D'accord.

— La route est longue, j'irai coucher à l'hôtel après les avoir déposés.

— Comme tu veux.

— À moins que… je demande à Yvonne de m'héberger ?

— Si tu veux.

— Sauf si tu y vois un inconvénient, bien sûr…

— Vois avec elle.

— Très bien, à bientôt, je t'embrasse.

— À bientôt.

Lorsqu'il raccroche, il laisse ses lèvres s'étirer en un large sourire.

Inscrivez-vous gratuitement,
et sans aucun engagement de votre part,
à notre bulletin d'information
en nous retournant le coupon ci-contre.

Vous serez averti(e) des parutions en exclusivité,
pourrez bénéficier d'offres spéciales,
de cadeaux, etc.

Chaque nouvel inscrit recevra
une petite surprise…

Rejoignez-nous vite !

Et n'hésitez pas à proposer l'inscription
à vos parents et amis…

Je désire m'abonner gratuitement
au bulletin d'information des Éditions du Palémon :
je serai averti(e) des parutions
des enquêtes d'Anne-Solen Kerbrat et autres ouvrages,
ainsi que de l'actualité et des offres Palémon.

Nom ....

Prénom ....

Adresse ....

....

....

Code Postal .... Ville ....

Pour encore plus d'offres et d'infos,
indiquez votre adresse e-mail :

E-mail ....@..................

Bon à compléter ou à recopier
et à retourner par courrier à l'adresse suivante :

ÉDITIONS DU PALÉMON
ZA de Troyalac'h
10 rue André Michelin
29170 SAINT-ÉVARZEC

ASK08

Retrouvez les ouvrages d'Anne-Solen Kerbrat
et tous les titres des Éditions du Palémon sur :

www.palemon.fr

ÉDITIONS DU PALÉMON
ZA de Troyalac'h - 10 rue André Michelin
29170 SAINT-ÉVARZEC
02 98 94 62 44
Dépôt légal 2e trimestre 2016

ISBN : 978-2-372600-37-8

Achevé d'imprimer
par l'Imprimerie Laballery (603057)
1er tirage
Imprimé en France